读懂元典

孙克强 张小平 著

《诗经》与中国文化

华夏出版社

图书在版编目(CIP)数据

《诗经》与中国文化 / 孙克强，张小平著. -- 北京：华夏出版社有限公司，2022.10
（读懂元典）
ISBN 978-7-5222-0259-4

Ⅰ.①诗… Ⅱ.①孙… ②张… Ⅲ.①《诗经》-诗歌研究 Ⅳ.① I207.222

中国版本图书馆 CIP 数据核字（2022）第 008265 号

《诗经》与中国文化

著　　者	孙克强　张小平
责任编辑	董秀娟
封面设计	殷丽云
责任印制	周　然
出版发行	华夏出版社有限公司
经　　销	新华书店
印　　装	三河市少明印务有限公司
版　　次	2022年10月北京第1版 2022年10月北京第1次印刷
开　　本	787×1092　1/32
印　　张	9.625
字　　数	205千字
定　　价	55.00元

华夏出版社有限公司 地址：北京市东直门外香河园北里4号　邮编：100028
网址：www.hxph.com.cn　电话：（010）64663331（转）
若发现本版图书有印装质量问题，请与我社营销中心联系调换。

弘扬元典　走向未来
——序《读懂元典》丛书

华夏出版社的《读懂元典》丛书就要和读者见面了，这是一件值得庆贺的事，我很高兴有机会和读者朋友就这个选题说几句话，聊聊对元典文化的一些想法。

20世纪90年代，我曾主编过一套《元典文化丛书》，当时"元典"这个概念还不十分流行，有朋友问我，为什么要用"元典"，而不是人们习以为常的"经典"。我当时是想写一篇小文来谈谈这个问题，一直没有合适的机会，就放下了。现在就借机来谈一点简单的想法。

中国历史上的先秦时代和秦汉之际的社会变革时期，产生了一批影响中国历史、中国文化和中国民族性格的基础性文化典籍，如《周易》《诗经》《尚书》《春秋》《老子》《论语》等等。由于从汉代起儒家研习的先秦《五经》被国家确立为全体国民都必须遵循的思想法则，《五经》获得了在社会政治和社会文化生活中不可质疑的神圣性，一直延续至宋《十三经》，在中国思想文化的发展史上，就形成了一批只能被尊奉而不能怀疑和批判的文献典籍。汉以后研习《五经》《十三经》的学问，被称为"经学"；经学典籍《十三经》，即被称为经书、经典。"经典"二字，代表着典籍的神圣和尊严。

近代以来，马克思主义传入中国。马克思主义哲学本质的革命性和批判性，教会我们以科学理性的态度对待传统文化，改变了我们对经典只能遵循而不能分析和质疑的思想态度，传统《十三经》成为我们研读、分析和思考的对象，而失去了不可分析的思想权威属性。所以，在马克思主义普及的今天，把传统文化典籍当作"经典"而盲从的传统积习，应该改变。虽然我们已经习惯了"经典"二字，但在科学而理性的文化研究和文化传播活动中，尽可能地避开不科学的做法，是文化学者应该考虑的问题。

于是，我们选择以"元典"来指称《周易》《诗经》等等这批古老的文化典籍，并一般性地称之为"中华元典"。"元典"是什么意思呢？

元者，始也，首也，意谓"第一"和"初始"。这是中国最早的一批文化典籍，对以后思想文化的发展，具有初始意义。

元者，大也，意谓宏大而辽阔。这批文化典籍提供的思想场域，涵盖了后世中国思想发展的诸多问题意识，具有全覆盖的特点。

元者，善也，吉也，有美好、宝贵和嘉言之意。这批文化典籍提供了后世中国最宝贵、善良和美好的思想修养资源。

元者，基也，根也，具有基础、根本、本源之意。这批文化典籍是后世中国文化的基础和出发点，一切思想元素都来源于此，一切思想的发展都以此为根基。

元者，要也，有主要、重要之意。这批文化典籍不是中国文化典籍的全部，但却是中国文化中最重要、最核心的部分。

总之，"元典"包含有始典、首典、基本之典及大典、善典、宝典等意蕴，"元典"称谓，既在某种程度上包含了传统的圣典、经典之义，又避开了对传统典籍非理性尊崇的嫌疑。这是我们对"元典"称谓的简要说明。

先秦和秦汉之际产生的"中华元典"包含了后世中国思想文化的各种因子，历史地决定了后世中国历史与文化发展的方向、性质和特征。中国所以是中国，所以是今天这样的文化面貌，所以在文化精神、民族性格的方方面面都迥异于西方，即是由它们所奠基的。读懂元典，对于我们今天认识自身的文化面貌，了解文化国情，理解中国历史文化发展道路的特殊性，具有极其重要的意义。

中华元典诞生在春秋战国和秦汉之际的社会大变革时期，是对社会转型、社会变革所提出的一系列重大的基础性问题的回答。两千多年后的今天，中国又处在一个历史的转型期。传统社会向现代社会的过渡，必然要求以文化的变革为先导、为前提，同时也作为最终巩固经济、政治变革成果的牢固根基。然而，任何一个民族的文化变革，都不可能是对先前文化传统的革除，而恰恰相反，民族文化的每一次更新，都是对原有文化传统精髓在更高层次上的发扬和转换，是将原有文化传统在其开端时已蕴涵着的文化意蕴在新形势下重新发现，重新唤起，并赋之以新的生命活力。唯有如此，文化才有更新，才有发展；唯有如此，文化也才有绵延不断的统绪，也才能为全体民族成员认同和承袭。这就是在两千年后我们还要重温元典的历史根据。历史昭明，再读元典并读懂元典，对当今社会的历史进步，具有多么重要的意义。也正是在这个意义上，我欣赏华夏出版社的这套丛书！

我了解丛书的部分书稿，知道它可以实现丛书组织者的初衷。

读懂元典，首先是要了解元典本身所蕴含的思想意义。丛书在这方面有充分的解读。

但读懂元典的真正含义，还不止于此。元典所以是元典，是被历史所证明的，是被历史选择出来的，它真正对后世历史起到了根本性的影响和奠基作用。所以，读懂元典，还需要了解这些元典典籍对中国文化、中国历史的发展道路，对中国国民性格的塑造，怎样起到了一种奠基性、支配性的作用；进而还需要知道我们的民族精神之来源，以及民族文化传统形成和发展的来龙去脉，从而站在今天的历史高度，对民族文化的发展史，作出清醒的考察和历史的反思。弄清这些问题，是读懂元典的深层次要求。所以，丛书作者也都着力于此，尽可能去梳理中华元典对后世中国文化的全方位历史影响。丛书的最大篇幅，都用在了读懂元典的这个方面。

这套丛书是有特色的，相信它可以受到读者的欢迎。希望丛书发挥出它强大的指引与激励作用，最终可以帮助当代青年认识我们的文化国情，了解中国文化的发展道路和文化特色，进而以清醒的头脑面对传统、走向未来。

李振宏

2021.9.27

目 录

《诗经》简介 1
    《诗经》的名称 1
    《诗经》的产生年代 2
    《诗经》的作者 4
    《诗经》的分类 6
    《诗经》所反映的地域 17
    《诗经》的采集、辑结和成书 21

《诗经》的内容和所反映的社会 27
    社会生活的镜子 27
    "六经皆史" 39
    生活百科 51

有关《诗经》的一些名词 55
    四始 56

风雅正变　　　　　　　　　　　　　57
　　郑声淫　　　　　　　　　　　　　59
　　笙诗　　　　　　　　　　　　　　64
　　毛诗序　　　　　　　　　　　　　67

从教科书到"圣经"　　　　　　　　73
　　典礼通则，外交手册　　　　　　　73
　　孔、孟、荀说诗，步向神坛　　　　78
　　独尊儒术，天下之法　　　　　　　87

"赋诗言志"与春秋外交　　　　　93
　　春秋外交方式　　　　　　　　　　93
　　春秋时代的历史特点　　　　　　　100
　　诗文化传统　　　　　　　　　　　106

美刺与君臣之义　　　　　　　　　115
　　美诗与刺诗　　　　　　　　　　　115
　　臣子的责任　　　　　　　　　　　122
　　美刺与台谏制度　　　　　　　　　128
　　君主的美德　　　　　　　　　　　133

雅正与文人风范 139
方轨儒门 141
不语怪力乱神 153
中和之美 160

温柔敦厚与民族性格 167
"温柔"与"激切" 169
中庸之德 178
诗教与忠孝之义 181
含蓄婉转与诗歌风格 185
温良恭俭让 189

教化与统治思想 197
实用的诗教 199
诗教以化天下 202
观风听政,移风易俗 211

生活表现与审美特征 219
自然 220
历史 226
爱情 232

诗歌与音乐   245
   诗乐一体   245
   乐为心声,尽善尽美   252
   一唱三叹,讲究余韵   257

风雅比兴与艺术精神   265
   文学之源   265
   诗言志   269
   现实主义   272
   赋比兴   278

结　语   291
主要参考书目   295

《诗经》简介

《诗经》的名称

《诗经》是我国第一部诗歌总集,也是世界上最古的诗集之一。战国中期以前《诗经》并不称"经",而是单称《诗》或《诗三百》。在先秦的典籍中,《诗经》被称为《诗》最为普遍,如在《左传》《国语》《论语》《孟子》中都是如此。《论语》和《墨子》中还称为《诗三百》,如《论语·为政》记孔子语:"《诗三百》,一言以蔽之,曰:'思无邪'。"《墨子·公孟》说"弦《诗三百》,歌《诗三百》"。这是因为《诗经》有三百零五篇,取其整数而言。

最早称《诗》为"经"的是战国中后期的《庄子》。《天运》篇说:"丘治《诗》《书》《礼》《乐》《易》《春秋》六经。"不过,《庄子》所说的"经"是书籍的意思,"六经"即指"六部书",并非"经典"之意。虽然早在春秋时期,孔子已将《诗》作为教授学生的教材,但真正把《诗》尊为经典还是汉代尊崇儒术以后的事。从两汉到唐宋,"五经""七经""九经""十三经",《诗经》都是为官方肯定、颁布的主要经典之一。

《诗经》的产生年代

《诗经》中的诗产生年代不一。其最晚的作品可以考证的是《陈风·株林》,讽刺陈灵公与夏姬私通的丑事(事见《左传》)。据记载,陈灵公被杀在鲁宣公十年,即公元前599年,正是春秋中叶。也许《诗经》中还有较《株林》更晚的诗作,但由于缺少文献记载而不能确认。

《诗经》中最早的诗,历来认识不一致,主要有两种意见:一种认为是西周初期反映周公东征的《周颂》,大约写于公元前11世纪;一种认为是《商颂》,作于殷商时期,大约为公元前14世纪。后一种意见认定的最早诗篇比前一种早三百年。两种意见分歧的焦点在于《商颂》到底是什么年代的作品。前一种意见认为《商颂》是东周春秋前期宋襄公时的作品，是宋大夫正考父作的，其主要依据是《史记·宋微子世家》中太史公的说法：

> （宋）襄公之时，修仁行义，欲为盟主。其大夫正考父美之，故追道契、汤、高宗，殷所以兴，作商颂。

司马迁之后一直到清代的魏源、王国维及近人俞平伯先生都认为《商颂》作于春秋时期，目前学术界大多数人仍同意这种观点。

我们则认为第二种观点更为符合《商颂》的实际，即《商颂》是传于殷商时期的作品，其根据主要有以下几点：

第一，有关《商颂》最早的文献记载是《国语·鲁语》：

> 昔正考父校商之名颂十二篇于周太师，以《那》为首。其辑之乱曰："自古在昔，先民有作，温恭朝夕，执事有恪。"先圣王之传恭，犹不敢专，称曰自古，古曰在昔，昔曰先民。

这段话是鲁国大夫闵马父于鲁哀公八年说的，"校"即"校对""核校""考校"之意，并非《史记》所说的"作"。再者，"商之名颂"意为经过长时间流传从而为人所习知的商代著名颂歌,是"先圣王之传恭",即先代圣王制作的垂训诗。闵马父的意思十分明确:正考父把流传下来的商代诗作送到周王朝太师(乐官)那里核查校对了一番,并不是创作。

第二,正考父和宋襄公并不是同时代的人,正考父要比宋襄公早一百一十年以上,前者根本不可能作颂赞美后者。

第三,从诗篇的思想感情风格方面考查,《商颂》中所反映的殷商社会统治思想,对暴力神的赞美,对暴力的歌颂,与《周颂》《鲁颂》所表现的思想和道德观念是不同的。

持《商颂》作于商代观点的近代代表学者为杨公骥先生,他的学生们又作了进一步探索,提出了许多有创见性的意见,进一步完善了其师的观点。

《商颂》作于商代,那么《诗经》则包括了从商代中后期到春秋中叶七百多年的作品。

《诗经》的作者

《诗经》三百零五篇的作者如今已大多不复可知了,只有一小部分我们今天可从有关历史典籍的记载或从诗本身的线索中得知。《鄘风·载驰》,据《左传·闵公二年》记载:"许穆夫人赋《载驰》。"许穆夫人本是卫国人,嫁给许穆公为夫人,后来卫国受到了侵略,国君被杀。许穆公夫人为吊唁卫君来到漕邑，写下这首诗，表达了她的爱国热忱和政治远见。我们今天考察《载驰》的诗意，说明《左传》的记载是可信的。

《诗经》中有些诗篇的作者自报名字，那么这些诗的作者也是可以确定的。如：

《小雅·节南山》："家父作诵，以究王讻。"

《小雅·巷伯》："寺人孟子，作为此诗。"

《大雅·崧高》："吉甫作诵，其诗孔硕。"

《大雅·烝民》："吉甫作诵，穆如清风。"

《鲁颂·閟宫》："新庙奕奕，奚斯所作。"

"家父""孟子""吉甫""奚斯"就是这些诗的作者。从诗中的表达和周代官制，我们初步知道，寺人孟子是王宫的宦官。吉甫，又称尹吉甫，《小雅·六月》中歌颂了他的武功，可能是周宣王时代的一位将军。家父、奚斯可能都是大夫的身份。他们的其他情况，我们就一无所知了。即使这样，这类诗在《诗经》中也仅此五首，其他作品都是无名氏所作了。我们从诗中所表达的思想感情的特点加以判断，可知作者的身份是多种多样的，有下层的农夫、役夫、士兵，也有上层社会的公卿士大夫及宫廷乐师；有男子，也有妇女。宋代的郑樵说《诗经》的作者有"小夫、贱隶、妇人、女子"，也有"朝廷士大夫"。（见《诗辨妄》）朱熹说有"闾巷风土男女"和"朝会燕享公卿大人"。（见《楚辞集注》）可见古人已认识到《诗经》作者身份的复杂了。

《诗经》的分类

《诗经》是按风、雅、颂三部分编排的,《风》分十五国风,即《周南》《召南》《邶》《鄘》《卫》《王》《郑》《齐》《魏》《唐》《秦》《陈》《桧》《曹》《豳》,共有诗一百六十篇。《雅》分为《小雅》和《大雅》两种。《小雅》七十四篇,《大雅》三十一篇,共一百零五篇。《颂》又分《周颂》《鲁颂》和《商颂》三种,分别为三十一篇、四篇和五篇。共四十篇。《诗经》总共有三百零五篇。

解释风、雅、颂,首先要从《诗经》的"六诗"和"六义"说起。

"六诗"之说始于《周礼·春官》:"(太师)教六诗:曰风,曰赋,曰比,曰兴,曰雅,曰颂。"《诗大序》又把六诗称为"六义"。一般的理解是:风、雅、颂是《诗经》的分类,赋、比、兴是诗的作法。例如,唐代孔颖达在《毛诗正义》中说:"风、雅、颂者,诗篇之异体;赋、比、兴者,诗文之异辞耳。……赋、比、兴是《诗》之所用,风、雅、颂是《诗》之成形。用彼三事,成此三事,是故同称为义。"所谓"体""形"就是指整体的类别区分,所谓"辞""用"是指具体的语言使用。后人论"六义"的，大多采用孔颖达的说法。朱熹就是用"三经""三纬"来比喻《诗》的分类和作法的。

在《诗经》研究史上，对"六义"的解释，意见分歧很大。赋、比、兴暂且不说，单就风、雅、颂的分类而言，就有好几家不同的看法。譬如自宋以来，就有人把二《南》从《风》中独立出来，以为《诗》分为南、风、雅、颂四类。宋人王质《诗总闻》、程大昌《诗论》，清人顾炎武《日知录》、崔述《读风偶识》，近人梁启超《释四诗名义》，以及罗根泽、陆侃如等人都主此说。他们的主要根据有：

《诗经·小雅·鼓钟》："以雅以南，以籥不僭。"僭，是乱的意思。把"南"和"雅"对举，说明"南"与"雅"一样可单独为体。

《左传》记季札观乐，"见舞《象》箾、《南》籥者"。意思是，看见舞《象》而配以箾。"南"是一种曲名。

《论语·阳货》记孔子说："人而不为《周南》《召南》，其犹正墙面而立也与？"（人如果不好好学习《周南》《召南》，那么就会如同有堵墙立在你面前，使你无法前行。）单独把二南从《风》诗中独立出来加以评说。

《礼记·文王世子》："胥鼓南。"

他们以为，这些论据显示的特点是："南"或者与"雅"对举，或者特别标出，表明了"南"的音乐特色有独异于

"风"的地方，当与"风"分开。

不过，这种观点遭到许多人的反对。清代的陈启源、魏源、胡承珙、方玉润以及现代不少研究者都对此进行了驳难，其理由约有：

《周礼》大师（太师）教国子以"六诗"，没有南、风、雅、颂的说法。

（2）《左传·隐公三年》："君子曰：……《风》有《采蘩》《采蘋》，《雅》有《行苇》《泂酌》。"《采蘩》《采蘋》都是《召南》中的篇章，可见《左传》的作者认为二南同属于"风"，而没有把"南"从"风"中分离出来单独看待。

《礼记·乐记》的叙述，也是分风、雅、颂三类。

《荀子·儒效》篇论《诗》也是分风、雅、颂三类。

在甲骨文中，南是一种乐器，形似后代的铃。（见郭沫若《甲骨文研究·释南篇》）《周礼·春官·笙师》云："笙师教歙竽、笙、埙……应、雅。"郑玄注引郑众云："雅，状如漆筒而弇口，大二围，长五尺六寸，以羊韦鞔之，有两纽，疏画。"可见雅也是乐器名。如此，则《鼓钟》诗和《礼记》中的南、雅，可以解释为乐器，不一定指二南、二雅。

总的说来，把"南"作为《诗经》中一类的观点是缺少令人信服的史料根据的。仅仅以"南"与"雅""颂"对举，就证明"南"当从"风"中分开，还不如直接找些"南"与

"风"对举的例证才显得更有分量,但古书中绝无此例。《国语》《左传》中也有单举"郑诗""曹诗"的,当然不能因为它单举就把它单独作为一类。况且,风、雅、颂的分法是春秋战国人的一致认识,他们与《诗经》的年代颇为接近,对于《诗》教,当比宋朝人更为熟悉;特别是《诗经》风、雅、颂分类的大问题,想来先人是不至于糊涂立说的。

风、雅、颂的解释虽然较多,概而言之,可分三端:一是就诗篇内容不同而进行的划分。《诗大序》说可为代表:"上以风化下,下以风刺上。主文而谲谏,言之者无罪,闻之者足以戒,故曰风。……是以一国之事,系一人之本,谓之风。言天下之事,形四方之风,谓之雅。雅者,正也,言王政之所由废兴也。政有小大,故有小雅焉,有大雅焉。颂者,美盛德之形容,以其成功,告于神明者也。"这也就是说,风是个人对家国之事的感慨,雅是对王政兴衰的反映,颂是歌颂君王盛德以告神祇的。二是根据诗篇作者不同而进行的划分。郑樵《六经奥论》说可为代表:"《风》者出于土风,大概小夫、贱隶、妇人、女子之言,其意虽远,而其言浅近重复,故谓之风。《雅》者出朝廷士大夫,其言纯厚典则,其体抑扬顿挫,非复小夫、贱隶、妇人、女子所能言者,故曰雅。《颂》者,初无讽诵,惟以铺张勋德而已,其辞严,其声有节,不敢琐语亵言,以示有所尊,故曰颂。"郑樵只说《风》

是闾巷歌谣,是平民百姓所作,《雅》是典正之辞,是朝廷士大夫所作,《颂》的作者未有明说,看来是朝廷列官所作。三是根据音调不同而进行的划分。清惠周惕《诗说》:"《风》《雅》《颂》以音别也。"他还以《乐记》师乙论《诗》、《左传》季札观乐为例,作了论证。以上所述三说,如果逐篇考校,都有一些难通之处。这是因为《诗经》的具体篇章所显示的种种特性是复杂多样的,很难用几个概念术语简单又明确地把它们区别开来。

现在我们再具体地看一看风、雅、颂的内涵。

风,除了上面三种说法以外,《诗大序》还说:"风,风也,教也;风以动之,教以化之。"风,也就是教化。近人章太炎还以为风是吟咏和背诵的意思。不过,现在一般人都同意"风"是曲调的观点。其论据有:

《大雅·崧高》:"吉甫作诵,其诗孔硕,其风肆好。"其风肆好,就是它的曲调很好听。

《左传》成公九年记晋侯见楚囚钟仪,让他操琴弹唱,范文子说他"乐操土风,不忘旧也"。这是说,他依旧弹唱的是南方楚国的土调,表明他还心系祖国。

《左传》襄公十八年:"吾骤歌北风,又歌南风,南风不竞,多死声。楚必无功。"北风就是北方的曲调,南风就是南方的曲调。

《山海经·大荒西经》:"祝融生太子长琴,是处榣山,始作乐风。"郭璞注:"创制乐风曲也。"《海内经》:"鼓、延是始为钟,为乐风。"郭璞注:"作乐之曲制。"

古人讲乐,常常"八风"连称。《左传》昭公二十年:"晏子对曰……声亦如味,一气,二体,三类,四物,五声,六律,七音,八风,九歌,以相成也。"昭公二十五年,子产曰:"为九歌,八风,七音,六律,以奉五声。"襄公二十九年,季札说:"五声和,八风平。"《礼记·乐记》:"八风从律而不奸。"可见,八风就是八种曲调。

曲调又为什么称作"风"呢?

现代学者高亨先生说:这是由于风声本是自然的音乐。《左传》昭公二十年,晏子曾说五声、六律、七音、八风等有"清浊、小大、短长、疾徐、哀乐、刚柔、迟速、高下、出入、周疏"的分别,风声有这样的不同变化也是包括其中的。庄子所说的"天籁""地籁",本质上就是一种音乐,如何去感觉这种音乐呢?就是通过可感的风声去体会它:"夫大块噫气,其名为风。是唯无作,作则万窍怒呺。……激者,谪者,叱者,吸者,叫者,譹者,宎者,咬者,前者唱于而随者唱喁。泠风则小和,飘风则大和,厉风济则众窍为虚。"(《齐物论》)的确,风声就是自然的音乐,那么人们所创作的音乐曲调也称作风,就不奇怪了。但乐歌都有曲调,为什么《雅》

《颂》不称"风",独《国风》称"风"呢?高亨说,雅诗也可称风,如《崧高》诗本是《大雅》中的诗篇,但本诗说"其风肆好",此为称风之一例。《国风》称"风",是因为它们自成一类,与《雅》《颂》对立,为便于称呼才总称为《国风》,简称《风》,久而久之,风字就由曲调的通名转为风诗的专名,这如同"书"本是书籍的通称而转为《尚书》的专名。"诗"本是诗歌的通名而转为《诗经》的专名,其例正同。(《诗经引论》一)

高亨的观点有一定的道理,他以为歌谣、教化等其他说法都没有探得"风"名的原始含义。

在我们看来,《诗经》中"风"的原始含义应当是土风、风谣,用现代汉语来说就是地方民歌、民间歌谣。郑樵说:"风土之言曰风。"(《六经奥论》)朱熹说:"风者,民俗歌谣之诗。"(《诗集传》)他们的解释是正确的。《汉书·五行志》引《左传》:"天子省风以作乐",应劭注:"风,土地风俗也。"风作一般的引申就是歌声、曲调了。上面许多例句中的"风",既可解释为曲调,也可解释为民歌,后者更为妥当和准确。例如楚囚钟仪弹奏"土风",以致让人感到他"不忘旧也"。要表达出这种效果,最合适的当是带有浓厚地方特点的民歌民谣。如果作一般曲调解释,就显得含糊了。再如"吾骤歌北风,又歌南风,南风不竞,多死声。楚必无功"。此例中的"风"也当指民歌民谣,因为民歌民谣显示了民心的向背,所以才从中能看出"楚必无功"。单以曲调来辨别民心向背,是较为困难的。

民歌的特点,就是"感于哀乐,缘事而发",所以,汉代人又把《诗经》用于政治批评,这样,"风"又有了风谏、风教这样新的含义。《毛诗正义》解释《诗大序》的"风教"说:"微动若风,言出而过改,犹风行而草偃,故曰风。"

可见,对于"风"的解释,其曲调、讽谏的含义都是从民歌民谣这一本义引申开来的。

关于雅,有种观点认为雅的本字当作夏。清代王引之在论荀子时说:"雅读为夏,夏谓中国也,故与楚、越对文。《儒效篇》:'居楚而楚,居越而越,居夏而夏',是其证。古者夏雅二字互通,故《左传》齐大夫子雅,《韩非子·外储说右篇》作子夏。"(王念孙《读书杂志》引)近人梁启超把此说运用到《诗经》大小雅的解释上:"依我看,《大小雅》所合的音乐,当时谓之正声,故名曰《雅》。……然则正声为什么叫做'雅'呢?'雅'与'夏'古字相通……《风》《雅》之'雅',其本字当作'夏'无疑。《说文》:'夏,中国之人也。'雅音即夏音,犹言中原正声云尔。"(《释四诗名义》)

高亨作了进一步论证,其根据是:(一)二雅都是西周王畿的诗歌,所以《国语·晋语》和《楚辞》中引用《小雅·皇皇者华》《大雅·节南山》《大雅·灵台》等，都称其为"周诗"。所谓"周诗"并不是出于东周王畿的王风，而是出于西周王畿的二雅。（二）西周的国域曾是夏人居住的地方，原来就有夏的名称，如《尚书》康诰、君奭、立政等篇，就有西周人自称为夏的例子。（三）《诗经》都是按照地域名作标题，二雅当也代表地域。（四）《墨子·天志下》篇引《大夏》诗"帝谓文王"等六句，其实是《大雅·文王》诗，那么，先秦时代的《诗经》，二雅有的本子作《大夏》《小夏》也毫无疑问。《左传》记季札观乐，乐工为之歌《秦》，他说："此之谓夏声……其周之旧乎！"周王朝东迁后，西周王畿为秦占有，《秦风》就是东周时代西周王畿地带的诗歌，季札称它为"夏声"，可见二雅原是夏声。

孔子在《论语》中还说过"雅言"（《述而》）和"雅乐"（《阳货》）的话，标准的非地方性的交际语言叫雅言，典雅的非通俗的乐曲叫雅乐。《诗经》中的"雅"当与"雅言""雅乐"之"雅"义相同，它不是指地方性的民间曲调，而是指标准正统的宫廷乐歌，是与四方蛮夷的俗乐有显著区别的中原正声。正因为如此，许多人能看出它的作者是朝廷士大夫。大小雅的区别，《诗大序》说是缘于所反映王政的大小。从二雅内容分析，其中大多是政治诗和史诗，确实在一定程度上反映了王政。《大雅》全是政治诗和史诗（史诗同样也是以写先王业绩来表明当朝的政治态度),《小雅》基本上也是写王事的政治诗,也有少数几篇喜怨之作(它与《风》诗的格调不同,当也是王政的缩影)。这种编排,是否体现了王政的大小呢?我们不能完全肯定。也许,有关"王政大小"的区别,先秦时人自有其当时的评判标准,只是我们现代的政治眼光与古人相比已经出现了一定的差距,所以不易理解罢了。

  大小雅的区别,有几种说法,这里略作简述。汉郑玄说:"其用于乐,国君以《小雅》,天子以《大雅》。"(《诗谱·大小雅谱》)南宋朱熹也发挥此说:"正《小雅》,燕飨之乐也。正《大雅》,会朝之乐,受釐陈戒之辞也。"(《诗集传》)这是按照用途不同进行的区分。实际情况,并非郑、朱所说的那样。例如《左传》文公四年记卫国宁武子说:"昔诸侯朝正于王,王宴乐之,于是乎赋《湛露》,则天子当阳,诸侯用命也。"他还说:"诸侯敌王所忾,而献其功,王于是乎赐之彤弓一、彤矢百、玈弓矢千,以觉报宴。"所以才有了《彤弓》诗。这两首诗都是天子所用,但都在《小雅》中。第二种观点是按其音调来区分的。唐孔颖达《毛诗正义》说:二雅"诗体既异,乐音亦殊"。他是说,乐音不同是由体裁不同决定的。南宋程大昌《诗论》说:"均之为雅,音类既同,又自别为大小,则声度必有丰杀廉肉,亦如十二律然,既有大吕,又有小吕也。"孔、程只是作出他们的推测，大小雅的音调是否真有类似大吕小吕那样的明显区别，从现存诗篇考察是难以作出定论的。第三种观点是根据内容而分。宋苏辙《诗集传》说：《小雅》有美恶，《大雅》有美无恶；《大雅》是写文王之德，《小雅》是写周德之衰。据苏辙的观点去读《大雅》，其中并非都是"有美无恶"的，《板》《荡》等讽刺诗就是明显的例证。今人还有以新旧区别立说的，认为新的雅乐出现后，便称旧有的雅乐为《大雅》，新出现的雅乐为《小雅》。以上几种观点都有一定道理，但又不能完全服人。因而我们不妨存疑。

　　颂的说法有三种：第一种以《诗大序》为代表，以为《颂》是宫廷宗庙用来祭祀祖先、祈祷神明的祭歌和赞歌。第二种以清代阮元为代表，他说："'颂'之训为'形容'者，本义也。且'颂'字即'容'字也。……岂知《商颂》《周颂》《鲁颂》者，若曰'商之样子''周之样子''鲁之样子'而已，无深义也。……惟三颂各章皆是舞容，故称为'颂'。"（《揅经室集·释颂》）第三种以王国维为代表，他说："盛德之形容，以貌表之可也，以声表之亦可也。……《颂》之所以异于《风》《雅》者，虽不得而知，今就其著者言之，则《颂》之声较《风》《雅》为缓也。"（《观堂集林·说周颂》）他并举出四个证据：（一）《颂》声缓，所以多无韵；（二）

《颂》声缓,所以不分章,不叠句;(三)《颂》声缓,所以篇幅短;(四)《颂》声缓,所以《仪礼》记奏《周颂》礼节繁。

三说之中,以《诗大序》的见解最接近《诗经》本义。阮元以舞容释"颂",只是一面之词。在先秦时代,《诗三百》既被之管弦,也应以舞蹈,所谓诗、乐、舞三者不分,合为一体。墨子就讲过"舞《诗三百》"的话。何以唯独三《颂》才有舞容呢?王国维的说法也很难成立,难道声缓就能"美盛德之形容"吗?声缓的特点在《周颂》较为突出,但声缓并不是三《颂》共有的特点。篇幅短,指《周颂》尚可,《鲁颂》《商颂》中却有较长的篇章,如《鲁颂·泮水》《鲁颂·闷宫》和《商颂》中的《长发》,都可比《风》《雅》中那些很长的篇章。《毛诗序》说:"《颂》者,美盛德之形容,以其成功,告于神明者也。"这是说《颂》诗须具备两方面的内容,有"美盛德"的赞歌,也有"告于神明"的祭歌。这大体是符合三《颂》诗篇内容的。

《诗经》所反映的地域

《诗经》中的作品所反映的地域,西起陕西和甘肃的一部分,北至河北省西南部,东到山东半岛,南到江汉流域,包括周南、召南、邶、鄘、卫、王、郑、齐、魏、唐、秦、陈、桧、曹、豳等十五个诸侯国和地区，其中又以黄河流域为主。

《周南》诗十一篇，《召南》诗十四篇，都是南方的作品。周南、召南并不是国家的名称，而是地域的称呼。西周初期，周公姬旦长住东都洛邑，统治东方诸侯；召公姬奭长住西都镐京，统治西方诸侯，由陕（今河南陕县）分界（"周召分界石"遗存原镶嵌于陕县城头，今存三门峡市车马坑博物馆）。周南是指周公统治下的南方地区，召南是指召公统治下的南方地区。《周南·汝坟》和《周南·汉广》写到汝水、汉水和长江；《召南·江有汜》则写到武汉以上的长江流域。河南的临汝、南阳和湖北的襄阳、宜昌、江陵等都是采风所到的地方。

《邶》《鄘》《卫》共三十九篇。春秋时人认为《邶》《鄘》《卫》都是卫国的诗。《左传》襄公二十九年记季札观乐，乐工为之歌《邶》《鄘》《卫》，他说："是其卫风乎。"襄公三十一年卫北宫文子引《邶风》就称其为"卫诗"。卫国疆域在今河北南部、河南北部。西周初年，成王封他的叔父康叔于卫，都城朝歌（今河南淇县东北的朝歌城）。春秋时卫文公迁都楚丘（今河南滑县东），卫成公又迁都帝丘（今河南濮阳西南的颛顼城）。旧说邶在朝歌北（今河南汤阴东南的邶城镇即古代邶城），鄘在朝歌南（今河南新乡西南的鄘城即古代鄘城），都属于卫。今本《诗经》，《邶》有十九篇，《鄘》《卫》各十篇。

《王风》诗十篇。为东周王国境内的作品，地方在今河南北部。周平王迁都洛邑（也称王城，在今河南洛阳西），名义上还是天下共主，实际上也受到诸侯一定的尊敬，所以称此地域的诗为王风。

《郑风》诗二十一篇。郑国疆土在今河南中部。西周宣王封他的弟弟姬友于郑（在今陕西华县西北），姬友即郑桓公。幽王末年，桓公作王朝司徒，从虢、邻二国取十邑，把家属和一部分子民迁到那里。犬戎侵略西周，杀死幽王和桓公，桓公的儿子武公建国于东方，仍称为郑（都城今河南新郑）。《郑风》是武公建国以后的诗。

《齐》诗十一篇。齐国疆域在今山东东北部和中部。周武王封大臣吕望（姜太公）于齐，都营丘（今山东淄博市），胡公迁薄姑（又称蒲姑，今山东博兴县东北薄姑城），献公又迁回营丘，改称临淄。

《魏》诗七篇。魏国疆土在今山西西南部，都城在今山西芮城县东北，东周惠王十六年被晋国所灭。《魏风》是此年以前的作品，并非战国时的魏国。

《唐》诗十二篇。唐国即晋国，晋国的前身就是唐，在今山西中部。周成王封他的弟弟姬叔虞于唐（都城在今山西翼城县南）。境内有晋水，所以后来改称晋。春秋时武公以曲沃（今山西闻喜县）为都城，献公迁绛（今山西新绛县北），景公又迁至新田（今山西曲沃县西南）。

《秦》诗十篇。战国以前，秦国疆土在今陕西中部，国君姓嬴，西周孝王封非子于秦（今甘肃天水故秦城），疆土逐渐扩展。庄公迁犬丘（今陕西兴平东南的槐里城），襄公迁汧（今陕西陇县汧城）。周幽王时犬戎攻灭西周，平王东迁，秦人赶走犬戎，西周王畿及豳地等地逐渐归秦所有。文公迁郿（今陕西眉县东北），宁公迁平阳（今陕西眉县西），德公迁雍（今陕西凤翔）。

《陈》诗十篇。陈国疆土在今河南东南部和安徽亳县等地。周武王封舜的后人妫满于陈，都宛丘（今河南淮阳），春秋末年为楚所灭。

《桧》诗四篇。桧也作郐，在今河南中部，都城在今河南新密东北，东周初年为郑国所灭。

《曹》诗四篇。曹国疆域在今山东西南部。周武王封他的弟弟姬振铎于曹，都定陶（今山东定陶西北），东周敬王三十三年被宋国所灭。

《豳》诗七篇。豳也作邠，在今陕西旬邑、彬州一带。周王先祖公刘始迁于豳，西周亡后，此地为秦所有。

十五国风外，二雅与三颂的产生地域也不出以上范围，二雅与《王风》同产于王畿之地，《周颂》的产生地在镐京，《鲁颂》在山东曲阜，《商颂》则在河南安阳一带。

《诗经》的采集、辑结和成书

从我们以上的介绍可以看出,《诗经》中的作品,时间上悠久漫长,空间上纵横辽阔,作者的身份多种多样,那么这些作品是怎样收集起来的呢?我们今天只能依据《诗经》中作品的特点和典籍中的零星记载,并结合前人的研究成果加以推测、判断。

大致说来,《诗经》的作品有三个来源。第一,周王朝和各诸侯国的乐官们所保存的诗篇。如前文引《国语》:"昔正考父校商之名颂十二篇于周太师。"可见商之名颂是保存在周王朝的乐官太师那里的。

第二,朝廷公卿士大夫"献诗"。《国语·周语上》记:"天子听政,使公卿至于列士献诗,瞽献曲。"《晋语》也有"在列者献诗"的记载。献诗的对象是周天子,诗的内容可以是颂美,也可以是讽谏。献颂美诗,文献有记载。《史记·周本纪》说:"成康之际,天下安宁……兴正礼乐,度制于是改,而民和睦,颂声兴。"这种"颂声"是歌颂周成王、周康王时政通人和的气象和周天子的功德的。如《大雅·文王有声》所记:"文王烝哉!""王后烝哉!""武王烝哉!""自西自东,自南自北,无思不服。皇天烝哉!"《周颂·昊天有成命》所记:"成王不敢康,夙夜基命宥密。于缉熙,单厥心。"(周成王不敢安逸,日夜谋划出政教以安民。啊,好光明!尽了他的心。)其内容都是对朝廷的赞颂。讽谏诗是用来批评朝政的,如召公作《民劳》《荡》,卫武公作《抑》。据《尚书·金滕》篇记载,周公曾亲自作诗,以贻成王。讽刺诗内容有告诫,有批评,有讽刺。如《大雅·抑》说:"於乎小子,告尔旧止。听用我谋,庶无大悔。"(哎呀小子!告诉你先王的旧礼。听信我的主意,希望没有大的后悔。)《大雅·板》说:"犹之未远,是用大谏。"(政策上没有远见,所以我就进行大谏。)诗中还有"老夫灌灌"(老夫忠诚一心)的自我写照,可以看出此诗是一位年迈而又关注国事的士大夫的进谏诗。

献诗的记载都在西周,进入春秋时代,王室衰微,献诗之制实际已不复存在,人们再提及此事,已成为昔日烟云。如范文子说:"吾闻古之王者,政德既成,又听于民,于是乎使工诵谏于朝,在列者献诗使勿兜。"(《国语·晋语六》)可见春秋时人已把"献诗"之制作为先王的美政来怀念了。

第三,民间采诗。上古时代有采诗制度,由朝廷派出采诗官到各地去采集民歌民谣,带回朝廷交由乐官太师加以整理,然后演奏给天子。正如《汉书·食货志》所记载的:"孟春之月,群居者将散,行人振木铎徇于路,以采诗,献之大师，比其音律，以闻于天子。"采诗的目的是从民歌民谣中了解人民的思想感情以考察民心。《礼记·王制》说"命大师陈诗以观民风"就是这个意思。采诗之事先秦典籍已有记载。《左传·襄公十四年》引《夏书》云："遒人以木铎徇于路，官师相规，工执艺事以谏。"杜预注："遒人，行令之官也。木铎，木舌金铃。徇于路，求歌谣之言。"《孟子》云："王者之迹熄而诗亡，诗亡然后《春秋》作。"据前人的解释，"迹"当作"遒人"讲，也是采诗官之意。汉代另有一种解释，说采诗者并非朝廷命官，而是民间无子女的老人，官府给他们衣食，让他们从民间搜集诗歌，自下而上，最后传达到天子那里，让天子了解民情。《春秋公羊传·宣公十五年》何休注："男女有所怨恨，相从而歌，饥者歌其食，劳者歌其事。男年六十、女年五十无子者，官衣食之，使之民间求诗，乡移于邑，邑移于国，国以闻天子。故王者不出牖户尽知天下所苦，不下堂而知四方。"我们认为，采诗的记载是可信的。在当时地域广阔而又交通不便的情况下，只有依赖于这种有目的的采集，才使这些民间无名氏的作品得以保存至今，而不至于遭到其他民间文学自生自灭的命运。

当初由各种途径（宗庙保存、献诗、采诗）汇集到太师手中的诗肯定比今本《诗经》的三百零五篇要多得多。这一点我们可以从《左传》《国语》《论语》《墨子》等先秦典籍中所见今本《诗经》的逸诗得到证明。另外，《国语·鲁语》所记周太师曾存有"商之名颂"十二篇，而今本《诗经》的《商颂》却只有五篇。这些都说明，在诗歌汇集起来之后，曾经进行过一番删选编定的工作。

在《诗经》研究史上，有"孔子删诗"的说法。这一说法，始自司马迁《史记·孔子世家》，历代有人相信，有人反对。司马迁说：古代诗有三千余篇，到了孔子，重复的删去，合乎礼义的留下，所以只剩下三百零五篇。孔子删诗的问题，经过历代学者的辩驳，基本上予以了否定。理由是：（一）孔子自己未曾讲过删诗之类的话。人们往往把孔子说的"吾自卫反鲁，然后乐正，《雅》《颂》各得其所"（《论语·子罕》）作为删诗的自述，清人方玉润《诗经原始》驳道：孔子返回鲁国，时年已六十九岁，如果他删诗，也在这个时候，为何在此之前他常说"诗三百"不说"诗三千"呢？（二）《左传·襄公二十九年》记载，是年吴国公子季札曾到鲁国"观乐"，鲁叔孙穆子让乐工为他唱诗，乐工所演奏的十五国风名及风、雅、颂的次序和今本《诗经》基本相同，而这一年孔子才八岁，是不可能删诗的。

孔子不曾删《诗》，但对《诗经》进行整理订正工作是很有可能的。孔子自卫返鲁，"然后乐正，《雅》《颂》各得其所"。所谓"乐正"，就是指整理乐曲，审音协律，它也必然涉及诗歌文字的斟酌调整，以与乐曲相谐和。《论语·述而》还记载：“子所雅言，《诗》、《书》、执礼，皆雅言也。”"雅言"即当时通行的标准语言，犹如现在的普通话。意思是说，孔子有用普通话的时候，读《诗》，读《书》，行礼，都用普通话。在春秋时期，列国语言文字不统一，孔子用"雅言"来歌诵诸国的诗篇，就可能对其中方言性的词句作了改动和加工，使之规范化，让众人都能接受。

由此看来，在孔子之前，《诗经》已经成书应是没有问题的。问题是，如果进一步问《诗经》成书于何年，则是一个令研究者十分困惑的事。前文说过，《诗经》中最晚的诗篇是反映公元前598年陈灵公事的《株林》，按常理，《诗经》的编定应在此年之后，但我们在对先秦典籍进行一番考察后，便会产生一些怀疑。

《左传》《国语》等史籍中记载了大量"赋诗言志"的事例，即在春秋时期，周朝公卿以及各诸侯国士大夫们进行外交活动时常常引用《诗》来代替自己的语言。在外交场合上点一首现成的诗，叫乐工演唱，断章取义地利用个别诗句，暗示自己的意见、要求和态度，听诗者也会立刻心领神会，达到交流的目的。换言之，外交官们在借用《诗》中句子进行会谈。仅就这一现象来看，当时的人们对《诗》十分熟悉，对《诗》的理解甚至达到了高度的一致和认同。因而我们推断,《诗》在"赋诗言志"的现象发生前就应该已编订成册,天下共习;反之则是不可思议的。令人不解的是,"赋诗言志"的事情不仅在公元前598年以后有,即《诗》中最晚的诗产生后有,在此之前也有。据《左传》记载,"赋诗言志"之事最早可见于桓公六年(前706)。[①] 既然此时人们对《诗》已达到"赋诗言志"的高度熟悉,说明在此之前《诗》就应该已编定,并有通行本了。但此年距《株林》之本事尚有一百零七年。对这一矛盾现象,我们在缺乏文献资证的情况下只能加以揣度:《诗》的编定可能最晚在公元前706年以前就已完成,并已作为教材教授贵族子弟,传诵于各诸侯国的公卿大夫们之口。但它并非一成不变,而是经常有所增删,不断有新的诗篇补充进去,将旧有的删除一部分。这样我们才能有一个合理的解释,并可理解为何直到战国末仍有不少逸诗出现在诸子如《荀子》《庄子》及史书如《战国策》之中。《诗三百》在春秋和战国时期一直流传,但春秋初年,孔子时期及战国时《诗》的篇目并不完全相同。

---

① 隐公元年(前722)有"君子曰"引《诗》。一般认为"君子曰"乃作者自己的议论,或引用他人言论。可能是后世之言。

《诗经》的内容和所反映的社会

社会生活的镜子

前文曾作过介绍,《诗经》根据音乐形式的不同分为风、雅、颂三部分。我们再从作品的作者和内容方面加以考察,风、雅、颂各自的特点也很突出。大体上国风的作者基本上是下层劳动者,如奴隶、农夫、士兵等,二雅和三颂多为公卿士大夫的作品。由于社会地位和生活境遇不同,这两类作者在描写社会生活,表达思想感情以及表现方式诸方面都有所不同。大致情况是:公卿士大夫的诗多与朝政有关,或追颂先王功德美政,或指斥当权佞臣,或宴会酬答,语言风格较为典雅工致;下层劳动者的诗多描写个人的生活感受,饥者歌其食，劳者歌其事，语言风格清新质朴。不过，这只不过是大致情况，并非绝对，如小雅中亦有部分民歌，国风中也有士大夫的作品。

史诗是指从原始公社向奴隶社会过渡时代的文学作品，它以民族发展的历史为基本内容，部落首领或君主往往在史诗中扮演着主要的角色，他的功绩被加以突出渲染和夸张，具有英雄的地位和色彩。史诗是民族历史的宝贵资料，也是上古文学史的光辉篇章。史诗既不同于原始社会的神话传说，也不同于后世的抒情叙事诗，而具有独特的审美特色。中国上古有无如古希腊《荷马史诗》那样的皇皇巨著已不得而知，因而《诗经·大雅》中的五篇——《生民》《公刘》《绵》《皇矣》《大明》——作为仅存的民族史诗就显得异常珍贵。

《生民》歌颂的是周族的始祖后稷，他的母亲姜嫄踏上了上帝的脚拇指印而怀孕，生下了后稷。后稷生而神异，是个胞衣不破不裂的怪胎。姜嫄把他扔了，奇怪的事情接连出现：把他扔到小巷中，牛羊却来喂乳；把他扔到树林里，正巧碰上伐木人；把他扔到寒冰上，大鸟用翅膀暖护他。接下来诗篇描写后稷对农业的伟大贡献：播种五谷，除草，收获。《生民》诗表现了由母系氏族社会向父系氏族社会的转变，后稷便成为父系时代周族的第一个祖先。他不仅是氏族领袖，而且还是农业生产的创始人，所以被后世尊为谷神。《生民》诗中对后稷的神异充满了崇敬,姜嫄"履帝武敏"而生下后稷,说明周民族神圣的血统。后稷逢难天佑的奇迹意味着周人的繁荣发达的未来。

《公刘》诗歌颂公刘率领周部族由邰迁豳的英雄事迹。公刘是后稷的曾孙,在周族发展壮大的历史上起过重要作用。诗一开头便发出赞叹:"笃公刘!"肯定了他对周民族的笃诚。他"匪居匪康",领导人民积聚粮食,准备迁徙。到豳地后,他更是不得安歇,察地势,测阴阳,整治田地,发展生产,因而赢得了人民的爱戴。《史记·周本纪》说:公刘振兴了后稷开创的基业,使人民"务耕种,行地宜,自漆、沮度渭,取材用,行者有资,居者有畜积,民赖其庆"。周族的兴盛从公刘开始,所以人民歌颂他的功德。公刘在诗中是一位勤恳劳作的忠厚酋长形象,诗中对公刘表达的是敬重爱戴之情。

《绵》是歌颂古公亶父率领周族由豳迁岐,在岐下建国的事迹。《皇矣》叙述太王、王季的德行,描写文王伐密、伐崇的战绩。《大明》赞颂了武王伐商的胜利。

以上五首诗记述了周民族的发展史,歌颂了在民族发展史中起过重要作用、作出突出贡献的"民族英雄",既是历史,也是颂歌,诗中洋溢着民族的自豪感和使命感。史诗的作用是缅怀历史,昭示后代,其目的还是为现实政治服务,巩固周王朝的统治,这一点与公卿士大夫作"美刺"诗的目的是一致的。

　　《小雅》中更多的是批判政治的作品,其内容大多反映的是厉王、幽王时期由黑暗政治导致的社会动乱和民不聊生的现实,并由此发出感慨和批判。如《十月之交》,先写日食、月食、地震、山崩、河沸等巨大灾异,伴随灾异的还有"四国无政,不用其良"的乱政殃民,其原因正是周幽王的腐败和艳妃的蛊害。诗中不加避讳地列举了"皇父卿士,番维司徒"等人名加以遣责,哀叹自己的无辜遭灾。"下民之孽,匪降自天。噂沓背憎,职竞由人。"百姓的灾难,不是上天的旨意,而在于腐败的统治者。再如《何草不黄》,也是讽刺周幽王征伐不息、视百姓如禽兽的昏政。"哀我征夫,独为匪民。匪兕匪虎,率彼旷野。"人不是野牛,也不是老虎,为何要在旷野上供人驱使呢?哀叹之中寓意着对黑暗政治的批判。这类诗都是现实性极强的政治诗,其"纪实"的特色更是一目了然。

　　《小雅·采薇》是宣王时期的作品,诗中写士兵奉命出征,抵抗北方狁的入侵,生活极其艰苦,既"载饥载渴",又"不遑启居"。最后一章写士兵还乡路上饱尝饥渴,痛定思痛的一段哀情:

　　　　昔我往矣,杨柳依依。今我来思,雨雪霏霏。行道迟迟，载渴载饥。我心伤悲，莫知我哀。

这一章声情悽惋，感慨万端，显出何等的沉痛。"昔我"四句被晋人谢玄视为《三百篇》中最好的诗，清人王夫之以为它妙在"以乐景写哀，以哀景写乐，一倍增其哀乐"。士兵出征时心里是愁苦的，可眼前的杨柳在春风中徐徐飘荡，这是美好的季节，士兵却在这时被迫出征，所以加倍显得愁苦。士兵还乡回家，心情是愉快的，可眼前是一派雨雪交加，这是用苦景反衬乐情，描绘出士兵为急于回家不顾雨雪赶路的情景，加倍显得心情愉快。

《小雅》中的其他作品，如写田猎的《车攻》，写畜牧的《无羊》，写建筑的《斯干》，写宴饮的《宾之初筵》，都是"纪实"性的诗篇。《大田》《甫田》《信南山》等农事诗，也有极高的史料价值。

与公卿士大夫关注朝政的特点相对比，民间诗歌的作者更关注的是个人的切身生活和感情。如《豳风·七月》叙述了农民一年四季的劳动过程和劳动生活的各个方面，农民要种田、蚕桑、绩麻、织染、制衣、打猎、酿酒、修房建房、藏冰，诗中在记述他们劳作时还展现了他们的感情世界。

《诗经》中一些描写劳动场景的短诗，很富生活情趣，如《周南·芣苢》："采采芣苢，薄言采之。采采芣苢，薄言有

之。"简单的节奏,明快流畅,让人感到劳动的欢乐。清代的方玉润在《诗经原始》中对此诗有一段分析颇为精彩:

> 读者试平心静气,涵泳此诗,恍听田家妇女,三三五五,于平原绣野、风和日丽中群歌互答,余音袅袅,若远若近,忽断忽续,不知其情之何以移而神之何以旷。则此诗可不必细绎而自得其妙焉。

《周南》中的《葛覃》《卷耳》等篇也属于此类作品。

然而农民的生活并非都如《芣苢》诗那般富有田园牧歌情调,有些诗篇则记下了他们的痛苦、悲愁和愤怒。《豳风·七月》诗中就有"无衣无褐,何以卒岁"的悲苦。《豳风·东山》是描写因战争徭役而使得妻离子散田园荒芜的诗篇。"我徂东山,慆慆不归",服役到东山去,很久很久不能回到家园,"果臝之实"挂在房檐上没人管,屋里潮虫满地跑,门前蜘蛛结满了网,田地成了鹿群出没之地,一派荒凉破败,诗人心中充满了悲凉。

战争徭役不仅给服役的男人带来痛苦,苦守在家的妇女同样度日如年。《王风·君子于役》描写一位因丈夫久役,而怀念亲人的妇女:

君子于役，	丈夫服役去远方，
不知其期，	不知归期有多长，
曷至哉？	哪天才能回家乡？
鸡栖于埘，	鸡儿上窠，
日之夕矣，	夕阳落山，
羊牛下来。	牛羊下山冈。
君子于役，	丈夫服役去远方，
如之何勿思。	对此景物怎不想！

鸡回窝巢，牛羊归栏，亲人却服役远方不能回家，思妇的悲苦之情由黄昏的景象引发，情因景生，反映了服役制度带给人民的痛苦。

《国风》中描写恋爱婚姻题材的诗篇数量最多。朱熹曾感叹道："凡诗之所谓风者，多出于里巷歌谣之作，所谓男女相与咏歌，各言其情者也。"(《诗集传序》)这些作品有写热烈爱恋之情，有写刻骨相思之愁，有写苦涩失恋之苦，有新婚宴尔的欢乐，也有不幸弃妇的哀怨。这些诗大多数是当事者率真大胆的表白，感情诚挚、朴素、热烈，风格清新自然。

周代的礼制风俗对青年男女的情爱虽有所限制，但为了繁衍后代，增加人口，在一定时间内还鼓励青年男女自由交往。《周礼·地官·媒氏》记载："中（仲）春之月，令会男女。于是时也，奔者不禁。若无故而不用令者，罚之。司男女之无夫家者而会之。"于是青年男女在阳春三月，走出家门，结伴游乐，自由择配。《郑风·溱洧》即描写了这种情景：

溱与洧，	清清溱水和洧水，
方涣涣兮。	三月冰融泛青波。
士与女，	青年男女去春游，
方秉蕳兮。	手捧兰花笑呵呵。
女曰观乎，	女的说："看看去。"
士曰既且。	男的说："已去过。"
且往观乎，	再去一次又何妨？
洧之外，	洧水之滨河岸旁，
洵訏且乐。	多么宽敞又欢乐。
维士与女，	啊，姑娘和小伙子，
伊其相谑，	他们正相互戏笑，
赠之以勺药。	相赠芍药红似火。

溱水、洧水之畔，男女青年结伴踏青，嬉戏调笑，气氛热烈，又互赠香草表达爱情。对诗中所表现的内容，后世卫道士们大加斥责，如郑玄说：男女"相与戏谑，行夫妇之事……按士女至于相谑，此即淫风流行也"。郑氏用封建礼教作为批评

的标准,自然显得荒谬可笑。殊不知,千百年前,这种男女情爱不仅不受指责,反而受到礼制风俗的促进,《周礼》的记载即为明证。《溱洧》给我们展示了一幅生动的民俗图画。

此类作品还有许多,如《邶风·静女》描写男女约会的情景:

> 静女其姝, 　文静姑娘多漂亮,
> 俟我于城隅。 　等我约会角楼上。
> 爱而不见, 　故意隐藏不露面,
> 搔首踟蹰。 　抓耳挠腮又彷徨。

漂亮的姑娘故意躲藏起来,逗得情郎焦躁不安,抓耳挠腮,一个细节动作,把人物的心理刻画得淋漓尽致,也烘托出爱情的热烈。

婚姻是爱情的升华,爱情真挚使婚姻美满,《周南·关雎》写到"窈窕淑女,君子好逑"的美满:

> 参差荇菜, 　参差不齐的荇菜花,
> 左右采之。 　左手右手齐采摘它。
> 窈窕淑女, 　对那娴静的美姑娘,
> 琴瑟友之。 　弹琴鼓瑟来取悦她。

参差荇菜，	参差不齐的荇菜花，
左右芼之。	左手右手齐采摘它。
窈窕淑女，	对那娴静的美姑娘，
钟鼓乐之。	鸣起钟鼓来愉悦她。

有情人终成眷属，姑娘娶进门，弹琴奏瑟，敲钟打鼓，既表达了对姑娘的爱情，也表达了自己欢乐的心情。后世常用"琴瑟""钟鼓"表达婚姻美满。

《郑风·女曰鸡鸣》采用对话、联句形式表现了一对新婚夫妇和睦融洽的家庭生活及情投意合的感情。

（对话：）

女曰鸡鸣，	女子说：鸡叫了。
士曰昧旦。	男子说：天才亮一半。
子兴视夜，	你且下床看看天，
明星有烂。	启明星儿光闪闪。
将翱将翔，	鸟儿快要飞出林，
弋凫与雁。	我该去打些野鸭和大雁。

（女子说：）

弋言加之，	你射下野鸭和大雁，
与子宜之。	我为你烹调成佳肴。
宜言饮酒，	有了佳肴好下酒，
与子偕老。	与你白头活到老。
琴瑟在御，	你弹琴来我鼓瑟，
莫不静好。	声音和谐又美好。

（男子说：）

知子之来之，	知你关心体贴我，
杂佩以赠之。	送你佩饰答你爱。
知子之顺之，	知你温顺喜欢我，
杂佩以问之。	送你佩饰表心意。
知子之好之，	知你爱我是真情，
杂佩以报之。	送你佩饰表同心。

全诗洋溢着浓郁的生活气息，一对农家夫妇普通的对话，几近白描，却透露出二人深挚的感情，似淡实浓，我们不能不惊叹诗人善于捕捉生活、表现生活的艺术才能。

并非所有的婚姻都是美满的。《诗经》真实反映了当时妇女社会地位和家庭地位的低下，对女子所遭受到的不幸表示深切同情。《卫风·氓》是这类诗的代表。

《氓》诗以女子口吻叙写她不幸的婚姻生活。男子为追求女子，花言巧语，软硬兼施，终于骗得了女子的痴情。但结婚以后女子渐渐失去年轻的鲜亮后，男子便露出了丑恶的本相：

> 三岁为妇，　　和你结婚已多年，
> 靡室劳矣。　　家里的活我一人担。
> 夙兴夜寐，　　起早睡迟勤劳作，
> 靡有朝矣。　　日日夜夜数不完。
> 言既遂矣，　　家中生活渐已安，
> 至于暴矣。　　你却对我更凶残。

女子为了家庭辛苦劳作，失去了青春，男子却薄情寡义，将女子休弃。夫家的打击已使人痛苦，娘家兄长的"咥笑"更使人伤心。她悔，她恨，发出沉痛的感叹：

> 于嗟女兮，　　姑娘们啊，
> 无与士耽。　　对男子千万不要太痴情。
> 士之耽兮，　　男子痴情，
> 犹可说也。　　尚可解脱。
> 女之耽兮，　　女子痴情，

> 不可说也。　难以解脱。

女主人公的沉痛追悔，如泣如诉，感人肺腑。

《国风》中的作品大多写自身事，写身边事，读来真切感人，同时也使我们对当时的时代风貌和生活状况有了深入的了解。

"六经皆史"

文学作品对认识社会历史具有重要价值，优秀的现实主义文学作品，这一方面的表现更加突出。恩格斯曾对法国现实主义作家巴尔扎克的《人间喜剧》给予很高的评价。恩格斯说：《人间喜剧》给我们提供了一部法国社会特别是巴黎上流社会的卓越的现实主义历史，"在这幅中心图画的四周，他汇聚了法国社会的全部历史，我从这里，甚至在经济细节方面（如革命以后动产和不动产的重新分配）所学到的东西，也要比从当时所有职业的历史学家、经济学家和统计学家那里学到的全部东西还要多"（《致玛·哈克奈斯》）。《诗经》的创作年代在商末和西周、春秋时期，《诗经》展示的生活画面所告诉我们的历史内容，从某种意义上说要比有关典章制度的文件更加真实可信。由于上古文献的散佚和残缺，《诗经》的史料价值就更显得珍贵。

清代的章学诚曾有一个著名的论断:"六经皆史。"明确提出古代经典的史学价值。他又具体说及《诗经》的史料价值:"土风殊异,人事兴废",这类体现社会历史实貌的细节,史书的《纪》《传》不可能详细记载,编年体史书也不可能尽录,但在诗中可以见到,并可以与史书的某些记载相互印证,如《诗经》中的《鸱鸮》与《尚书》中的《金縢》,《二子乘舟》与《左传》之类。所以说:"文章史事,固相终始者。"(《文史通义·易教上》)章氏的论断很有道理。

《诗经》反映了商末到春秋时期的社会生活,可与《尚书》《左传》《国语》《史记》的记载相互印证。如《商颂》对商代的社会风气、商人的精神风貌的反映,就给我们提供了商代历史的生动画卷。

文化史学家把殷商文化作为青铜文化的代表。青铜文化的审美特征突出表现在饕餮那狰狞可怖、威猛凶暴的形象中。"继原始的神话、英雄之后的,便是这种对自己氏族、祖先和当代的这种种野蛮吞并战争的歌颂和夸扬。"(李泽厚《美的历程》)《商颂》的内容正印证了这一时代特征:"相土烈烈,海外有截。"(相土威风烈烈,海外都服帖归顺。)《长发》诗中描写了商汤伐桀灭夏的勇武:

武王载旆, 武王出兵伐夏桀,

有虔秉钺。	威武勇猛手持斧钺。
如火烈烈，	好像大火一样猛烈，
则莫我敢曷。	没有谁敢来阻截。
苞有三蘖，	一棵树干三个杈，
莫遂莫达，	它已不能再长枝叶，
九有有截。	征服九州成一统。
韦顾既伐，	已经打败韦国和顾国，
昆吾夏桀。	又将昆吾和夏桀消灭。

诗中对"武王"以武力统一天下充满了自豪感，歌颂杀伐立功，此与周以后诗中所谓"以德服人""以仁感人"的观念形成了鲜明的对比。

《殷武》篇还赞颂了讨伐荆楚的武功：

挞彼殷武，	那殷王武丁真神速，
奋伐荆楚。	奋力兴师讨伐荆楚。
罙入其阻，	深入敌人险阻之地，
裒荆之旅。	将荆楚的军队俘虏。
有截其所，	占领了荆楚大片土地，
汤孙之绪。	这是汤孙的伟大功绩。

以征伐、占有为荣的观念在诗中得到充分表现,这是时代精神烙在诗人脑际的印记,反过来讲,诗歌也正体现了时代精神。

王国维在《殷周制度论》中曾论及殷周改朝换代的历史意义:中国政治文化变革,"莫剧于殷周之际"。殷周之际的大变革,从表面上看,不过是一姓一家的兴亡和都城的迁移;从根本上说,则是旧制度废而新制度兴,旧文化废而新文化兴。周人制度与殷商的最大不同,就是周人确立了嫡长子的宗法制度。天子以嫡长子继位,众子封为诸侯;诸侯以嫡长子继位,众子封为大夫;大夫亦以嫡长子继位,众子为士。士为小宗,以大夫为大宗;大夫亦为小宗,以诸侯为大宗;诸侯亦为小宗,以天子为大宗。《大雅·公刘》说:"食之饮之,君之宗之。"毛传:"为之君为之大宗也。"可见,君即是宗。《大雅·板》:"大宗维翰。"毛传:"王者天下之大宗。"周天子称同姓诸侯为伯父、叔父,称异姓诸侯为伯舅、叔舅,所体现的正是宗法关系。因此王国维说,欲观周之所以定天下,必自其制度始矣。

宗法制度的萌生,在《生民》《公刘》《绵》《皇矣》《大明》等五篇叙述周民族发展壮大的史诗中就有反映,例如古公亶父传位给嫡长子太伯,太伯后来让位给其弟季历,季历传位给长子文王,文王又传位给儿子武王。可见,这时候还没有明确的立嫡长子的制度。但这种血统为纽带的宗法分封思想，使周王朝的统治基础变得比殷商更为巩固。《左传·定公四年》记载："昔武王克商，成王定之，选建明德，以蕃屏周。"嫡长子制度的真正确立，实从周公把王位让给成王开始。据说周封国四百余，服国八百余。封国是周王根据宗法制度，把未继承王位的别子分封到各个小国，他的嫡长子就成为封国的百世不祧之宗。服国则属于非国王封建的国家，它臣服于周王，因而受到周王的承认。《小雅·北山》诗说："溥天之下，莫非王土。率土之滨，莫非王臣。"这一局面的形成，主要得力于宗法血统的分封制度的实施。夏商时代的政治统一，只是要求各民族承认他是天子，氏族与天子之间的关系相对说来较为松弛。而周公是以宗法制度来封土建国，以此作为王室的屏障，这种政治统一性就大大加强了。《大雅·文王》诗说："文王孙子，本支百世。"这也就是说，周王室政治力量的骨干，正是由宗法中的"本"与"支"所构成的。

宗法分封制度的基本精神，是由嫡庶亲疏而来的"亲亲"精神，它把天子与诸侯以至于士大夫的上下关系，由权力的控制一变为血统的支持，这就大大缓和了上下统治中的对立冲突，使政治团结成为自觉的要求。"亲亲"精神一旦衰竭，便预示了王朝统治的不能长久。

宗法分封包括土地、人民和适合受封者名分的车服器物等。周王把某一土地和人民分封给某个诸侯，统治的权力也随之分了出去。诸侯把受封的土地和人民，按照宗法制度的要求，又分封给卿大夫作食邑，卿大夫有家臣，有邑宰，就是这个原因。封国食邑内农民的生活状况是参差不齐的，《诗经》中众多的农事诗就显示了这种不同。

以上对周代社会宗法分封制度的介绍，是为了说明《诗经》三百余篇所反映的思想内容与这一历史发展的背景是不能分开的。只有在这一社会背景下来理解《诗经》篇章所表达的思想情感，才会使我们对作品的认识更深刻更接近真实。例如，《生民》《公刘》《绵》《皇矣》《大明》等五篇追忆祖先艰苦创业的作品，其中虽然夹杂着不少神话传说，但作者透露出来的宗法意识还是十分明显的。它是一种有意识的交代，作品的创作年代当是宗法分封制度确立的时候。从历史上看，殷朝前期，除武丁外，前后三代是兄弟继承，后期武乙以下的五王，则是父子继承，而且殷代也无嫡庶之分。从发展的观点分析，周朝的开国者们不会开初就有立嫡立长的明确主张。那么，《生民》等篇的作者对周王传位的慎重追叙，是否正表明了对宗法分封制度合理性的肯定呢？对先王的称颂，同时也是对自身的肯定，也是对将来的规范。由此我们可以进一步感觉到，这几篇作品的作者当是周朝宗法集团的成员之一。

周初社会的农事诗所反映的内容，与宗法分封的土地制度是分不开的。当时的土地制度有公田和私田的区别，农民在耕种公田之余，还有一份私田可供养家糊口。公田是借（藉）民力以耕，藉田（籍田）之名由此得来。天子有时亲耕一垄，意在做个榜样，让大家重视农业生产。《小雅·大田》说："雨我公田，遂及我私"，正说明了周时的所谓井田制是由公田和私田组成的，而周朝的赋税，也正是在这种土地制度上形成的。周初社会，统治者还没有在农民的私田上征税，所以这一时期的农事诗，描写在公田上的劳动情景，显得活泼而轻快。例如《周颂·噫嘻》写周成王举行亲耕籍田之礼："率时农夫，播厥百谷。骏发尔私，终三十里。""骏发尔私"，是指立刻停下私田的活儿，参加公田的劳动。这也就是孟子所说的："公事毕，然后敢治私事，所以别野人也。"（《孟子·滕文公上》）《周颂·丰年》诗则表现了人们丰收后的喜悦心情。《周颂》中的《载芟》和《良耜》也描写了大量收获后的兴奋："载获济济，有实其积，万亿及秭。""积之栗栗。其崇如墉，其比如栉，以开百室。"这么多的堆积，只有周天子的公田上才有，有限的私田是无法达到的。尽管如此，诗歌的情调还是健康向上的。

《豳风·七月》对农夫一年四季的生活作了详细的描述。毛传以为《豳风》是周公陈王业的诗，豳公即公刘，豳是公刘避桀所居之地。旧说这首诗是西周初年，周公有感管、蔡之变，东征三年后，为成王营雒，仿佛公刘治豳，而作此诗。由此看来，《七月》也是一首周初的诗作。这首诗描写了农夫四季的艰苦劳动，为"公"与"公子"耕织、打猎、盖房、藏冰、造酒，而自己的生活却是"采荼薪樗"，"无衣无褐"。生活虽苦，但依然有起码的私产："同我妇子，馌彼南亩。"如果没有一份私田，送饭南亩又怎么解释呢？农夫与主人在生活上有很大的差异，但其间的对立并没有后期"变风""变雅"诗中那样的尖锐。"女心伤悲，殆及公子同归。"这句诗有三种不同的解释。《毛传》以为这是"豳公子躬率其民，同时出，同时归"。《郑笺》则以为"悲则始有与公子同归之志，欲嫁焉"。朱熹《诗集传》则说："盖是时公子犹娶于国中，而贵家大族联姻公室者，亦无不力于蚕桑之务。"这样说来她就不是农家女了。不管何种解释，这位女子与公子之间并没有明显的压迫役使关系。当今有些人把这句诗解释为公子要带女子回家逞其兽欲，实在是脱离当时土地制度的武断联想。果真要行欲，公子也不会待到归时。总体看来，它是时代较早的一首诗歌。

《豳风》中的《破斧》和《东山》，也是西周前期的作品，它们的背景是周公东征，讨伐背叛者。诗作并没有正面表露对周公东征的怨愤，而只是写战争使个人心理上所产生的离愁别恨。《东山》诗叙事曲折变化，情感凄恻动人，是难得的一首好诗。这种格调，与周民族的刚刚壮大是很有关系的。而后期的厌战诗，则对统治者的腐败表达了强烈的不满。

西周后期，由于君王不亲九族，好用谗佞，维持政治统一的精神纽带——亲亲精神，开始失去作用。"厉王无道，周室亲亲之义衰。"所以，写厉王无道的诗也不在少数。《小雅·角弓》写周王朝贵族争权夺利，造成兄弟亲戚之间的矛盾和对立。其实际意义，《诗序》说："《角弓》，父兄刺幽王也。不亲九族而好谗佞，骨肉相怨，故作是诗也。"西周亡于幽王，骨肉相怨，众叛亲离，是其主要的原因。另一方面，周初的宗法分封，意味着王室的赋税范围的减小。周穆王侈心远伐，已大大削弱了王室的力量；至周厉王，使王室的力量更加衰微，于是只好向百姓榨取。民不堪命，结果国人把厉王流放到彘。嫡长子制度本也起着维持政治统一的作用，但周宣王开始加以破坏，他想立少子戏不立长子括，结果也是"鲁人杀懿公（戏）而立伯御（括）"。这些方面所导致的种种社会变化，在《诗经》中也有突出的反映，主要集中在《大雅》和《小雅》中。

《小雅》中的《节南山》《十月之交》《雨无正》《巧言》等篇，《诗序》认为是刺幽王的，《郑笺》则说其中几首是刺厉王的。《十月之交》写日食、地震、山崩、河沸等巨大灾异,并分析导致这种变异和国政败坏的原因是"不用其良"和"艳妻"的蛊惑捣乱。诗中列举了幽王佞臣皇父等七人的名字,进行了公开大胆的批判揭露。《节南山》同样也毫不隐讳自己的批判目的:"家父作诵,以究王讻。式讹尔心,以畜万邦。"《大雅》中的《民劳》《板》《荡》《桑柔》诸篇,对统治者的罪过,也作了大胆的批判。

由于政治黑暗,社会动荡,人民生活陷入了贫困和苦难。《小雅·苕之华》写道:"苕之华,其叶青青。知我如此,不如无生。"人不如草木,生机之断绝随时可能发生。从这里,我们可以感觉到统治者对百姓私田赋税的侵夺,已经到了疯狂的地步。《桧风·隰有苌楚》也是以草木与活人进行对比的:"隰有苌楚,猗傩其枝。夭之沃沃,乐子之无知。"人只有到了无法生存的地步,才会有如此惊心动魄的联想。

这一时期,也出现了一些反映战争的诗篇,大多是周宣王时期的作品。宣王号称"中兴之主",发动过讨伐西戎、猃狁、荆蛮、淮夷、徐戎的战争,且取得了胜利。其中不乏歌颂之作,如《大雅·常武》《小雅·六月》《小雅·采芑》等,但最优秀的诗篇首推《小雅·采薇》。一位士卒,为了防御猃狁的侵掠,奉命离乡远戍,生活极端艰苦,载渴载饥,不得不采薇而食。最后一章写士卒在归途中抚今追昔,心中充满了痛定思痛的悲哀:"昔我往矣,杨柳依依。今我来思,雨雪霏霏。行道迟迟，载渴载饥。我心伤悲，莫知我哀。"《世说新语·文学》篇记载了这样一个故事：晋人谢安在一次聚会上问众子弟，《毛诗》中何句最佳，其侄儿谢玄应声称道："昔我往矣，杨柳依依。今我来思，雨雪霏霏。"不仅如此，南朝梁代的刘勰在《文心雕龙·物色》篇中也极力称赞用依依来刻画杨柳，有情貌无遗、细微入化之妙。宋人宋祁则以为"杨柳依依"数句，好就好在从物态中见人情，物中有我，景中含情。清人王夫之在《薑斋诗话》中评价这四句妙在"以乐景写哀，以哀景写乐，一倍增其哀乐"。

《小雅·杕杜》写征夫久戍，嗟怨"王事靡盬，继嗣我日"，使我不能回家团圆。《小雅·何草不黄》则写道："匪兕匪虎，率彼旷野。哀我征夫，朝夕不暇。"我又不是野兽，为何长年累月地在旷野上供人驱使呢？"哀我征夫，独为匪民"，这是对不平等待遇的强烈控诉。我们把这首诗与西周前期的战争诗进行比较，可以发现，社会矛盾越来越尖锐了。

幽王被杀，平王东迁，历史进入东周时期。平王东迁，还主要是依靠着晋国与郑国的亲亲关系。齐桓、晋文霸业的成功，多少还借助于宗法传统中的亲亲关系。桓、文以后，周室与诸侯之间的亲亲空气愈加稀薄，周王室在诸侯中的领导地位，也随之分崩离析了。在这样一种政治气候下，诸侯国君向农民增加赋税扩大兵役，以图在诸侯国中出人头地。

而卿大夫同时也与国君争夺土地和人民,土地和人民多脱离国君而入卿大夫之手。政治的混乱,使劳动人民的生活更加陷入了贫困的境地,所以这一时期反剥削、反徭役的诗出现很多。

《魏风·伐檀》写的是伐木工人不停地在河边伐木、搬运,他们付出了辛勤的劳动,但却一无所有,而那些君子不稼不穑,不狩不猎,却稻谷满仓,猎物满庭,到底是为什么?虽然诗中没有点明答案,但它可以激发人们对于这种剥削现象的思考。《魏风·硕鼠》通篇以硕鼠作比,揭露了剥削者贪得无厌的本质。诗中写道:"硕鼠硕鼠,无食我黍。三岁贯女(汝),莫我肯顾。逝将去女,适彼乐土。乐土乐土,爰得我所。"从诗中,我们可以清晰地感受到作者愤怒而无奈的脉搏在跳动。"适彼乐土",在当时来说,确实是一种空想,但这正展现了苦难百姓被统治者剥削得走投无路的情景。

这种逃亡,在《邶风·北风》中也有描述:"北风其凉,雨雪其雱。惠而好我,携手同行。其虚其邪,既亟只且。"意思是说:这个地方的风雪(喻暴政)不能让人忍受,我们还是走吧。不能再犹豫了,赶快离开这里吧。

《王风·君子于役》是一首反徭役的诗,它通过一位妇女对服役在外的丈夫的深沉思念,表达了对频繁的战争徭役的痛恨。《唐风·鸨羽》则写国家的徭役没有停止的时候,以致自己不能耕种土地,赡养父母,作者最后大声疾呼:"悠悠苍天,曷其有所?"什么时候我才能有一个安定的生活场所?

以上所举诗例,较为清楚地显示了周代社会不同时期的动荡变革,真实地记录了社会变革给人们的触动。社会的变化不仅给人们的生活,同时也给人们的观念带来了变化。正是从这个意义上讲,《诗经》可以补历史文献之不足。

生活百科

《诗经》如同一面镜子,映射出商末至春秋时期的社会现实,告诉我们先民是如何生活如何思想的,回答我们当时的社会结构怎样、人际关系怎样等问题。同时,《诗经》还是一部百科全书,向我们介绍了许多文化史上的知识,如货币、天文、职官、土地制度、饮食等等,这些记载是典章制度文献的宝贵补充,历史学家对它的重视程度甚至超过了文献。下面略作介绍。

《小雅·菁菁者莪》有:"既见君子,锡我百朋。""朋"是什么?它是计算贝的单位。甲骨文中有"取贝二朋"的记载。那时海贝由南方运来,成为贵族珍贵的装饰品。用线把贝穿成一串就称为"朋"。到了《诗经》时代,贝就逐渐多起来了，贵族视为至宝，并把它作为货币来使用。由于贝是宝物，没有多少实用价值，所以在民间它还不是通货，民间贸易仍是以物易物，或以某些生产工具为货币，如后来作为货币的钱、镈（后写作布）、刀等都是由生产工具转化而成的。生产工具本身就有很强的实用价值，故而能转化成货币。但这种工具各家不可能储备很多，而且也不便零买零卖，粮食与布丝还是最常用的交易品。《小雅·小宛》："握粟出卜，自何能穀？"这里的粟就是占卜费。《卫风·氓》："氓之蚩蚩，抱布贸丝。"这里的布不是货币，而是用麻织成的布。从已发现的文化遗址考察，到春秋晚期，晋国才有金属货币"空首布"。

再说天文。《诗经》在这方面的内容最为丰富。如《召南·小星》《鄘风·定之方中》《郑风·女曰鸡鸣》《小雅·大东》等都有相关记载。《豳风·七月》有："七月流火。"火，星名，又称大火，即心宿。在周代，各地存在着几种历法：夏历、殷历、周历等。传统的解释以为这句诗是指夏历七月，夏历五月的黄昏时候，火星在正南方，也就是正中和最高的位置，过了六月就偏西向下了，这就叫流。王力以为清代戴震的说法最为准确。戴震依照岁差来解释，周时六月火星才到中天，到七月才向西流。明末清初大学者顾炎武在《日知录》中说："三代（夏商周）以上，人人皆知天文。'七月流火'，农夫之辞也；'三星在天'，妇人之语也；'月离于毕'，成卒之作也;'龙尾伏辰',儿童之谣也。后世文人学士,有问之而茫然不知者矣。"《诗经》中许多有关天文星宿的诗句,作为谚语和成语一直流传到现在,"七月流火"就是其中的一例。

三代的职官,我们可以考之于《周礼》,但《诗经》的记载比《周礼》要早。《小雅·十月之交》:"皇父卿士,番维司徒,家伯维宰,仲允膳夫,棸子内史,蹶维趣马,楀维师氏,艳妻煽方处。"卿士是官名,总管王朝政事,类似《周礼》中的冢宰和后代的宰相。司徒是主管地政和教育的官。宰也是官名,掌管王家内外事务。膳夫是主管国王后妃饮食的官。内史主管的是国王法令文件和封赏的策命等。趣马是主管豢养国王马匹的官职。师氏是掌守王门的武官。《诗经》中所记的官名以及管辖范围,我们可以与其他典籍的记载进行比较研究,看看有哪些变化发展,从中可以找到沿革的线索。

土地制度在《诗经》中也有反映,如《小雅·大田》:"有渰萋萋,兴雨祁祁。雨我公田,遂及我私。"大田就是公田,又称甫田。鲁宣公十五年,鲁国实行"初税亩",按田亩多少收税,承认土地私有制,劳役地租转化为实物地租,《大田》诗中反映的就是这种情形。《齐风·甫田》还说:"无田甫田,维莠骄骄。"无人耕种公田,莠草长得很茂盛。这里反映了农夫与主人之间的矛盾和井田制度的衰亡。农夫不种田,但"取彼狐狸,为公子裘"(《豳风·七月》)。即使捕得狐狸,也要交给主人做皮袄,而自己却"无衣无褐,何以卒岁"。当时没有棉花,布是用麻制的,褐更是粗麻织品。贵族穿丝帛,平民只能穿布衣,甚至连布衣也求不到。以后,布衣就成了平民的代称。

从《诗经》中还可以考察先民的饮食情况。例如诗中屡言"黍稷":"黍稷彧彧"(《小雅·信南山》),"黍稷薿薿"(《小雅·甫田》)。可见,黍稷是先民饮食生活中的主食。黍即今日北方的黍子,又叫黄米,状似小米,色黄而黏。稷即今天的小米,北方称为谷子。麦子的地位则没有黍稷那么突出,《周颂·思文》:"贻我来牟,帝命率育。"来,即麦。《豳风·七月》也提到"禾麻菽麦"。古人还以黍子造酒。《小雅·大东》:"维北有斗,不可以挹酒浆。"古代的酒是米酒,不同于今天的白酒,所以一次喝上几斗,不是夸张。

此外如衣饰、住所、车马、地理以及鸟兽草木等名物,我们也都可以从《诗经》中找到,增加很多文化知识。先人由此而形成的生活习惯,对后来社会发展的影响既是巨大也是细微的。以上略举数例,可以看出《诗经》的内蕴是多么博大而深厚。

有关《诗经》的一些名词

《诗经》在春秋时就已流行于诸侯国间,到汉代更是成为官方指定的教化圣典颁行天下。在《诗经》漫长的流传、研究史上,无数经师或习经者在传习过程中提出一些研究《诗经》的术语、范畴。这些名词在后世也成为《诗经》不可分离的一部分,如"四始""风雅正变"等等。它们不仅担负着对《诗经》的解说、认识、阐释功能,而且又衍化、派生出新的理论范畴,体现出新的内涵。如"风雅正变",本是对《诗经》中不同时期产生的不同内容、风格诗篇的认识,后世则成为文体或法度的正统、正规与新变、创新的一般概念。下面选取几种名词略作介绍。

四始

古人解说《诗经》，有"四始"之说。《毛诗》《鲁诗》《齐诗》各有不同的解说。

"四始"是指风、小雅、大雅、颂。《诗大序》以为"四始"是"诗之至也"，是诗的最高规范。《毛诗正义》引郑玄答张逸云："风也，小雅也，大雅也，颂也，此四者，人君行之则为兴，废之则为衰。"又引《郑笺》："始者，王道兴衰之所由。"这实际上是对整部《诗经》的评价。因为"四始"概括了《诗经》全部的内容。人君如果用《诗经》来教化百姓，治理王政，那么国家就会兴旺繁荣；如果将《诗经》废弃不用，那么国家就会衰落灭亡。所谓"始"就是指这种兴衰的根本缘由。清陈启源《毛诗稽古编》说："风、雅、颂四者即是始，非更有为风雅颂之始者。"他将二雅并为一始，也没有脱离《诗大序》"四始"的范围。这是《毛诗》的说法。

《毛诗》是以《诗经》的类别作为"四始"，《鲁诗》则具体到篇章立说。司马迁早年学习《鲁诗》，他的说法代表了《鲁诗》的看法。他说："《关雎》之乱以为风始，《鹿鸣》为小雅始，《文王》为大雅始，《清庙》为颂始。"（《史记·孔子世家》）清陈奂《诗毛氏传疏》也说："《关雎》风始，《鹿鸣》小雅始，《文王》大雅始，《清庙》颂始。"在他们看来，所谓

"始"就是以写文王的诗作为开篇。

《诗纬·泛历枢》:"《大明》在亥,水始也;《四牡》在寅,木始也;《嘉鱼》在巳,火始也;《鸿雁》在申,金始也。"这是《齐诗》的说法。魏源《诗古微》解释说:"习《诗》者多通乐。此盖以《诗》配律,三篇为一始,亦乐章之古法。特又以律配历,分属十二支而四之,以为四始。"乐章之古法既然已经无从知道,解说也就难保点到根本上去。《齐诗》说法之原貌,也就更难以索解了。

三说之中,以《毛诗》之说最为简单,《鲁诗》《齐诗》之说较为复杂。《诗经》中篇章的排列组合,似乎并无鲁齐二家所说的那种深厚的意蕴,它们的解释就显得有些故弄玄虚了。所以,"四始"的解释,一般还是认同《诗大序》的观点,虽然简单了点,倒也符合《诗经》的内容排列。

风雅正变

"四始"之外,《诗经》还有所谓"风雅正变"的说法。

《诗大序》说:"至于王道衰,礼义废,政教失,国异政,家殊俗,而变风、变雅作矣。国史明乎得失之迹,伤人伦之废,哀刑政之苛,吟咏情性,以风其上,达于事变,而怀其旧俗者也。故变风,发乎情,止乎礼义。"有变风变雅,也就有正风正雅;变风变雅是反映王道之衰的作品,正风正雅则是反映王道之兴的作品。《诗大序》和《礼记·乐记》都说:"治世之音,安以乐,其政和。乱世之音,怨以怒,其政乖。亡国之音,哀以思,其民困。"正风正雅写的是"治世之音",变风变雅写的则是"乱世之音"和"亡国之音"。郑玄《诗谱序》说,文王、武王的时候,百姓安居乐业,"其时诗,风有《周南》《召南》,雅有《鹿鸣》《文王》之属。及成王、周公致大平,制礼作乐,而有《颂》声兴焉,盛之至也。本之由此风、雅而来,故皆录之,谓之诗之正经。后王稍更陵迟,懿王始受谮亨齐哀公,夷身失礼之后,邶不尊贤。自是而下,厉也、幽也,政教尤衰,周室大坏。《十月之交》《民劳》《板》《荡》,勃尔俱作,众国纷然,刺怨相寻。五伯之末,上无天子,下无方伯,善者谁赏,恶者谁罚,纪纲绝矣。故孔子录懿王、夷王时诗,讫于陈灵公淫乱之事,谓之变风、变雅。"这也就是说,变风变雅是周王朝中衰以后的作品,以前的就是正风正雅了。所以在郑玄眼中,《周南》《召南》等二十五篇是正风,"《鹿鸣》《文王》之属"是正雅。雅有大小,所以又有正小雅、正大雅。《小雅》自首篇《鹿鸣》至《菁菁者莪》二十二篇(六篇亡)为正小雅,大雅自首篇《文王》至《卷阿》十八篇为正大雅。此外《邶风》以下所有一百二十五篇风诗全是变风,"《大雅·民劳》《小雅·六月》之后,皆谓之变雅"(《诗谱·大小雅谱》)，即变大雅和变小雅。

《诗谱序》关于变风变雅的界分，引起了后人的异议。例如二南中的作品就未必都产生于西周初年，《周南·麟之趾》有人就认为是春秋末年鲁哀公十四年时的作品，《周南·汝坟》有人也以为是写西周末年幽王时代的作品。同时，二南中也有反映"礼义废，政教失"的思想内容，与"正风"的名义不符。不过，比较一下西周前期和后期以迄东周的总的创作概貌，正变之分，还是基本符合历史环境和诗歌演变的真实情况的。后期作品中的"刺怨相寻"，确是显著的特色，与前期的"文武之德"形成强烈的对比。

郑玄以为孔子整理《诗经》时，就称其中一些篇章为变风、变雅，这在先秦典籍中不见记载。变风变雅，当是汉人假托孔子的说法。

《诗大序》指出变风的特色是"发乎情，止乎礼义"，变而不失其正，正是儒家"温柔敦厚"诗教的具体阐述。变风变雅的指出，其实在某种程度上也导引了后代诗人有意识地揭露社会的黑暗，反映人民的痛苦，具有积极的、进步的意义。

郑声淫

与《诗经》相关的还有一个重要问题，它直接影响我们对《诗经》的阅读和评判,这个问题就是"郑声淫"所引起的争论。

"郑声淫"最先是由孔子提出的,《论语·卫灵公》:"放郑声,远佞人。郑声淫,佞人殆。"孔子要放逐禁绝"郑声"的理由就是"郑声淫",那么孔子所谓"郑声淫"是什么意思呢?这在后代引起了不少争论。

先引几种观点如下。一种观点认为"郑声"即《诗经》中的郑诗。班固《白虎通义》卷二《礼乐》云:"乐尚雅,雅者古正也,所以远郑声也。孔子曰'郑声淫'者何?郑国土地民人,山居谷汲,男女错杂,为郑声以相悦怿,故邪僻,声皆淫色之声也。"许慎《五经异议》:"郑国之俗,有溱洧之水,男女聚会,讴歌相感,故云'郑声淫'。"郑樵、朱熹等对《郑风》多解释为淫奔之诗,就是以此为根据的。另一种观点认为"郑声"是专指音乐而言,"淫"是指音乐放纵,没有节制。《左传·昭公元年》有"烦手淫声",孔颖达解释说:"所谓郑卫之声谓此也。"清代人主张此说的更多。陈乔枞说:"服虔注《左传》:'烦手淫声为《郑》,重其手而声淫过。'是知郑声之淫,非但谓其淫于色而害于德也,亦谓声之过中耳。"(《三家诗遗说考·鲁诗遗说考》)马瑞辰说:"郑夹漈(樵)于诗序'刺庄''刺忽''刺时''闵乱'之诗,尽改为淫奔之诗,盖误以郑声之淫惟在于色,不知郑之淫固在声而不在诗也。"(《毛诗传笺通释》卷八)陈启源《毛诗稽古编》说:"夫子言'郑声淫'耳,曷尝言'郑诗淫'乎?声者,音乐也,非诗词也……乐之五音十二律长短高下皆有节焉,郑声靡曼幻眇,无中正和平之致,使闻之者导欲增悲,沉溺而忘返,故曰'淫'也。"第三种观点是,王夫之《四书稗疏》说"郑声"之"郑"是郑重、重复之意,"郑,郑也,其非以郑国言之明矣"。第四种观点是今人的看法,以为郑声是当时一种流行乐调歌曲,情思比较放浪,节奏比较浮靡,不符合"乐而不淫"的审美标准,使听者为之沉湎。也就是说,它是一种世俗之乐,如同《孟子》记梁惠王所说"直好世俗之乐耳"。汉赵岐注"世俗之乐":"谓郑声也。"今人观点的最早依据就在这里。

把"郑声淫"等同于"郑诗淫"是不妥当的。首先,它不符合《郑风》的实际内容,《郑风》诗章是不能用"淫奔之辞"进行概括和评价的。例如《郑风·子衿》:"青青子衿,悠悠我心。纵我不往,子宁不嗣音?青青子佩,悠悠我思。纵我不往,子宁不来?挑兮达兮,在城阙兮。一日不见,如三月兮。"这是一首常为后人吟诵并作为典故使用的诗,格调之明快,情思之纯朴,是显而易见的。其次,它不符合孔子对《诗经》的总体评价:"《诗三百》,一言以蔽之,曰:'思无邪'。"第二种观点以为"郑声"单指音乐节奏,把诗词与音乐割裂开来，这也不符合孔子诗乐并重的论《诗》习惯。再说，单是音乐节奏的放纵，并不必然使人沉湎不起。第三种说法以为"郑"非指郑国，而是郑重、重复之意。古代郑卫之音常常并提，"郑声淫"之"郑"当指郑国，这是没有疑义的。最后一种观点，兼顾歌词和音乐两方面进行解释，比前面三说较为合情合理，所以一般人都同意这种观点。

但是，历史地考察"郑声淫"的文化背景，孔子"郑声淫"的批评当有其时代内容或特有所指。孔子说："放郑声，远佞人。郑声淫，佞人殆。"这种语言表达所显示的历史情形是：郑声与佞人之间具有一定的关系。这种关系又是指什么呢？

孔子处在一个"礼崩乐坏"的时代。他汲汲于恢复"周礼"，反映了他对以诗乐为形式特征的等级制度的肯定。在周王朝，有天子之乐，有诸侯之乐，两者的礼节规格不同，绝不能混用。例如《左传·襄公四年》记穆叔到晋国，晋侯先用《肆夏》和《文王》两首诗乐来表示欢迎，穆叔不敢接受，原因是《肆夏》是天子之乐，是天子用来宴享高级诸侯的；《文王》是诸侯之乐，是诸侯相见时所用的诗乐，而穆叔的身份是大夫，所以不敢拜领晋侯的情意。这一礼乐滥用的事例，正是春秋时期"礼崩乐坏"社会的缩影。一次，季氏在自己庭院中用八佾的规格奏乐跳舞，孔子听说后，愤怒地说："是可忍也，孰不可忍也？"八佾，即八行，八八六十四人，这种规格只有天子才能用，诸侯只能用六佾，大夫只能用四佾，士人只能用二佾。季氏按理只能用四佾，而他居然僭用天子之乐，所以引起了孔子的愤怒。像季氏这样的人，就属于佞人之列。国有佞人，那就危险了。《左传·庄公二十八年》，楚文王夫人新寡，楚文王弟令尹子元就想诱惑她，在她的住处演奏《万舞》。《万舞》是武舞，子元却用它娱悦妇人，其"佞"态之可憎跃然纸上。这又是僭用礼乐之一例。

僭用是一个贬义词，换句话说，礼乐文化的下移是当时社会的必然趋势。学术文化也是如此，由"学在官府"，一变而为平民教育。在这个文化背景下，孔子想挽救和恢复周朝礼乐的等级尊严是不大可能的，所以他非常痛恨破坏这种秩序的佞人奸臣，"恶紫之夺朱也，恶郑声之乱雅乐也，恶利口之覆邦家者"（《论语·阳货》）。由此可以得出结论："郑声淫"是特指郑国佞人在运用《诗》乐时不遵守礼乐规定的放纵行为。支持这一结论的重要依据还有：孔子在《论语》中并不纯粹从音乐节奏上论《诗》，而往往着眼于道德礼节的评判。在汉人的记载中，多处将郑、卫之音并提，而《论语》中孔子论《诗》绝无此例。今人论"郑声淫"，大多是为牵合"郑卫之音"的所谓"事实"而稍作取舍，其立足点之不同，使得对"郑声淫"的诠释就有了不同的见解。司马迁在论"乐"时说:"乐者,所以象德也;礼者,所以闭淫也。"还说:"淫佚生于无礼。"(《史记·乐书》)这可谓是"郑声淫"的探本之论。

笙诗

《毛诗》经文三百零五篇,但《毛诗序》却有三百一十一篇,认为《小雅》还有《南陔》《白华》《华黍》《由庚》《崇丘》《由仪》六篇,虽然没有正文内容,但仍为之作序,根据篇名敷衍诗歌的主题内容。如:"《南陔》,孝子相戒以养也。《白华》,孝子之絜白也。《华黍》,时和岁丰,宜黍稷也。有其义而亡其辞。"实际上,《诗经》的篇名,都是后人取诗句开头几个字命名,篇名不足以代表诗篇的主题,而《毛诗序》据篇名进行附会,可见并没有看到这六首诗的正文,只好望文生义,用"有其义而亡其辞"的遁语来瞒天过海。唐陆德明《经典释文》以为这六首诗在孔子删定三百一十一篇之内,至战国及秦而亡。子夏序《诗》,篇义合编,故诗虽亡而义犹在。陆德明的说法同样也是一种猜测。宋朱熹《诗集传》以为《南陔》等六诗是"笙诗",也就是吹笙以奏的诗,有声无辞,犹如曲谱。"笙诗"的称呼,至今为人所用,也不必考察它的存在与否了。

《诗三百》是否入乐，这也是一个经常引起后人争论的问题。在先秦两汉的文字记载中，《诗经》都是被看作入乐的作品，没有一首不可配合音乐来歌唱。《尚书·舜典》记舜帝对乐师夔说"诗言志"时，就是把诗与歌、声、律、舞等联系起来的。可见诗、乐、舞三位一体是我国早有的文化传统。先人在追述"采诗"盛事时，也忘不了添上一笔——太师最后要给所采的诗歌配上音乐。《左传·襄公二十九年》记吴公子季札来鲁国观周乐，乐工所歌大部分是《诗经》中的篇章，可见《诗经》三百篇是入乐的作品。《左传·襄公四年》记穆叔到晋国，晋侯招待他的诗乐有《文王》《鹿鸣》等。穆叔说："《文王》，两君相见之乐也。"他称之为"乐"，不称之为"诗"，可见在诗歌中，人们更重视的是"乐"。孔子自卫返鲁，然后"乐正"，其看重点也是"乐"。墨子也说："儒者诵《诗三百》，弦《诗三百》，歌《诗三百》，舞《诗三百》。"（《公孟篇》）墨子在孔子之后，那时《诗经》与音乐还是密不可分的。汉代司马迁《史记·孔子世家》说："三百五篇，孔子皆弦歌之，以求合韶、武、《雅》、《颂》之音。"在司马迁眼中，《诗三百》还是入乐的。宋郑樵以为："古之诗，今之辞曲也。若不能歌之，但能诵其文而说其义，可乎？"在他看来，《诗》三百篇，"瞽史之徒，例能歌也"。正因为《诗经》

与音乐有如此密切的关系，后代有人把《诗经》看作是古代的《乐经》。明代刘濂在《乐经元义》中说："六经缺《乐经》，古今有是论矣。愚谓《乐经》不缺，《三百篇》者《乐经》也，世儒未之深考耳。"（《律吕精义》内篇五引）

在北宋以前，《诗三百》被之管弦是人们一致的认识。南宋程大昌《诗论》首先提出《诗》有入乐、不入乐之分的观点，他说：二南、《雅》、《颂》是音乐的名称，如同官府的乐曲，而《邶》《鄘》《卫》等十三国风，是民间采来的诗文，而声不入乐，徒以诗诵传于乡土。朱熹也说：二南、二雅中之正雅，以及《商颂》《周颂》，都是乐歌；而变雅是衰周士卿所作，言时政之得失；《邶》《鄘》以下是太师所陈以观民风的，非宗庙燕飨所用。明末清初顾炎武对朱熹的看法加以发挥，提出了变风变雅都不入乐。（《日知录·诗有入乐不入乐之分》）顾炎武的观点，清代许多人并不同意，如皮锡瑞在《经学通论》中就指出，《诗》不入乐的说法是与《春秋》《国语》《史记》《汉书》等记载不相符合的。

我们认为，《诗》三百篇的原始状态与音乐是不可分离的，先秦及后来史籍的记载就是有力的例证。不过，先有诗后有乐，或者先有乐后有诗的情况，都是可能存在的。元代吴澄在《校定诗经序》中说："国风乃国中男女道其情思之辞，人心自然之乐也。故先王采以入乐，而被之弦歌。朝廷之乐歌曰《雅》，宗庙之乐歌曰《颂》，于燕飨焉用之，于朝会焉用之，于享祀焉用之，因是乐之施于是事，而作为辞也。然则《风》因诗而为乐，《雅》《颂》因乐而为诗。"国风中的诗，可以说是先有诗后有乐，但二雅中某些讽刺诗，很难说是先有乐后有诗。就具体的创作过程而言，有的诗与乐的结合情况，是很难将孰先孰后截然分开的。

毛诗序

流传下来的古文经《毛诗》，每一篇诗前都有一篇题解性质的短文，后人称之为《诗序》或《毛诗序》。《诗序》又有"小序"和"大序"之分。所谓"小序"是指每一首诗前说明该诗主要内容的文字，如"关雎，后妃之德也"，"《葛覃》，后妃之本也"，"《卷耳》，后妃之志也"等等。《诗大序》是指《关雎》篇的小序之后的一段较长的文字。这篇《大序》对后世的《诗经》认识和研究产生了很大的影响，是重要的文献资料，下面把它抄录下来：

> 风，风也，教也。风以动之，教以化之。诗者，志之所之也。在心为志，发言为诗。情动于中而形于言，言之不足，故嗟叹之，嗟叹之不足，故永歌之，永歌之

不足，不知手之舞之、足之蹈之也。情发于声，声成文，谓之音。治世之音，安以乐，其政和。乱世之音，怨以怒，其政乖。亡国之音，哀以思，其民困。故正得失，动天地，感鬼神，莫近于诗。先王以是经夫妇，成孝敬，厚人伦，美教化，移风俗。故诗有六义焉：一曰风，二曰赋，三曰比，四曰兴，五曰雅，六曰颂。上以风化下，下以风刺上。主文而谲谏，言之者无罪，闻之者足以戒，故曰风。至于王道衰，礼义废，政教失，国异政，家殊俗，而变风、变雅作矣。国史明乎得失之迹，伤人伦之废，哀刑政之苛，吟咏情性，以风其上，达于事变，而怀其旧俗者也。故变风，发乎情，止乎礼义。发乎情，民之性也，止乎礼义，先王之泽也。是以一国之事，系一人之本，谓之风。言天下之事，形四方之风，谓之雅。雅者，正也，言王政之所由废兴也。政有小大，故有小雅焉，有大雅焉。颂者，美盛德之形容，以其成功，告于神明者也。是谓四始，诗之至也。然则《关雎》《麟趾》之化，王者之风，故系之周公。南，言化自北而南也。《鹊巢》《驺虞》之德，诸侯之风也，先王之所以教，故系之召公。《周南》《召南》，正始之道，王化之基。

《诗大序》系统地阐说了诗歌的特征、内容、分类、表现方法和社会作用等问题，其中心思想是强调诗歌必须为统治阶级的政治服务。文中将儒家的诗教观念如教化说、美刺说、风雅正变说等都作了明确的阐述，是儒家《诗经》理论的代表性著作。

关于《毛诗序》的作者，说法有二十四种之多，其中有两种影响较大：

第一，子夏作。郑玄《诗谱》认为：大序是子夏作，小序是子夏、毛公合作。魏王肃、唐孔颖达干脆认为大小序都是子夏所作。

第二，卫宏作。《后汉书·儒林列传》说："初，九江谢曼卿善《毛诗》，乃为其训。（卫）宏从曼卿受学，因作《毛诗序》，善得风、雅之旨，于今传于世。"

现代学者大多倾向于后一种，认为《后汉书》的作者范晔距卫宏的时代不远，所说一定会有根据。但我们认为还是子夏作更为可能。徐澄宇《诗经学纂要》的分析很有道理："两汉名儒多引《诗序》。司马相如云：'事未有不始于忧勤，而终于逸乐'，与《鱼丽序》合。桓宽云：'莫非王事，而我独劳，刺不均也'，与《北山序》合。班固《东京赋》'德广所及'，与《汉广序》合。诸人并在卫宏之前，此序出于卫宏以前之明证也。"

清代的考据家钱大昕对此问题颇有研究，指出《孟子》中说《北山》诗云："劳于王事，而不得养父母"，即《小序》的说法，可见《诗序》是在孟子之前的。如果我们将从战国到东汉之间的传授学习的实际情况加以考察，徐澄宇的解说或许更有参考价值："予谓诗之传，盖自子夏，口耳相承，时有增损，流传既久，不无讹伪，至卫宏始著之于篇。其为子夏以来相授之义，其文则卫宏之所纂也。"（《诗经学纂要·诗序》）

《诗序》解说《诗经》基本上是政治批评或社会批评的方法，即把每一篇诗和历史上的人物或事情比附起来，从而断定诗的创作时代背景和诗人写作目的。这种解诗方法是先秦儒家解说《诗经》传统方法的继承，也是与汉人"三百篇皆谏书"的认识相一致。但这样做的结果往往会造成穿凿附会、歪曲诗篇的本意的错误。如《小序》对《周南》的解释，就将其中若干首诗看作一个有系统的整体：

《关雎》，后妃之德也。

《葛覃》，后妃之本也。

《卷耳》，后妃之志也。

《樛木》，后妃逮下也。

《螽斯》，后妃子孙众多也。

《桃夭》，后妃之所致也。

《兔罝》，后妃之化也。《关雎》之化行，则莫不好德，贤人众多也。

《芣苢》，后妃之美也。

《麟之趾》，《关雎》之应也。《关雎》之化行，则天下无犯非礼。

《周南》十一篇，除《汉广》《汝坟》美文王之外，其他都与后妃有关。尤其是《兔罝》《麟之趾》的解释，明确指出是《关雎》的"化行"的结果，把《周南》中的这九篇都看成是有内在联系的。我们今天从这些诗篇的内容加以分析，《关雎》是表现青年男子对爱情的追求，《芣苢》是妇女劳动时的歌唱，很难与"后妃之德""化行天下"扯得上。可见《诗序》确有牵强附会的内容。但《诗序》的解说大多数还是有可取之处的，换言之，我们今天对《诗经》各篇内容的理解，大多数还是与《诗序》的解释基本相同的。在对《诗经》的理解上，《诗序》与齐、鲁、韩三家诗的解说相比是有明显的长处的。如《关雎》篇，《毛诗序》虽说"后妃之德也"，但又说："《关雎》乐得淑女，以配君子，忧在进贤，不淫其色。哀窈窕，思贤才，而无伤善之心焉，是《关雎》之义也。"我们除却《诗序》对《关雎》的政治社会作用的阐发,单从其"淑女以配君子"一句来看,《诗序》的解说是基本符合诗的本意的。而《三家诗》如何说呢?《鲁诗》说:"周衰而诗作,盖康王时也。康王德缺于房,大臣刺晏,故诗作。"又说:"昔周康王承文王之盛,一朝晏起,夫人不鸣璜,宫门不击柝,《关雎》之人见几而作。"意思是说,周康王沉湎于逸乐,不理朝政,《关雎》诗即是大臣对康王的讽谏。显然《鲁诗》之说与《关雎》诗的内容相距甚远,不如《毛诗序》的解释与诗义近一些。

总而言之,《毛诗序》是现存最早的较为完整的《诗经》研究材料,无论是《大序》中所阐述的儒家诗教理论,还是《小序》中对各篇诗的解说,都是极为宝贵的文献材料。不过,我们对《毛诗序》的解释要作具体分析,加以取舍,不能唯其意是从,这才是正确的态度。

从教科书到"圣经"

典礼通则,外交手册

《诗经》成书于春秋中叶,流传至今已有两千七百多年的历史,其间虽经过了秦代"焚书坑儒"的沉重打击,然而在绝大多数的历史阶段里,它都被统治者所利用,推尊为经典,异化了它的文学本质。正如我们前面所介绍的"献诗""采诗""观风",《诗三百》是统治阶级出于政治目的收集起来的,它的作用在于体察民情,了解王政得失,所谓"王者不出牖户,尽知天下所苦,不下堂而知四方"(《公羊传解诂》)。"王者所以观风俗,知得失,自考正也。"(《汉书·艺文志》)《颂》诗及公卿所献的讽谏诗所具有本色政治性且不必说,即便是像大多数《风》诗那样的作品，原本是表现生活，表现喜怒哀乐之情，应被视为纯文学作品的，也从它被采集起来的那一天起，在人们的观念中改变了它的性质，与政治结下了不解之缘。在《诗经》的流传历史上，把它视为文学作品的时期，远没有把它作为政治、伦理道德教条的时期长。纵观《诗经》在流传过程中的盛衰变化和地位作用，大体可分为两个阶段：从成书至战国末期和汉代以后。

在第一个阶段，它尚不是"经"，即还不是体现统治思想的最高法典，还不具有"圣经"的地位，但已作为诸侯国间共同承认并运用的礼仪范本而广泛流传。春秋时代人们对《诗》的运用主要有三种形式：

第一，应用于各种典礼仪式。如祭祀、朝会、宴会等场合，按规定依次演奏一些适应的乐歌。周王朝以礼乐治天下，音乐就成为维系统治秩序和精神的重要工具。在春秋时期，诗和乐是一体的，诗是要配合乐曲演唱的。这种在仪式上演奏的作品，多在《雅》《颂》中。如《周颂·有瞽》中描写的就是祭祀典礼的奏乐状况，诗的开头两句为："有瞽有瞽，在周之庭。"即谓：这些盲乐人，正在周室的殿堂演奏。《小雅·出车》是朝会庆功的乐歌，《小雅·鹿鸣》则是宴宾的乐歌。从诗中所描写的场面和气氛可以看出，这些诗是应用于各种宴会典礼仪式之上的。

下面我们举一个在典礼仪式上演奏《诗》的例子。《仪礼·乡饮酒礼》记载：乡饮酒礼进行之中，"工歌《鹿鸣》《四牡》《皇皇者华》卒歌"。"笙入堂下，磬南北面立，乐《南陔》《白华》《华黍》"，进行典礼仪式"乃间歌《鱼丽》，笙《由庚》，歌《南有嘉鱼》，笙《崇丘》，歌《南山有台》，笙《由仪》。乃合乐《周南》：《关雎》《葛覃》《卷耳》，《召南》：《鹊巢》《采蘩》《采蘋》。工告于乐正曰：正歌备。乐正告于宾，乃降。"《仪礼·燕礼》也有与此大致相同的记载。在典礼仪式上演的《诗》是有特定含义的。按古人的解说：《鹿鸣》是"君与臣下及四方之宾燕讲道修政之乐歌"，取其诗中"我有旨酒，嘉宾式燕以敖"（我有美酒，客人们饮着乐陶陶）和"我有旨酒，以燕乐嘉宾之心"（我有美酒，用来安慰客人的心）的句子来表达对客人的真诚欢迎，以及愿同客人修好的意愿。《四牡》是"君劳使臣之来"的诗歌，取诗中"王事靡盬，我心伤悲"（王家的差事做不完，我的心里真悲伤）；"王事靡盬，不遑启处"（王家的差事做不完，没有时间歇一歇）；"王事靡盬，不遑将父"（王家差事做不完，没有时间奉养父亲），表达主人对劳动宾客，使宾客辛苦不得安息，不能居家孝敬父母的歉意。《皇皇者华》是"君遣使臣之乐歌也"，取诗中"周爰咨诹"（四面八方谋良策）、"周爰咨谋"（四面八方谋良计）、"周爰咨度"（四面八方去咨询），"周爰

从教科书到"圣经" | 75

咨询"（四面八方求意见）的句子，表达希望宾客能帮助自己的意思。从典仪上所演奏的《诗》篇目看，虽然引诗是"断章取义"，与全诗的主题意义不尽吻合，但在其特定通行的理解上，所表达的意思还是很符合场合、人物的需要的，体现了典礼仪式所特有的礼貌的需要。

第二，赋诗言志。这是把《诗》应用于社会政治交往方面的。春秋时期，赋诗言志非常普遍，成为社会交往中表情达意的工具。赋诗言志，并非在社会交往时临场创作诗篇，而是点出《诗经》的某诗篇让乐工演唱，借以表明自己的立场、观点和情意。不过"赋诗"往往是断章取义的，但也成了那个时代外交事务中一种微妙的手法。有关"赋诗言志"的运用及特点我们将在下章介绍。

第三，贵族学习的教材。既然《诗》在当时的政治活动、外交仪式中有如此重要的作用，那么贵族士大夫子弟就不能不学习掌握它。在孔子之前，学习诗礼是贵族的特权，庶民是没有资格的。《左传》《国语》中多有贵族子弟学习《诗》的记载。如《国语·楚语上》记有楚庄王关心太子的教育，大夫申叔时曾建议：教太子学习《诗》，就可以扩大他的眼界和志向，培养他的美德和知识。可见在时人的心目中，《诗》的教育是多么重要。孔子说："不学诗，无以言。"的确，掌握《诗》是贵族子弟将来从政的必不可缺的条件。

认识《诗经》成为圣经的过程，对孔子之前人们的《诗经》观不可忽视。从西周到春秋中叶，从文献记载看没有对《诗经》的系统评说，今天我们只能披沙拣金，从当时人的只言片语中寻求人们对《诗经》观念的发展变化。

前文说过，献诗之制实行于西周，献诗不仅说明了《诗经》作品的来源，而且也昭示我们《诗经》部分作品的产生过程和结集过程都与政治有密切关系，在一定程度上肩负着表达民意、干预朝政的社会任务，因而从诗的创作开始就不完全是"为艺术的艺术"。诗作为"经"，从一开始就已埋下了政治的因子。

春秋初期晋国的赵衰曾对《诗经》加以评价："臣亟闻其言矣，说《礼》《乐》而敦《诗》《书》。《诗》《书》，义之府也；《礼》《乐》，德之则也。德、义，利之本也。"(《左传·僖公二十七年》)义是体现仁爱、忠孝、公正的道德范畴；"义"与"德"相提并论，可见赵衰对《诗经》的政治作用的重视和评价之高。我们注意到，早于孔子一百三十年的赵衰说到《诗经》已有总体的政治评价，认为《诗经》为"义之府"，即各种"义"——包括夫妇之义、君臣之义、父子之义、兄弟之义、是非之义、尊卑之义……的总体体现。这样《诗经》就具有一般文学作品所不具备的社会价值和功能，可以对人们的思想起到道德伦理的规范作用。

孔、孟、荀说诗，步向神坛

在春秋之前，《诗》虽然已具备特殊的地位和作用，但还没有如汉代以后《诗》所具有的神圣地位。这样一部古代的诗歌总集由单纯的文学作品成为万世可法、君臣礼拜的经典，孔子对它的认识和阐述起了十分关键的作用。

如前所述，孔子删诗说虽不可信，但孔子曾对《诗》加以整理，作为教材教授门徒，并对《诗》的思想性、艺术价值和社会功用进行了评价，则是事实。孔子说：自己晚年从卫国回到鲁国后，对《诗》进行了一番编订和正乐工作，把《诗》作为课本加以传授。一次孔子的儿子孔鲤从他的房前过，他问孔鲤："学诗乎？"对曰："未也。"孔子说："不学诗，无以言。"鲤退而学诗。（《论语·季氏》）孔子说的"无以言"是指通过学诗可以提高语言表达能力，这是孔子要传授《诗》的目的之一。孔子传《诗》是为了应用，对此他还有论述。一次孔子在批评他的弟子樊迟"请学稼"之后，说道："诵诗三百，授之以政，不达；使于四方，不能专对；虽多，亦奚以为？"（《论语·子路》）这就是说：熟读三百篇，如果不能应用于处理政务，不能应用于出使办外交，酬对应答，即使背得烂熟，也是没有用处的。孔子提倡学以致用的精神是可取的,然而他传授《诗》的目的和方法都是在于守"礼"。一次孔子和子夏(名商,字子夏)谈话,子夏问:"巧笑倩兮,美目盼兮,素以为绚兮,何谓也?"孔子说:"绘事后素。"子夏说:"礼后乎?"孔子说:"起予者商也,始可与言诗已矣。"(《论语·八佾》)"巧笑倩兮,美目盼兮,素以为绚兮"三句诗出自《卫风·硕人》。现在我们见到的《诗经》中无最后一句。原诗本意是形容一位美女的容貌,孔子发挥到"绘事后素",子夏又发挥到"礼",离原意越来越远,而孔子对子夏又大加赞赏。他认为子夏对《诗》不仅能经世致用,而且能触类旁通了。

有一次,子贡向孔子请教,子贡问:"一个人贫贱了却不谄媚奉承,富贵了却不骄傲自大,这种人怎么样?"孔子说:"可以了,但还不如那种贫贱而能乐道,富贵而能守礼的人。"子贡说:"诗上说'如切如磋,如琢如磨',那就是这个意思吧?"孔子回答:"子贡呀,现在可以同你研究诗了,因为我告诉你一点,你却能够有所发挥,推知另一点了。"(《论语·学而》)从中我们可以看出,孔子对子贡的谈吐是十分满意的。"如切如磋,如琢如磨"是《卫风·淇奥》中的两句,本意是对一个"文雅君子"夸奖的话,也可以作精益求精解释。这里子贡把它抽出来,当作修身的格言来看,并且受到孔子的欣赏。由此可见孔子对学《诗》的重视。

值得注意的是，孔子教习《诗》，并非把它作为一部纯文学的诗歌集，而是作为一种政治教化的工具。《礼记·经解》记载了孔子的一段话："入其国，其教可知也，其为人也温柔敦厚，诗教也。"温柔敦厚是孔子对人的政治道德和思想修养的基本要求，孔子正是从"诗教"这一点去体察统治者的教化效果的。

与此互为联系的是孔子对《诗》思想内容的认识。孔子说："《诗三百》，一言以蔽之，曰：'思无邪'。"（《论语·为政》）"思无邪"之语，出自《诗经·鲁颂·駉》，在原诗中本是语气助词，无意义，与思想之"思"，邪正之"邪"，完全风马牛不相及。孔子说"思无邪"采用的是"断章取义"的方法，指《诗三百》的内容都是健康、正直，没有淫逸邪乱的东西。孔子这种对《诗经》的思想内容全部肯定的做法，为后世将《诗》推尊为经典，加以神圣化的做法奠定了基础，也为后世解经者在维护《诗经》的圣洁面貌的前提下任意曲解诗意，按照自己的政治需要对《诗经》加以随意注解和阐发，提供了可能性。这里需要说明的是，孔子说"思无邪"与后世经学家对《诗经》的神圣化理解是有所区别的。《诗经》中有许多表现男女青年爱情的诗，如《周南·关雎》写一个青年男子热烈追求他理想的"淑女"："窈窕淑女，寤寐求之。求之不得，寤寐思服。悠哉悠哉，辗转反侧。"追求尚未成功时，小伙子辗转反侧，彻夜难眠。这样的诗在孔子看来并非什么违礼之诗，并赞扬说："《关雎》，乐而不淫，哀而不伤。"(《论语·八佾》)评价可谓不低。但后世的解经者为了维护《诗经》的神圣和"纯洁"，断然不承认《诗经》有男女爱情——这种不合父母之命、媒妁之言的婚姻形式的存在，就只得加以曲解，把《关雎》说成是歌颂"后妃之德"的作品，经过这样的解说，《关雎》就合于礼教了。这里我们可以看出两个问题：一是孔子的诗教说对后世经学家的解诗方法产生了深远影响，二是后世解经者的观点并不全与孔子思想相一致。

孔子的《诗经》观对后世产生重大影响的另一个方面是《诗》的社会作用。孔子对他的学生说："诗可以兴，可以观，可以群，可以怨。迩之事父，远之事君，多识于鸟兽草木之名。"(《论语·阳货》)"兴"就是联想、启发的能力，是说诗能对人的感情起到感染作用；"观"指人的观察力，通过诗可以认识社会政治和民风民俗，考察统治者的得失；"群"指合群性，人们互相沟通感情，团结协作；"怨"即抱怨、批评、讽喻。《诗经》还可以在家用其中的道理侍奉父母，在朝来辅佐君上，而且还会认识许多鸟兽草木的名称。在孔子所列举的"兴、观、群、怨"这四种功能中，尤以"怨"对后世产生的影响最为巨大。关于这一点，我们后面还要说到。

孔子之后，战国时期的儒学大师孟子和荀子都进一步发展了孔子的诗说。

孟子是战国中期著名的儒学大师，后世有"亚圣"之称。孟子精通《诗经》。陈澧《东塾读书记》曾对《孟子》一书运用《诗经》的情况作了一个统计："引《诗》者三十，论《诗》者四。"赵岐也说：孟子"治儒述之道，通五经，尤长于《诗》《书》"（《孟子题辞》）。我们在《孟子》书中可以找到许多引《诗经》《尚书》作为思想根据或理论根据的例子。如《梁惠王下》记载当齐宣王说自己"好勇"而不喜欢仁爱的"交邻国之道"时，孟子就引《诗经》和《尚书》来说明什么是"勇"：

> 《诗》云："王赫斯怒，爰整其旅，以遏徂莒，以笃周祜，以对于天下。"（《诗经·大雅·皇矣》，意为：我王勃然一生气，整顿军队往前去，阻止入侵莒国的敌人，增强周朝的威望，因以报答各国对周朝的向往。）此文王之勇也。文王一怒而安天下之民。
>
> 《书》曰："天降下民，作之君，作之师，惟曰其助上帝，宠之。四方有罪无罪惟我在。天下曷敢有越厥志？"一人衡行于天下，武王耻之。此武王之勇也。

征引《诗经》论证是非在《孟子》书中比比皆是,这与孟子对《诗经》的认识是一致的。孟子说:"王者之迹熄而《诗》亡,《诗》亡然后《春秋》作。"(《离娄下》)又说:"孔子成《春秋》而乱臣贼子惧。"(《滕文公下》)由此看来,孟子是将《诗经》当作与《春秋》一样,可以对社会起政治作用的书来看待的。孟子所生活的战国中期,是一个天子权威沦丧、诸侯争战不息、天下大乱的时期,反映在思想领域则是百家争鸣,各种学说纷起,人们的思想不再像春秋以前那样趋同,仁义礼乐之道受到严峻的挑战。被传统观念认为具有很高政治地位的《诗经》也受到人们的怀疑和批评。孟子鉴于"世道衰微","孔子之道不著",为了弘扬仁义之道,实施其仁政的理想,孟子着力维护儒家经典《诗经》的地位。孟子针对一些人所提出的《诗经》与儒家学说的矛盾,提出"以意逆志"和"知人论世"的诗学观。《孟子·万章上》说:"说《诗》者,不以文害辞,不以辞害志,以意逆志,是为得之。"关于"以意逆志"后人有不同的解释,一种看法认为是"以己之意逆诗人之志"(赵岐),即用自己的体会去判断古人作诗的意图;另一种看法认为是"以古人之意求古人之志",即从诗的表面的文辞来推求古人作诗的意图。这两说虽有不同,但在力求准确理解《诗经》的含义这一点上是相同的。《孟子·万章下》说:"颂其《诗》,读其《书》,不知其人可乎?

是以论其世也,是尚友也。"意思是说,诵读古人的《诗》《书》就必须了解他们的为人和他们所处的时代背景。应该说,孟子的"以意逆志"和"知人论世"说对正确理解《诗经》是有益的。但孟子以此解说《诗经》则是为了解决《诗经》与儒家学说的矛盾,维护《诗经》的地位。下面举一个例子加以说明。《小雅·小弁》是子怨父的内容。《毛诗序》说是"刺幽王也"。周幽王宠爱褒姒,废黜申后而放逐太子宜臼,太子宜臼作诗怨刺其父幽王。三家诗则认为《小弁》为伯奇所作,怨刺其父听信后妻谗言放逐自己。《毛诗》与三家诗说法不一,但认为是子怨父的理解是一致的。按儒家的礼教,作为人子不能指责父母的过失,否则就是不孝,如孔子曾说"父为子隐,子为父隐"(《论语·子路》),才是值得肯定的。所以当时有人认为《小弁》是怨刺其父的诗,不符合儒家"孝"的原则,是"小人之诗"。这种说法以儒家礼教来批评《诗经》,确实给孟子出了个难题。但孟子运用"以意逆志"方法,来分析人际关系和亲情关系:"《小弁》之怨,亲亲也。亲亲,仁也。"(《孟子·告子下》)孟子的意思是说,《小弁》怨亲,是建立在对亲人的关心的基础之上的,讽刺其亲的过失,是为了其亲改过,是仁心的体现。孟子的说法颇有说服力,这样就把礼教和"怨亲"之间的矛盾解决了。孟子对《诗经》的解说回击了当时一些人对《诗经》的指责,维护了《诗经》的经典地位。

孟子之后，荀子又突出强调《诗经》的教化作用，进一步提高了《诗经》的政治地位。作为先秦儒家的最后一位大师，荀子提出"明道、征圣、宗经"。他认为包括《诗经》在内的儒家著作是"道德之极"，体现了天地间最大的道理，因而学习经典就可以成为圣人，反之，就成了禽兽。他在《劝学篇》中说：

> 《书》者，政事之纪也；《诗》者，中声之所止也；《礼》者，法之大分，类之纲纪也。故学至乎《礼》而止矣。夫是之谓道德之极。《礼》之敬文也，《乐》之中和也，《诗》《书》之博也，《春秋》之微也，在天地之间者毕矣。

在荀子看来，《诗经》是"先王"创制并用来教化天下，使人们去恶取善的，他说：

> （先王）制雅颂之声以道之，使其声足以乐而不流，使其文足以辨而不諰，使其曲直、繁省、廉肉、节奏足以感动人之善心，使夫邪污之气无由得接焉。（《荀子·乐论篇》）

《雅》《颂》可使人欢乐而不淫乱，可别贵贱，辨是非，可以感动人的善心，可以避免邪污之气的侵入。在《儒效篇》中荀子还具体分析了《诗经》各部分的作用：

> 《风》之所以为不逐者，取是以节之也；《小雅》之所以为《小雅》者，取是而文之也；《大雅》所以为《大雅》者，取是而光之也；《颂》之所以为至者，取是而通之也。天下之道毕是矣。乡是者臧，倍是者亡。乡是如不臧，倍是如不亡者，自古及今未尝有也！

荀子认为《国风》风格纯正，可以用来节制情欲，《小雅》具有文采，《大雅》可以广大先王之德，《颂》可以达到道德的顶点，使人的善心贯通。天下的大道都体现在包括《诗经》在内的儒家经典之中，学习《诗经》，贯彻《诗经》，就会得到好的结果，违背这一点去做，就会遭到灭亡。荀子对《诗经》政治作用的这种认识，实际上已经把《诗经》作为神圣的经典来看待了，因此《荀子》中大量"引诗为证"或用《诗经》说明道理，评判是非，或先讲一个故事，然后引《诗经》作结论；或者发表一段议论，然后引《诗经》作证断。

从孔子到荀子，都十分强调《诗经》的社会功能和政治作用，都把《诗经》看作异于普通书籍的经典。不过，当时孔子、孟子、荀子的身份还都是民间知识分子，不具有"官学"宗师的地位，他们的思想理论还不能作为统治思想被天下普遍接受。《诗经》成为神圣法典是在汉代将儒家立为统治思想理论之后的事。

独尊儒术，天下之法

在先秦时期受到各家学说流派重视，尤其为儒家所推尊的《诗经》，在秦朝却遭到一场浩劫，几近湮灭。秦王朝实行专制主义文化政策，为摒除诸家异说，达到思想的高度统一，竟实行焚书坑儒的极端措施，下令"天下敢有藏《诗》、《书》、百家语者，悉诣守尉杂烧之；有敢偶语《诗》、《书》者弃市，以古非今者族。吏见知不举者与同罪。"(《史记·秦始皇本纪》)秦王朝销毁《诗经》等儒家经典，原因很明显，是因为在人们的认识里，《诗经》是儒家先王仁义教化的著作，这与秦朝推行的苛政严刑是有抵触的。销毁《诗经》的目的，是便于消除儒家思想的影响。"以古非今"一语道出了秦朝关注的焦点。在秦朝的严刑酷法的控制下，《诗经》一度销声匿迹。

随着秦王朝的灭亡，秦朝苛政也被废除。汉朝统治者吸取亡秦的教训，开始重视用文化尤其是儒家文化巩固统治。

汉惠帝时废除了挟书律开书禁，并由朝廷出面搜求和写录古籍，一些先秦古籍得以重见天日。《诗经》也于此时在社会上出现。与其他古籍相比，《诗经》较为"幸运"，因为它是韵文，便于咏诵和记忆，在秦朝暴政时，书虽不存但并没有从人们的记忆中抹去。"遭秦而全者，以其讽诵不独在竹帛故也。"（《汉书·艺文志》）在汉代统治者的鼓励下，《诗经》重新成为师承传授的重要教材。

汉初传授《诗经》的有鲁、韩、齐、毛四家。鲁诗为鲁人申培公所传。据《汉书·楚元王传》《儒林传》及《艺文志》记载，申培公少时曾受《诗》于荀子的弟子浮丘伯，著有《鲁故》《鲁说》等解说《诗经》的著作。汉代初年学鲁诗的人很多，各地投学的弟子有一千多人，后来为博士官职的就有十几个。其中就有儒学大师孔安国。司马迁学《诗》即师从孔安国。

韩诗为燕人韩婴所传。韩婴在汉文帝时为博士，景帝时又曾做常山王太傅。他的弟子大多在燕、赵一带。韩诗一派的著作据《汉书·艺文志》记载有《韩故》《韩说》《韩诗章句》等等，今皆不存，只有《韩诗外传》保留下来。

齐诗为齐人辕固所传。辕固是在汉景帝时才当上博士的。曾为河清王太傅。齐诗一派曾显赫一时，《汉书·儒林传》说"一时以诗贵显，皆固之弟子也"。齐诗著作有《齐后氏故》

《齐孙氏故》等，今皆亡佚。

毛诗为毛亨、毛苌所传。毛亨称为大毛公，毛苌称为小毛公。据说毛诗传于孔子弟子子夏。鲁人毛亨曾招收门徒，传授《诗经》并作《毛诗诂训传》。毛诗没有得到西汉中央政权的承认，却受到河间献王的重视，把毛亨的弟子毛苌立为博士，不过毛苌的博士是不能与前三家博士相比的。

鲁、韩、齐、毛四家诗所记载的《诗经》本文大体相同，但书写却不相同，前三家在传授时用的是汉代通用的隶书缮写，因而被称为"今文经"；而毛诗由于没有在国家设立的学校中传授，大抵是口耳相传，其所据底本还是战国时人用古体文字缮写，因此被称为"古文经"。三家诗在西汉被立为学官，学习者有做官前程，因而弟子众多。而毛诗在西汉只在民间流传而"未得立"（《汉书·艺文志》），直到东汉后期，才正式立于学官。

四家诗在《诗经》的讲解传授中，或有字句不同，或有解说差异，但在尊《诗》为"经"，将《诗经》作为政治工具，用以教化天下的认识上是一致的。这就为在汉武帝时，将《诗》列为五经之一，成为"国教"经典，做好了理论准备。

《诗经》的经典化进程中最关键的人物是汉代的董仲舒。汉代初年为休养生息，统治者以黄老"无为"思想治国。历经高、惠、文、景四世，封建经济有了长足的发展，社会形势产生了变化，统治思想也需要有相应的调整，董仲舒的学说正适应了这种变化的调整。董仲舒向汉武帝建议实行独尊儒术，罢黜百家的思想改革，达到"大一统"的统治效果。董仲舒说："愚以为诸不在六艺之科孔子之术者，皆绝其道，勿使并进。邪辟之说灭息，然后统纪可一而法度可明，民知所从矣。"(《汉书·董仲舒传》)即是说要以儒家的《诗》《书》《礼》《乐》《易》《春秋》"六艺"为依据作为国家统治的统一思想，除此之外的百家之说都要加以清除，然后才能统一思想和政令，更有效地实施统治。汉武帝采纳了董仲舒这一建议，儒学成为汉统治阶级的理论基础，包括《诗经》在内的儒家著作也成了治国法典。汉代经学家们，把孔子提倡的"迩之事父，远之事君"的《诗经》的政治功用论加以发展。董仲舒说："君子知在位者之不能以恶服人也，是故简六艺以赡养之：《诗》《书》序其志；《礼》《乐》纯其养；《易》《春秋》明其知。"(《春秋繁露·玉杯》)《诗经》被认为是辅佐统治者的工具。另一方面，统治者又可以以此来教化天下："经夫妇，成孝敬，厚人伦，美教化，移风俗。"(《毛诗序》)为了抬高儒家经典的作用，汉代的统治者甚至"以《禹贡》治河，以《洪范》察变，以《春秋》决狱，以三百五篇当谏书"(皮锡瑞《经学历史》)，实际上已经异化了先秦儒家著作的本质。董仲舒则从理论上为这种异化奠定了基础。他说:"以《诗》为天下法矣,何谓不法哉?"(《春秋繁露·祭义》)用《诗经》作为治理天下的法则,董仲舒的提法已与孔子、孟子、荀子的重《诗》、尊《诗》有了根本不同。《诗经》神圣化的另一表现是将《诗经》的内容阴阳五行化和谶纬化。据记载,汉代此类书有《诗纬》《诗纬含神雾》《诗纬推度灾》等。用《诗经》附会阴阳五行,作为卜卦相面的依据,作为推度灾异的根据,妄诞的迷信成分增多。经过汉代以董仲舒为代表的经学家的神化,《诗经》被推上了至高无上的地位,成为统治阶级的"圣经"。汉代以后,历代统治者尊经、教经、读经,《诗经》被披上了神圣的外衣。

"赋诗言志"与春秋外交

前章已简略介绍，在春秋时期，诸侯国之间正常的外交活动中，《诗经》是各国官员必不可少的"外交语言手册"。他们需要表达的意见或观点，大都通过《诗经》中的某些诗句委婉地传达出来，而不直接说明。由此，形成了中国人思想表达的一种独特方式。

春秋外交方式

《诗经》在当时政治活动中的重要地位，是其他典籍所无法相比的。古代的外交使节，只接受使命，至于在谈判桌上如何交涉应对，只能靠自己的随机应变，更不能事事再回到国内请示，这便叫作"受命不受辞"。为了不致在表达外交意见时出现言辞上的失礼忤怒对方，又能达到预期的外交目的，"赋《诗》言志"成为春秋时期相当盛行的一种外交惯例和风范，即运用《诗三百》中某些适当的诗句来代替所要表达的谈判语言。赋《诗》的目的在于"言志"，既有"言志"的问题，同样也有"观志"的问题。对于赋诗者来说，如果所赋的是自己创作的诗，其诗当然是说明自己志意的。但更多的场合，赋诗者是借用《诗三百》中的现成诗章来婉转说明自己的意见，因而他既需要对原诗内涵有透彻的理解，还要巧妙地把握"借用"的尺度，不明不暗，点到为止。对于"观志"者来说，他既要熟悉《诗三百》的内容，更要知道如何判断赋诗者"断章取义"中的"义"是指什么。下面我们通过几个例子来看一看：

春秋时，晋侯为了卫国一个叛臣的事，把卫侯囚禁起来，后来齐侯和郑伯到晋国去说情。在宴会上晋侯是主人，先赋《大雅·假乐》一篇，歌词中用"假乐君子，显显令德，宜民宜人，受禄于天，保右命之"（赞颂君子，他的美德显耀传扬，安抚庶民，善任贤人，福禄受之于天，天命保佑）等奉承话来表示对齐郑两国君的欢迎。齐国的国景子答赋《小雅·蓼萧》一篇，取诗中"既见君子，为龙为光。其德不爽，寿考不忘"（我看见了那个君子，像飞龙像太阳。他的恩泽没有偏向，人们永生不会忘）；"既见君子，孔燕岂弟。宜兄宜弟，令德寿岂"（我看见了那个君子，摆盛宴，喜洋洋，兄弟和美，品德美好，长寿安乐）；"既见君子，鞗革冲冲，和鸾雝雝，万福攸同"（我看见那个君子，马辔首冲下方，铃声响丁当，万福聚一堂）等句，以诗中"君子"比晋君，歌颂晋君恩泽及于诸侯。郑国的子展也答赋《郑风·缁衣》一篇，表示郑国不敢背晋。宾主双方点的诗都是用来表示客套的。接着双方就谈到正题上。齐人认为晋君不宜为了卫国的一个叛臣，把卫君扣押起来。于是晋侯就作一番辩解，表示扣押卫君还有别的理由。齐国的国景子就赋《辔之柔矣》一诗，用驾驭马匹要用柔辔作比喻，劝晋侯对小国要宽大些；郑国的子展也赋《郑风·将仲子》一篇，因《将仲子》有"人之多言，亦可畏也"的话，意思是晋侯囚卫侯虽然有别的理由，但"人言可畏"，叫别人看起来总还是说你是为了卫国一个叛臣的缘故，终于说服晋侯将卫侯释放。通过这个事例，我们可以看出外交赋诗的大概情形，主要是用《诗》中歌词来比喻或暗示自己的意见。断章取义是其最大特点。就拿《郑风·将仲子》来说，它本来是一首爱情诗，女的爱着男的，又怕旁人说闲话。其中的第三章云："将仲子兮，无踰我园，无折我树檀。岂敢爱之？畏人之多言。仲可怀也，人之多言，亦可畏也！"郑国的子展在外交场合，硬把它搬上去用于外交交涉，已完全没有爱情诗的意味。这是当时的一种社会风气，赋诗言志常常如此。

再如《左传·定公四年》记载楚国受到吴国的侵犯，楚将申包胥到秦国请求救援。秦国君哀公因不关本国的利益而无意出兵。申包胥就站在秦宫墙下痛哭，七天七夜，不吃不喝，哭不绝声。秦哀公终于被感动，就先为之赋《秦风·无衣》：

岂曰无衣？	谁说没有衣裳？
与子同袍。	和你同穿一件战袍。
王于兴师，	国家要出兵打仗，
修我戈矛。	赶快修好咱的戈矛，
与子同仇！	和你一道把敌人干掉！

哀公赋此诗，意在告诉申包胥：我已同意出兵援助贵国，同时表达了与楚国同仇敌忾，战斗到底的决心。秦哀公引用此诗甚为得体，成为历史上的美谈。

公元前546年，郑国的国君在垂陇设宴招待晋使赵孟。郑国方面陪坐的有子展、伯有、子西、子产、子大叔、印段和公孙段等七人。赵孟说："你们七人都来，真让我受宠若惊。请你们各人赋《诗》一首，让我听听你们心中之志。"子展赋了《召南·草虫》中的几句诗，意在把赵孟当君子看待。

赵孟连忙说："实不敢当。"伯有接着赋了一首《鄘风·鹑之奔奔》，原诗是卫人刺其君淫乱，但伯有义取"我以为兄""我以为君"。赵孟说："尽管这样，我还是以此诗为戒。"子西赋《小雅·黍苗》，比赵孟为召伯，赵孟谦虚地说："我不敢当。"子产赋《小雅·隰桑》，义取既见君子，尽心事之。赵孟回以此诗末章"心乎爱矣，遐不谓矣。中心藏之，何日忘之"，意在愿意效力。子大叔赋《郑风·野有蔓草》，取其邂逅相遇，适逢我愿之义。赵孟说："这是你赐给我的福分啊。"印段赋了《唐风·蟋蟀》几句诗，自警不要耽于康乐。赵孟说："我推想你们国家有望了。"公孙段赋了《小雅·桑扈》，义取君子有礼义，就能受天的护佑。赵孟回答："不骄不慢，福禄就会自然到来。"

这是记载在《左传·襄公二十七年》中的例子。子展等七人的赋《诗》引《诗》，都是截取原诗某些词句的文字意义或某一特点来进行比喻，而不管原诗的整个内容以及上下文的含义。如子大叔赋《野有蔓草》就只取"邂逅相遇，适我愿兮"二句，借以表示郑国欢迎赵孟的意思，上文他就不管了。全诗原是男女私情之作，他就更不管了。这种情况就叫作"断章取义"，也就是当时齐人卢蒲癸所说的："赋诗断章，余取所求焉。"

春秋时期，各国来往之间的君臣相见，一般不会把想说的话直接说出，而是如同上面所举例子一样，是用赋《诗》或者奏《诗》的方式来替代想说的言语。

也有赋《诗》不当，受者不敢有所表示或者只好装糊涂的。例如公元前623年，卫国的宁武子来鲁国聘问，鲁文公在筵席上为他赋了《小雅》中的两首诗《湛露》和《彤弓》。宁武子听了既不开口，也不赋《诗》作答，装出一副糊涂的模样。于是鲁文公私下派人问他此事，他说："我以为你们是在练习演奏哩。《湛露》是天子宴请诸侯的诗，《彤弓》是诸侯为天子征伐有功而受赏的诗，而我只是一介陪臣，来重申两国的友好关系。国君赐给我这么高的荣耀，我怎敢干犯大礼而自取罪过？"宁武子是卫国诸侯的卿大夫，相对于天子来说他就是陪臣。或者说，诸侯之臣就是陪臣。陪臣是没有资格享受《湛露》《彤弓》这种礼乐的招待的。

类似的例子在《国语》《左传》中还有不少记载。如公元前568年，鲁国的穆叔到晋国去，以回报晋国知武子在公元前572年的来访。晋侯宴请他，先演奏了《肆夏》中的三章，穆叔不拜谢。然后又叫乐工演唱《大雅·文王》，穆叔还是不拜谢。晋侯又下令演唱《小雅·鹿鸣》的三章，穆叔连拜三次。晋国卿大夫韩献子派人问他："您受国君的派遣，来到我们这个小地方，我们用传统的诗乐来接待您，您不理睬大的，却反而拜谢小的，请问是什么礼数呢？"穆叔答道："三章《肆夏》是周天子用以宴享高级诸侯的,我一个小小的使节不敢接受;《文王》是诸侯相见时所用,我也不够格。《鹿鸣》是贵国国君用以嘉许敝国国君的,我怎么敢不拜谢呢?"

春秋时期,各国间外交活动频繁,在正式的外交场合,外交人员往往通过赋诗言志,用比喻或暗示的方法表达自己的立场和意见,因而赋诗成为外交官员必备的一种才能,对《诗》的熟悉掌握则是十分必要的。在外交场合,不懂《诗》,便会贻笑大方,甚至受辱。如齐国的庆封往鲁国去行聘。鲁国的叔孙为他设宴招待,庆封却言行失仪,于是主人为之赋《鄘风·相鼠》:"人而无仪,不死何为?""人而无止(耻),不死何俟?""人而无礼,胡不遄死?"等于指着鼻子骂庆封不懂礼仪,不知羞耻。这样不仅庆封为人看不起,他所代表的齐国也丢了面子。

以上几例,显示了《诗经》在春秋外交活动中的实用价值,以及"赋《诗》言志"的几种不同表现形式。从本质上说,"赋《诗》言志"是周王朝礼乐政治的产物。当时一些大的活动,譬如周天子宴享诸侯,诸侯会盟等,都要用礼乐来展现。礼乐的展现过程,本身就是一个"言志"——表达意志或见解的过程。在当时的礼乐宴会上,让乐工演奏诗,或者主人自己吟唱诗,是必需的礼节。《尚书·舜典》说:"诗言志。"以诗为本的乐,同样也是为了言志,所以《荀子·乐论》说:"君子以钟鼓道志。"钟鼓道志,意谓道志是通过钟鼓之"声"来曲折表达的;而赋诗言志,是致用于诗之"义",其"志"的表达就显得鲜明突出。这两种不同的作用和方式,导致了后来诗乐的分途,即以"声"为用的乐和以"义"为用的诗。周王朝以钟鼓道志为主,到了春秋则发展为赋诗言志,使"志"的表达更明晰,更贴近生活需要和政治需要。孔子说:"不学《诗》,无以言。"言就是言志。孔子这一论述,正显示了诗乐分途发展的历史轨迹。

春秋时代的历史特点

那么,春秋时期的诸侯外交又为什么不直截了当地陈述观点,却要用赋《诗》言志的形式,遮遮掩掩地从侧面点明呢?

这不能不联系到春秋时期的政治形势。春秋时期,周天子天下共主地位名存实亡,所以各诸侯国之间常常举行会盟活动。会盟的出现,是春秋时期各诸侯国政治军事力量相对平衡的一种表现,它说明还没有哪一个诸侯国强大到能将周天子取而代之,进而发号施令的地步。相反,周天子虽然失势,但诸侯国都没有抛弃宗主国的旗帜,其很现实的目的就是可以借王室的名义进行征伐。例如公元前656年春天,齐桓公带了列国的兵侵入蔡国,蔡国的兵溃不成军,齐桓公于是又讨伐楚国。楚王派人到军前说："你们齐国地处北海，我们楚国靠近南海，就是马牛走散，也不会有牵涉的，实在想不到你们会到我们这地方来，究竟有什么道理？"齐国的管仲代为答复说："从前召康公指令我们的先君太公说：'诸侯有罪，你可以讨伐他们，也好辅佐周室。'他颁赐我们先君的疆域是东边到海，西到黄河，南到穆陵，北到无棣。你们久已不贡包茅，使王的祭祀没有可以缩酒的东西，这就是我们为什么要征讨你们国家的原因。从前昭王南征，死在路上，我们也要查究其中原因是否与你们有关。"最后，齐国与楚国在召陵订立了合作盟约，楚国加入了齐国的联盟。齐国的发迹史，与它表面上的这种主持公道是密切相关的。再举时间稍前的事例，如公元前712年，鲁隐公与郑庄公相会于郲，商量如何征伐许国。七月，鲁、齐、郑三国联军占领了许国，他们的借口就是许国不向周王室进贡述职。这种以维护周王室权威作为借口的结盟征伐方式，在春秋初年，诸侯国运用得最为普遍也最为娴熟。

诸侯列国之间的结盟活动，表面上是为了调和各方的利益矛盾，维护天下的安定和平，光大周王的遗愿。《左传·僖公二十六年》这样记叙："桓公是以纠合诸侯而谋其不协，弥缝其阙而匡救其灾，昭旧职也。"也就是说，诸侯会盟的目的在于调解列国之间的不和，弥补各方的缺陷以挽救因此可能造成的灾难，这也是为了光大我们旧有的职责。所谓"旧职"，也就是周公辅佐成王时，成王与中原列国订下的盟约："世世子孙，无相害也。"

因此，诸侯国之间虽然互有侵夺地盘事件的发生，但继续保留了宗周旗帜下"兄弟子孙"之国那种温情脉脉的面纱，从而把侵夺行为的性质淡化为"兄弟阋于墙"，即它仅仅如同兄弟在家中偶然的争吵。这样一来，会盟的必要性就在于通过签订协议的温和方式来解决诸侯国之间出现的裂痕和争端，使"兄弟"重归于好。公元前651年，齐桓公纠合诸侯列国在葵丘订立了一个盟约，内容规定："凡是这次结盟的国家，结盟之后都要化解前怨，重归于好。"其实，桌面上列国关系重归于好，桌子底下却是钩心斗角，相互提防。宰孔在定盟之后，先回周国，路上他遇到晋侯正要赶去葵丘赴盟，就说："不必去了，齐桓公不求仁德的修炼，只知道怎么扩张地盘和势力，所以北伐山戎，南打楚国，又在西边召开一次这样的会盟。是不是还要向东扩张，我不知道，向西是绝对不会的了。你们还是小心时政的变乱，注意内部的安定，不必忙于此种事情了。"于是，晋侯就回去了。会盟国之间的关系，由此可见一斑。

从名义上说，诸侯国都是周天子的"兄弟子孙"之国，不应当相互攻杀。诸侯会盟，表面上似乎也是为了恪守先王的这一古训，但实际上诸侯国各有意图，都想扩展自己的地盘和势力，从而操纵天下，称霸诸侯。因此，诸侯之间的会盟，本质上是一次政治的较量。较量的第一步，就是探得对方心中有何志向和企图。大家又都碍于"兄弟之国"的名分，不敢公开挑起争端，因而，各方赋诗言志，成了表明态度的最适宜的语言外交方式。一旦有谁心怀二志，背叛"兄弟之国"的情义，那就会引起其他各国的同仇敌忾和共讨不义了。例如公元前557年，晋侯与其他诸侯国在温这个地方举行宴会，他要求诸侯国的大夫赋诗歌舞，并说："唱的诗歌要表达会宴者的同心同德。"结果，唯有齐国高厚所赋之诗与众不同。晋大夫荀偃听了很不高兴，说："齐国心有二志啊！"于是想让诸国大夫与高厚结盟，高厚却赶紧回到齐国。齐国当时是大国，高厚这样做，以为一些小的诸侯国会跟着齐国走。但最后，鲁国的叔孙豹、晋国的荀偃、宋国的向戌、卫国的宁殖、郑国的公孙虿、小邾国的大夫结盟："共同讨伐不与我们结盟的国家。"齐国之所以遭到其他各国的讨伐，其原因在于齐国扩张的不仁意图显然违背了"兄弟之国"的名分。齐国当时虽然拥有大国的地位，也还不敢公开抖搂出它的扩张主张，而只能借赋诗的形式婉转曲折地寻求同盟，这与周天子失势之后诸侯国原先存在的"世世子孙"的血缘关系分不开。

由于这层关系，列国之间依然维持着一种表面的和平，而暗地里的相互麻痹、相互觊觎却一刻也没有停过。大国颐指气使，小国只有在夹缝中求生存。公元前614年冬，鲁文公到晋国，晋国想与鲁国结成联盟。当时晋国国势比较强大，许多小国都很害怕晋国。鲁文公路过卫国，卫侯就在沓这个地方举行宴会，请鲁文公向晋转达和平共处的意愿。鲁文公回来的路上，郑伯在棐地举行宴会，专门迎接，同样要求鲁文公维护郑晋两国的友好关系。卫郑两国之所以这样，是因为他们心系楚君，害怕晋国以此作为入侵的借口。在棐地的宴会上，郑国大夫子家赋了《小雅·鸿雁》。原诗之义是鳏寡的劳工要求主人哀恤他们，而子家赋诗，意在郑国寡弱，希望鲁国要求晋国哀恤郑国。鲁大夫季文子说："我们国君也有寡弱之忧啊。"于是他赋了一首《小雅·四月》，原诗之义是写行役南方，遭遇变乱，久不得归，文子取义在出门逾时，思归祭祀，不能为郑再回到晋国。子家听文子赋了此诗之后，又赋《鄘风·载驰》的第四章，再次请求。《载驰》诗是许穆夫人所作。许穆夫人是卫宣姜的女儿，嫁到许国。公元前660年，卫国被狄人所灭，卫懿公遭劫杀。宋桓公迎接卫国遗民渡过黄河，卫人立戴公（许穆夫人之兄）于漕邑。不久戴公死，其弟文公继立。许穆夫人看到祖国亡覆，又哀叹许国弱小不能拯救祖国，所以写了此诗。子家赋《载驰》第四章，义取小国有急，想求得大国的帮助。文子听到子家赋《载驰》后，不免感伤，又答赋一首《小雅·采薇》，义取"岂敢定居，一月三捷"，表示愿意为郑国回复晋国，不敢定居。郑伯知道文公愿意为郑出行于是起拜感谢，文公也起拜答谢。

  以上我们从春秋时期政治形势的几种现象分析了这一时期诸侯国用《诗》进行外交的原因。赋《诗》外交的事例在《左传》《国语》中还可以找到更多，但到了战国，外交上便没有赋《诗》这样温柔敦厚地交换意见的方式出现了，因为时移事变，春秋时期那种"兄弟之国"的面纱早已撕破，代之而起的是纷纭而来的战乱和兵燹，摆在列国面前最迫切的问题就是如何称霸或者如何救亡，适应这一历史剧变，纵横捭阖的游说成了最受列国欢迎的外交手段，《诗经》的语言已不足以完成列强纷争的外交使命了。例如战国策士苏秦，他最初主张连横，想帮助秦国打败六国，他是这样游说秦惠王的："大王您这个国家，西有巴山蜀水和汉中平原的优越地利，北边又有匈奴貊、马等物产可用，南面又有巫山、黔中等天然屏障，东边又有崤山、函谷关的坚固防守。加上土地肥沃，百姓富足，战车万辆，兵士百万等条件，可谓天府之国，绝对可以并诸侯、吞天下，称帝而治。"这样富有气势的游说陈辞，是《诗经》中的诗句不能替代的。所以说，赋诗言志现象在春秋时的盛行与在战国时的消失都是历史的必然。

诗文化传统

赋《诗》外交,是春秋这一特定历史时期的产物。它不仅与春秋时期列国结盟的政治形势直接相关,同时还与我国诗歌运用的文化传统密切相关。在周王朝,天子宴享诸侯都是采用演奏诗乐的方式来表达思想、传递信息和交流感情的。譬如天子宴享诸侯时要演奏《鹿鸣》,诸侯赞美天子要演奏《湛露》,诸侯相见要演奏《文王》。诗乐的等级分明,所赋对象也有规定。可见,在周王朝诗歌已成为交流思想的独特表达方式。到了春秋时期,周天子虽然失势,但社会变动不大,诗歌这一文化传统自然为诸侯国所继承。进入战国,政治变革剧烈,赋《诗》外交的思想表达方式就失去赖以存在的社会基础。譬如在春秋时期,赋《诗》可以曲解本义,但这种曲解当时很通行,也能为当时人所接受和理解。《左传·昭公十六年》记载,郑国六位大臣在郊外为晋国大使韩起设宴饯行,韩起要他们每个赋《诗》一首以观"郑志"。子产等郑国六卿依次赋了《野有蔓草》《羔裘》《褰裳》《风雨》《有女同车》和《萚兮》,这六首诗都在《诗·郑风》之中。他们断章取义,肢解为用,但韩起又都明白其赋"郑风"的志意,一一答复,并赋《周颂·我将》,表示自己要"日靖四方""于时保之"来保护小国。子产听后先拜,又令其他五卿一起拜谢说:"吾子靖乱,敢不拜德。"意思是说:有您这种平乱的德心,我们非常感谢。对《诗经》的曲解本义,进入战国时代,就不是人人所能领会和运用的了。这种表达和交流思想的方式,失去了接受的客观环境和条件,自然也就不复存在了。

春秋时期的赋《诗》外交,还与"诗言志"的文化传统极有关系。从文化精神的渊源角度分析,赋《诗》外交就是对"诗言志"这一文化传统的继承和发扬。《诗经》三百零五篇,大多是社会生活的真实写照,在创作上显示了浓厚的"尚实"特色。无论是农事诗还是政治诗,厌战诗还是爱情诗,它们都有"饥者歌其食,劳者歌其事"的取材背景,表达了诗人内心的愿望和要求,从总体上开创了"诗言志"的先河。写"诗"是为了"言志",反过来说,"言志"的最好传达媒体应当是"诗"。这种"诗言志"的观念在我国先民的头脑中是神圣的,是不容亵渎的。"诗言志"是舜帝对乐师夔的最高指示,自此之后谁也不敢把"言志"的大事交给其他文体来担当。如庄子说:"诗以道志。"荀子说:"《诗》言是其志也。"周王朝把《诗》篇披之管弦,在宫内演奏,本质上也就是"借《诗》喻志",是借他人之歌喉,吐心中之意志。为什么会形成这种风气呢?朱自清在《经典常谈》"论

《诗经》"中分析:"歌谣越唱越多,虽没有书,却存在人的记忆里。有了现成的歌儿,就可借他人酒杯,浇自己块垒。"用这来解释"借《诗》喻志"的转换过程,固然没错,但还没有抓住这一转换的最根本的契机和关键——也就是"诗言志",在当时整个文化传统中所具有的崇高地位。正因为"诗言志"是一项崇高的事业,那它就不是一般人所能达到和完成的。所以,周王朝要求贵族子弟读《诗》,就是要求他们学习其中之"志";周王朝演奏《诗》乐,从中也就达到"借《诗》喻志"的目的了。从这一角度来感受孔子所说的"兴于《诗》",就更有一番历史意味在心头了。"兴于《诗》",就是在读《诗》或奏《诗》的过程中,兴发人的联想,把原诗所抒发的"志",引申扩展到一种可以起象征作用的"志"。后一"志"字的内涵比前一个"志"字的内涵更广阔也更灵活,可以自由地进入接受者的精神领域,并与当下的情事互相感应和关联,从而又兴发"借《诗》喻志"的联想,以原诗之"志"来象征当下心中之"志"。因为"诗言志"是一项崇高神圣的事业,所以"兴于《诗》"就成了一种普遍流行的教育方式。

"言志"必须借助于"诗"才能实现,而"言志之诗"又非人人所能为,"诗"更是不能轻慢视之。因而从周朝的宫廷到春秋时期的外交坛坫,"借《诗》喻志"的风气一直流行。

诸侯外交的目的就是为了"言志",接受者的目的则是为了"观志",在不可能轻慢作"诗"的文化传统面前,《诗经》就成了两者之间的最好的"代言载体",即最适当的"外交手册"。"诗"是神圣的,由此而来的"借《诗》喻志",或者说"赋《诗》言志",同样也是一项庄严的事情,《左传》中所记请人赋《诗》的事件,无一例外地都显示对它的郑重其事,无论是赋《诗》还是答《诗》,双方都是谨慎对待的。

正因为"诗"在传统文化中所具有的这种无与伦比的崇高地位,它对人的震撼和教育作用也是其他语言不能比拟的,由此我们才能理解《左传》中一些用"诗"的神奇功效。公元前722年,郑庄公与其弟共叔段为王位而发生矛盾。母亲武姜极爱共叔段,见其继位不成,于是为共叔段向郑庄公请求割让一些城邑让他治理。并开始准备粮草、修缮甲兵攻打郑庄公,结果被郑庄公觉察而失败。郑庄公因此把母亲关在城颍,发誓说:"不到黄泉永不相见。"话一出口,后悔也没有用。亏得颍考叔给他出了个主意:在地下挖一隧洞,要挖出泉水来,两人在隧洞中相见,谁会说你不对呢?郑庄公听从了这个建议,就入洞赋诗:"大隧之中,其乐也融融。"母亲从洞中出来也赋诗:"大隧之外,其乐也泄泄。"于是,母子和好如初。舜帝说:诗的作用可使"神人以和",也就是说可以调和神人之间、人与人之间的关系,郑庄公母子赋诗就是一个例证吧。这两句诗,根据以上"诗言志"文化传统的分析,不可能是他们母子所作,而是采用春秋时期"借《诗》喻志""赋诗言志"的通行办法。这两句诗不在今本《诗经》三百零五篇中,但我们不能仅仅据此就可以否定他们是在"借《诗》喻志"或者"赋《诗》言志"。

值得玩味的地方是:隧洞已经挖好,似乎做出"黄泉相见"的姿态,说一两句道歉后悔的话就可以结束这个事件。为什么郑庄公母子要"赋《诗》言志"之后,才能和好如初呢?可见赋《诗》是个关键,它的作用远非道歉后悔所能做到。前文的分析可以解决这个疑难:"言志"必须要借助于"诗"。郑庄公要表达和好如初的"志",就必须借"诗"来表达,否则,说一两句道歉之类的话,既不显得庄重严肃,更不像是在言心中之"志",两人又怎能从中互相"观志",进而和好如初呢?舜帝说诗的作用可使"神人以和",其道理正在这里。这一例子,证明了"诗"在春秋人心目中的特殊地位,也印证了"借《诗》喻志"和"赋《诗》言志"在当时人际交往中能够化解隔阂、交流思想的历史作用。诸侯之间的来往,可以说是"大外交",人与人之间的来往,也是一种"小外交"。《诗》在大小外交活动中的地位和作用,是基本相同的,因为它凸现的是先民那种近似宗教的文化精神,而这种文化精神对于生活中各个层面的影响和渗透是无比巨大的。

所以孔子说:"不学《诗》,无以言。"不读《诗》,你在以后各种交际应酬场合就不知道如何说话。孔子的这种谆谆告诫,显然是蕴藏着深厚的历史文化内容的。

"诗"在春秋人心目中的这种崇高地位,还体现在他们"引《诗》为证"的语言交际中。这种事例在《左传》中比比皆是,例如闵公元年(前661),狄人攻伐邢国,管夷吾对齐侯说:"戎狄的豺狼之心,永无满足的时候。中原诸国的友好往来,也是不能中断的。把宴乐当作鸩毒,是不可想象的。《诗》中说:'岂不怀归,畏此简书'。简书,说的就是要同仇敌忾、相互体恤。请您派兵援救邢国,听从简书所说的去做。"结果,齐侯派兵援救了邢国。可见,管夷吾引《诗》在劝说过程中起了关键作用,"引《诗》"几同于一种"神谕"了。再举一个著名的例子,《左传·僖公十九年》,宋人包围曹国,因为曹与南方国家结盟。子鱼就对宋公说:"文王听说崇国德乱而征伐崇国,攻了一个月也没有攻下来,于是退兵修养德教,再次征伐,这次崇国人沿着上次所筑的壁垒举起了降旗。《诗》上说:'刑于寡妻,至于兄弟,以御于家邦。'说的是在妻子兄弟面前做出榜样,才能治理好国家。现在您的仁德修炼还有欠缺就去攻打别人,会怎么样呢?为什么不反省一下德性呢?应当等到没有欠缺的时候才行动啊。"在这里,要宋公修养德行似乎不是子鱼的意思,而是《诗》的要求。这一现象是很有历史趣味的，它恰恰显示了《诗》在当时人心目中的崇高而神圣的地位，人不能违背《诗》的教导，要时刻按照它的教导去做人、去办事，才不会有错误。

由于《诗》在春秋人心目中的这种特殊地位和作用，所以春秋人在诸侯外交时才"借《诗》喻志"或"赋《诗》言志"。《诗》一经在外交坛坫上出现，整个场面和气氛就显得庄重而严肃，既显得有礼节，又加重了"言志"的分量，其效果是特别显著的。

春秋间诸侯国赋《诗》外交风气的盛行，还与《诗》本身显示的特点相联系。《诗经》三百余篇，绝大部分取材于周代的历史，是纪实之作，这种非"纯抒情"的特点，使得诸侯国之间的赋《诗》外交带有很大的回旋空间。无论是赋引全篇还是断章取义，《诗》本身烙有明显的历史印迹。这样诸侯在赋《诗》表达外交意见时，原《诗》的历史印迹就巧妙地起到了双关的作用。不管《诗》意是否与当下的情事完全吻合，它都可以解释成"言在此而意在彼"的象征，给双方外交策略上的进退留下了余地。如果不用《诗》来婉转表达，而是毫不客气地照直说出，既会损伤对方的尊严，同时也显得自己无礼，说不定，顷刻之间坛坫就成了战场。由此看来，赋《诗》外交，与周代"礼"的传统的延续是相一致的，它也是"礼"的精神的光辉显现。

赋《诗》外交，是春秋时期特有的一种文化现象。到了兵荒马乱的战国年代，连性命都无暇顾及，有谁还会温文尔雅、从容不迫地进行赋《诗》外交、借《诗》喻志呢？自从秦王朝一统中国以后，封建的集权统治延续了二千多年，由于国与国之间的语言不通，赋《诗》外交也就逐渐销声匿迹了。后代文人学士之间的作诗唱和、交流感情不过是赋《诗》外交文化现象的一种折射，本质上也与赋《诗》外交有着显著的不同。

现代社会国家与国家之间的外交谈判桌上，有时仍免不了唇枪舌剑、恶语逼人，甚至由此导致人类灾难性的世界战争的爆发。反观一下春秋人的赋《诗》外交，我们应当为人类文明史上这种分外妖娆的文明果实而骄傲。它虽然带有与生俱来的些许幼稚，但其中有不少元素可以为现代文明所吸收和发扬。现代中国人在表达外交看法时，常常显得不卑不亢，给双方都留下有待完美的余地，是否与"赋《诗》外交"的文化传统有些暗合呢？

美刺与君臣之义

美诗与刺诗

古人总结诗歌的特征为"诗言志",诗歌是诗人思想感情的表达。《诗经》中的一些篇章即是诗人有感于当政者的善政与恶行而作的,表达了作者鲜明的态度,褒贬分明。这类诗被后世称为"美刺"诗。如在《大雅·烝民》中,作者称赞周宣王的重臣仲山甫勤于王事,品德完美:

> 仲山甫之德,　仲山甫有美好的品德,
> 柔嘉维则。　　和气善良坚持原则。
> 令仪令色,　　仪表威严和颜悦色,

小心翼翼。	办事谨慎勤勤恳恳。
古训是式，	遵循古训从不违背，
威仪是力。	尽力做到礼节周全。
天子是若，	天子之意遵照执行，
明命使赋。	推扬王命遍天下。

诗中写周宣王派仲山甫到各地去筑城、平乱，仲山甫不负王命，赋政四方，日夜劳作不松懈，他不欺鳏寡，不畏强暴，并敢于向周天子劝善规过，诗中赞扬仲山甫的高尚品质，也表达了诗人对他的敬佩之情。

《诗经》像《烝民》这类出于公卿士大夫之手，以表彰善政美德为目的的作品，还有《大雅》中的《泂酌》《假乐》《卷阿》《崧高》，《小雅》中的《天保》《南山有台》《庭燎》等。

"美诗"之外，还有不少或告诫统治者，或指责朝政，或讽刺权贵的作品。如《大雅·民劳》末章写道：

民亦劳止，	人民真是辛苦忧患啊！
汔可小安。	但求能得平安。
惠此中国，	要惠爱西周王畿，
国无有残。	国内正义不受摧残。
无纵诡随，	切莫盲从诡诈佞臣，

以谨缱绻。	而要谨防朝政纷乱。
式遏寇虐,	也要遏制暴虐权奸,
无俾正反。	莫使政事颠覆,天下遭难。
王欲玉女,	我王啊!我想爱护于您,
是用大谏。	因此只得大力劝谏。

"王欲玉女,是用大谏"表明写诗的大臣为了周王朝的根本利益来劝谏周王的用心。另如《小雅·节南山》的末章云:

家父作诵,	家父作诗谏讽,
以究王讻。	为清君侧之凶。
式讹尔心,	望君回心迁善,
以畜万邦。	畜养万邦为重。

这是周大夫家父所作的一篇政治讽喻诗。卒章显志,自己报出名字,讲明目的——清君侧以巩固周王朝的统治。结穴处简劲明确。

用诗作谏,史书不乏记载。《国语·周语上》记述召公谏弭谤云:"使公卿至于列士献诗……"可见献诗的目的也是指正统治者的政治得失。

汉代的说诗者,将上述两类向当政者表明自己是非褒贬

美刺与君臣之义 | 117

态度的作品概括为"美刺诗"。

同是一首诗歌,汉儒的解释也有"美""刺"的不同。譬如《关雎》这首诗,《毛诗》以为是首"美"诗,是歌颂"后妃之德",赞扬君子与淑女如何相配的。但三家诗的诗义认为:"昔周康王承文王之盛,一朝晏起,夫人不鸣璜,宫门不击柝,关雎之人,见几而作。"(鲁诗说)这也就是说,《关雎》一诗是毕公讥刺康王晏起疏于朝政的诗。更有人具体解释道:雎鸠鸟比较贞洁,对匹配十分慎重,只是用声音来相互吸引。但雎鸠鸟都是隐蔽在无人的地方,比喻国君从朝廷来到后宫,沉溺于声色,连上堂听政的击鼓声也充耳不闻。贤臣见到这种事情发生,就咏唱了《关雎》这首诗,以刺当世君王。

尽管"美""刺"的具体解释不同,但其理论本质是基本一致的,共同的目标就是完成"美刺"的作用,利国而又利民。汉儒认为《诗经》三百篇中有不少"美刺"上政的诗篇。据《毛诗传》,标明"美"诗的有二十八篇,标明"刺"诗的有一百二十九篇,还不包括所谓"闵""伤""戒"等隐含"刺"的意义的篇章在内。也许《诗经》诗篇的原作者并无这种明确的创作目的,但汉人从《诗经》中却看出了"美刺"的创作原则,并有意识地提倡和实践这种原则。《诗大序》说:君王在用诗教化百姓的同时,臣下也要用诗去讽谏君王，使君王有所警戒。

所谓美，就是肯定、赞美、颂扬；所谓刺，就是否定、批评、讽刺。孔子论及《诗》的社会作用时，曾有"兴观群怨"说，所谓"怨"就是对最高统治者的批评，汉代的儒学大师孔安国解释"怨"为"怨刺上政"，就是说诗可以批评执政者为政之失，抒发对苛政的怨情。《诗大序》发展了孔子的思想，在对《诗经》的解说中，集中体现了"美刺"精神。《诗大序》说《诗经》中的《颂》诗是"美盛德之形容"，即对天子的美德的称颂，是"美诗"；《国风》中的诗歌则是"下以风刺上，主文而谲谏"，"吟咏情性，以风（讽）其上"，即处于社会下层的百姓对统治者的批评，讽刺，是"刺诗"。"美诗"是希望人们把美的事物作为学习的榜样，"刺诗"是要求人们对丑恶的事情引以为戒。后来东汉的郑玄对"美刺"的社会作用又作了进一步的发挥："论功颂德，所以将顺其美；刺过讥失，所以匡救其恶。"这种"美善刺恶"的立足点在于君主与臣下的关系。儒家强调封建宗法社会等级关系的"君君臣臣"，即君要有君的地位作用，臣要有臣的义务责任。臣的责任不仅是"天子是若，明命使赋"，而且还要"衮职有阙，维仲山甫补之"，天子有缺点，要像仲山甫那样能够加以补察纠正。

清代经学家程廷祚在《诗论·再论刺诗》中把美刺与君

主的关系发挥得淋漓尽致。他说:"汉儒言诗,不过美刺二端,国风小雅为刺者多,大雅则美多而刺少。"美和刺虽有形式的不同,但在目的和作用上是完全一致的。程廷祚举"先王之世"加以说明:"先王之世,君臣上下有如一体,故君上有令德令誉,则臣下相与诗歌以美之。非贡谀也,实爱其君有是令德令誉而欣豫之情发于不容已也。"即是说,古人作诗颂美君主,并非是为了阿谀奉迎,而是看到君主的美政美德之后,欣喜之情不能自已,必欲发之于诗,刺诗的创作也是同样。"遇昏主乱政,而欲救之,则一托之于诗。《序》曰主文而谲谏,言之者无罪,闻之者足以戒。然则刺诗之作,亦何往而非忠爱之所流播乎?"诗人看到君主的恶行昏政,为拯救国家君上,要用诗表达批评、讽谏之意。所以说,刺诗和美诗一样都是因为诗人具有忠爱之心,都是为了君、国的根本利益,维护统治秩序的稳定。程廷祚又加以总结:

是故非有爱君之心,则天保既醉,只为奉上之谀词。诚有爱君之心,则虽国风之刺奔刺乱,无所不刺,亦犹人子敦谏父母而涕泣随之也。

美刺的根本原则是"爱君之心",没有此心,作美诗只能是"奉上之谀词";有此心,作刺诗指责君过,也不过如子女对父母过失的批评,虽批评其过失但仍会涕泣随之,不会离心。臣子的义务,不是消极地听之任之,而应采取一种积极的政治态度,对朝政有所补察,提出自己的看法。

就历史的实际而言,美和刺的作用效果是有所不同的,"刺"要比"美"困难得多。封建社会的君主总是喜欢听顺耳之言,甚至是阿谀之词,能够从谏如流者毕竟是少数。因而对臣下来说,敢于犯颜直谏要比歌功颂德困难得多,也危险得多。所以,古人说"美刺"重点在于"刺"。

《诗大序》和郑玄论美刺,是指《诗经》的作者作诗对天子进行称颂或讽刺,如对《魏风·硕鼠》的主旨,《毛传》说:"刺重敛也。国人刺其君重敛,蚕食于民,不修其政,贪而畏人,若大鼠也。"郑玄说:"大鼠大鼠者,斥其君也。女无复食我黍,疾其税敛之多也。我事女三岁矣,曾无教令恩德来顾眷我,又疾其不修政也。"依照《毛传》和郑玄的解释,《硕鼠》是诗的作者有鉴于其君的横征暴敛危害了人民的生活和国家的前途而作的"刺"诗。这是从"作诗"的角度说明"美刺"精神的。在《诗》成书之后,则重在"用诗"以体现"美刺"。前文说过,春秋时期齐国的庆封到鲁国行聘,因言行失仪,而受到主人的讽刺,鲁人即用《诗经》中《相鼠》篇,讽刺庆封"无仪""无止(耻)"。春秋时期引《诗》为刺与汉代以后运用《诗经》为"美刺"是有所不同的,后者主

美刺与君臣之义 | 121

要用于臣下对君主的场合。在汉代就有"三百篇皆谏言"的说法，因而用《诗经》来规谏君主是为臣之道。

臣子的责任

在儒家思想居统治地位的封建社会里，臣下除了忠于君上之外，还要见君有过必谏，这样才是完美的忠臣。古人说："忠臣之事君也，莫过于谏。""违而不谏，则非忠臣。"这正是儒家君臣观的体现，也是"美刺"精神的体现。在儒家学说熏陶下的儒臣中，历朝历代都有一些忠贞敢谏之士，他们见主有过即犯颜直谏，甘冒生命危险。西汉有位直言谏官汲黯，经常在朝廷上直陈汉武帝的过失，有时措辞还十分激烈，使武帝当着文武大臣的面下不来台，武帝几次暴怒，要杀汲黯，而汲黯却毫无惧色。后来武帝不但没有杀掉汲黯，反而对汲黯非常尊敬，甚至"不冠不见"（不戴好帽子就不敢见汲黯）。

《汉书·儒林传》中记有这样一个故事：王式做了昌邑王刘贺（武帝的孙子）的老师，昭帝死后，昌邑王继承帝位。因为他荒淫无度，终日不理朝政，不久就被废除。昌邑王的许多大臣也因此被捕下狱，判处死刑，只有中尉王吉、郎中令龚遂两人曾经数次进谏，而被免除死刑。王式被关押在狱时，经办案子的人问他："你是大王的老师，怎么连一封向他进谏的文书都没有呢？"王式回答说："我从早到晚，都是用《诗经》三百零五篇来教导他。遇到讲忠臣孝子的诗篇，我都反复多次地为他讲解。至于有些诗篇写到国君如何失道，如何亡国，我更是经常含泪向他讲述其中的原因和道理，希望他日后治国有所借鉴。我是以《诗经》作为谏书，所以也就没有其他进谏的文书。"经办案子的人听到此话，报到上面，也就给王式减免了死刑。这是用《诗经》作谏书的典型事例。

汉儒对《诗经》"美刺"作用的揭示和重视，影响和推动了以《诗》为谏、引《诗》为证的社会风气，在一定程度上促进了政治的开明。王式以《三百篇》作为谏书，这在当时是普遍的认识。再如龚遂，他以明经作了昌邑王的郎中令，曾讽谏大王说："我不敢隐瞒我的忠诚，所以几次用国家危亡的话来使您有所警戒，但您听了不高兴。国家的存亡，难道是我一人说了算的吗？希望您仔细考虑，天天诵读《诗三百》，看看您的行为是否符合《诗三百》所讲的道理。"当时宫廷左侧地面上有些苍蝇屎迹，大王问龚遂《诗经》是怎样讲的，龚遂说："陛下您读的《诗三百》中不是说'嗡嗡苍蝇，来到茅坑。真诚君子，不信谗言'吗？您左侧的巴结奉承之人众多，所以就有苍蝇遗屎在那里。"很明显，龚遂也是把《诗经》作谏书看待的。

由于以《诗》为谏的共同认识，后代的人在给皇上进谏时，往往要引《诗》为证，以加强谏书的说服力量。这一点，从历代的谏书中可以看得很清楚。如汉代的王吉在给皇帝的奏章中说：左右大臣要谨慎选择使用，他们应当督责您以身作则，并积极宣传您的德政。《诗经》上说："济济多士，文王以宁。"周文王有许多贤士，所以才得安宁，这是治国的根本。再如，元雍是北魏献文帝的第四子，世宗初年推行了一套官吏考核办法，元雍上书分析批评了其中的弊端，提出了具体的官吏考核及升降的办法。他在上书中，两处集中引录了《诗经》中《采薇》《出车》《杕杜》《皇皇者华》《四牡》等诗章，并作了具体解释，结论是，如果不统一官吏考核升降的办法，那么像这些咏唱将帅和戍边士兵辛劳的诗就该废止了。世宗采纳了元雍的办法。元雍上书的成功，与他书中不厌其烦地引《诗》为证，是有一定关系的，它增强了说服的力量和气势。再如，卢俌是唐中宗时人，当时突厥默啜入侵，中宗下令募求能斩获默啜的大将，并想起兵一举消灭突厥兵。卢俌反对中宗欲破突厥的想法，上疏劝谏皇帝要选拔有能力的边州刺史，以蛮夷攻蛮夷，应是中国长期的策略。中宗看了卢俌的上疏，很是称善。卢俌的劝谏，也是引《诗》为证。所引诗篇是《小雅》中的《采芑》《采薇》和《杕杜》。

以上事例，都属于直接引用《诗》篇诗句进行规劝；另外，还有化用《诗》意，不露引《诗》痕迹的，这类谏书可以说不计其数,这里略举数例。王朗,三国时魏国人,明帝时封兰陵侯。他见明帝专心于营造宫室,忽视农耕,于是上疏劝谏。疏中说:如果重视农耕,又不忘战备,人口增多,民富兵强,而敌寇不服,"缉熙不足",是从来没有过的。这里就化用了《大雅·文王》和《周颂·敬之》中"缉熙"的诗意。"缉熙"是光明的意思。再如,徐惠,是唐太宗的贤妃,她生下来五个月就能够讲话,四岁时就能背诵《诗经》《论语》,八岁时好写诗文,遍涉经史,手不释卷,后来被太宗纳为才人。她看到当时军旅徭役之重,就以秦皇、晋武之败为例,劝谏皇帝要做有道之君,向百姓布施恩泽,体恤他们的贫乏,多减一些军旅徭役,以"增湛露之惠"。这里化用的是《小雅·湛露》全篇的诗意,是要求皇帝多施惠于民。再如,近代康有为在"上皇帝第六书"中提出了许多改良主张,他开头便有这么几句:"荷蒙皇上不弃刍荛",问以大计。"刍荛",是打柴的农夫,语出于《大雅·板》:"询于刍荛。"说的是皇帝采纳了下层臣民的意见。康有为用这一句话,不无谦虚的含义,但更多的意思在:希望皇帝像先王采纳臣民意见一样,也采纳自己的意见。

不仅以《诗》为谏、引《诗》为证成为一种风气和传统,在诗歌创作理论方面,汉代人也开始从对《诗经》具体的"美刺"评论转向对一般诗歌创作的"美刺"要求。贾谊的曾孙贾捐之在汉元帝时上了一篇《弃珠崖议》，文中说道：因为尧、舜、武丁、成王实行仁义，所以君臣歌德，颂声并作。而秦政暴虐，天下溃叛，秦朝最后葬送在秦二世筑长城之手，所以，"长城之歌"的讽刺诗，至今不绝。贾捐之的这番议论，已把"美刺"从《诗》论引申到一般的民歌创作。韦孟则更进一步把《诗经》的讽谏美刺运用于自己的诗歌创作之中。韦孟做了楚元王的老师，又教导其子夷王和其孙王戊，戊荒淫无度，韦孟就作诗进行讽谏。后来他辞老还乡，又写了一首讽谏诗。（见《汉书·韦贤传》）汉代诗歌理论和创作的这种变化，可谓是《诗经》"美刺"精神在更大领域的发扬光大，引导诗人为反映现实、揭露现实而创作。譬如汉末郑玄说：写当今之君的美德，又怕有谄谀的嫌疑，最好是用美的事物进行比喻规劝。唐代孔颖达认为赋兼美刺，美刺也具有比兴。元稹、白居易更是创作了大量"美刺比兴"的讽喻诗，并主张诗歌要褒贬时政，美刺现实。"惟歌生民病，愿得天子知。"希望诗中所反映的民生疾苦，天子能够听到并补救过失。白居易的一些诗，直接以"美刺"点题，以求振聋发聩，发人深省。如《母别子》，序云："刺新间旧也。"也就是刺新人离间旧人。《卖炭翁》序："苦宫市也。"是为百姓遭受宫市掠夺而喊冤叫苦。《杜陵叟》序："伤农夫之困也。"是为农夫遭受惨重租税而哀伤。

前面说过,"美"与"刺"的具体解释可以不同,但其理论本质是基本一致的。这也就是说,"美"与"刺"是相反相成的。不过,在汉人眼中,更重视的是"刺"。他们认为:"周道始缺,怨刺之诗起。"怨刺之诗的出现,是周王朝政治开始衰落败坏的产物。"周室大坏,《十月之交》《民劳》《板》《荡》,勃尔俱作。"社会政治安定,就不会有怨刺诗的出现。

中国有句古话:"伴君如伴虎。"在皇帝身边办事就已经很危险,进谏批评皇帝就更危险了。但作为谏官,进谏批评是他们职责。如果谏言被皇帝接纳,那是谏官的幸事。如果谏官触怒了皇帝,那就可能引火烧身,要么被贬官,要么被流放,甚至可能要坐牢杀头;甚至死一人还不行,还要祸及九族,满门抄斩。古代许多贤臣谏官在"美刺"精神的感召和激励下,就是冒着这种种危险而犯颜直谏的。所谓的"文死谏,武死战",将"死"作为谏臣的理想归宿,正显示了文人为理想献身的高贵精神。明朝有位御史叫王朴,以敢于"直谏忤旨"而闻名天下。他性格耿直,向皇帝力陈自己的看法和主张,常常与皇帝辩论是非,不肯屈从。一天,他因事又与皇帝争起来,越吵越凶,皇帝大怒,命将王朴杀了。到了行刑时,皇帝略有悔意,将王朴召还,传谕问他:"你改变了主意没有?改了可免你一死。"王朴答道:"陛下任我为御史官,就是让我进谏,今天却这样对待我,希望快点将臣下

美刺与君臣之义

处死。"皇帝被激怒,下令速将王朴杀掉。行刑队列经过史馆门前时,王朴点着史官的名字高喊:"学士刘三吾你听好,记到史书上:某年某月某日,皇帝杀掉了无罪的御史王朴!"王朴谏死。就王朴个人而言,敢于犯颜直谏,青史留名,流芳百世;就这件事来说,王朴违背的只是皇帝的个人意志,而与封建统治阶级的根本利益是一致的——这正是美刺精神的本质体现。

美刺与台谏制度

汉代把《诗经》的这种"怨刺"精神引入国家的统治机器,形成了中国独有的"台谏制度",即历代朝廷都要设立谏官,职责即向皇帝提意见,以便最高统治者矫正统治行为,巩固统治地位。

按照历史学家司马光的说法,中国历史上明确地设立谏官,是从汉代开始的。他在《谏院题名记》中说:"古者谏无官,自公卿大夫至于工商,无不得谏者。(谏官)汉兴以来始置。"这是说,古代有进谏的人,但没有设立官位,所以从三公六卿到一般的农工商人都可以进谏。汉代以来开始设置谏官。班固在《白虎通义·谏诤》中说:"君至尊,故设辅弼,置谏官。"君王至高无上,所以要设置辅佐他的丞相和谏官。

司马光的话是有事实根据的，譬如春秋时候晋国向虞国借道打虢国，宫之奇就挺身进谏说："虢国是我国的屏障，虢国灭亡，我们虞国也一定随之灭亡，有句谚语'辅车相依，唇亡齿寒'，正好可以说明虢国与我国的关系。晋寇贪得无厌，不要上他的当。"宫之奇不是谏官，他是虞国的大夫，但他可以进谏。再如，公元前265年，赵惠文王死，其子孝成王（长安君）即位。因长安君年幼，由母亲赵太后辅政。秦国趁她刚刚执政，举兵大举攻赵，赵国于是向齐国求救，而齐国提出条件：要以长安君作为人质，才肯出兵。赵太后宠爱自己的小儿子，不肯把长安君作为人质送至齐国。这时候，左右大臣相继进谏，都没有成功。最后，左师触龙以借问赵太后身体健康为由进行委婉劝谏。他说：长安君身居高位，但对国家没有立下一点功劳。您这么宠爱器重他，给他那么多封地，还不如借这个机会，让他为国立功。一旦您山陵崩塌，他才有资格坐稳这个位子。赵太后听从了触龙的建议，赢得了齐国的救兵。

以上两例说明，汉以前没有特设谏官，几乎所有臣属都可以向国君进谏。汉代始设谏官。汉代的谏官，称作谏议大夫，属于光禄勋管辖，其地位和影响远不如后世显著。在汉代，能向皇帝提意见的也都是皇帝身边的重臣，而谏官则显得人微言轻，不能真正发挥这一职位的作用。汉代的朝官中，中大夫、太中大夫、给事中也都属谏官。魏晋时期设散骑常侍、谏议大夫；唐代设有左右散骑常侍、左右谏议大夫、左右补阙、左右拾遗、起居郎、起居舍人；宋代设有左右谏议大夫、左右司谏、左右正言等，都是谏官之职。谏官的职责是"讽议左右，以匡君失"，纠正皇帝的过失，使皇帝从善戒恶，起到自下而上监督皇帝的作用。唐代对拾遗之职的解释是："国家有遗事，拾而论之。"补阙之职是："国家有过缺而补正之。"（《唐六典·门下省》）谏官的使命就是对朝廷的美刺。唐代著名诗人杜甫，曾经做过唐肃宗的左拾遗，官职并不大，由于地位是言官，所以又相当重要，是经常在皇帝左右的"近臣"。房琯是玄宗的丞相，素有重名，所以肃宗也很器重他。在收复长安这一战役中，房琯起了很大的作用，深得肃宗信任。后来，北海太守贺兰进京来了，他与房琯本来就有些私人恩怨，因此诽谤房琯，说无论肃宗怎样厚待房琯，房琯也不会忠于陛下。杜甫为此上疏肃宗申救房琯，劝谏不要听信小人之言。肃宗不仅不听杜甫申疏，反而迁怒于杜甫，特敕刑部、御史台、大理寺进行推问，情况非常紧张，幸亏宰相张镐搭救，杜甫方免一死。杜甫最终因此案被贬为华州司功参军，管理地方的祭祀、学校、选举等文教工作。肃宗时的右补阙谏官是经杜甫等人推荐的著名诗人岑参，最终也没有得到重用。

杜甫、岑参不是例外，元稹、白居易这两位诗人也都做过谏官。元和元年（806），元稹、白居易同登"才识兼茂明于体用科"，元稹是第一名，授左拾遗，即日就上疏论政。而白居易因为出言太直，不得为谏官。直到元和三年五月，白居易才被任命为左拾遗，在连续三年的谏官任内，他屡次上疏革新弊政。有一次，他当面指摘唐宪宗李纯的过错，差点儿掉了脑袋。

这里，我们要特别提一提唐代著名的谏臣魏徵。唐太宗李世民即位后，即任命魏徵为谏议大夫，掌管规谏讽谏。当时，民生凋敝，百废待兴，太宗十分忧虑百姓的教化问题，魏徵当即指出："在动乱中遭受过忧愁困苦的百姓是容易教化的，就好像给饥饿的人做饭，给口渴的人喝水，是不会很费力的。"宰相封德彝指斥魏徵的话是书生之见，不识时务。他说："夏商周以后，社会风气逐渐奸诡虚伪，秦汉都没改变过来，难道是那么容易吗？"魏徵反驳说："依此推理，古人很淳朴，后来渐渐奸诈虚伪，那么到今天，人们不都变成鬼了吗？还谈什么治理呢？"谏议大夫，官阶不过五品，竟当着皇帝的面批驳宰相，充分显示了他的才识和胆量。魏徵敢于犯颜进谏，直言无隐，向皇帝提供了大量意见和建议。"贞观之治"的成就与太宗从谏如流有着直接关系。难怪魏徵死后，太宗不胜悲伤地对侍臣说："以铜为镜，可以正衣冠；以古为镜，可以见兴衰；以人为镜，可以知得失。如今魏徵死了，从此，我失去了一面镜子。"

魏徵出身于书香世家，他的这种敢于犯颜直谏的精神，与他小时候接受《诗经》《论语》等经书的教育是不无关系的。

谏院是谏官的官署，唐时已有，宋代特别设置，并以左右谏议大夫为谏院的长官，统领司谏和正言。

左右司谏也就是唐代的左右补阙，左右正言即唐代的左右拾遗。在宋代，御史台与谏院合称"台谏"，台官与谏官合称"言官"，表明二者职能趋于合一。御史台以御史中丞为台长，下设台院、殿院、察院。谏院右归中书，左属门下，隶于两省，以谏议大夫为长官，又称"知谏院"。

写《岳阳楼记》的范仲淹就曾做过右司谏。司谏的职责是掌规谏讽谏，凡是朝政有所失误，大臣以至百官，任非其人，三省以及百司，犯有过失，都要谏正。当时，章献太后刚逝世，传言她有遗诏，要册立杨太妃为太后，参与政事。册令发布后，大臣议论纷纷。范仲淹上书极谏，他说："太后，是母亲的尊称，自古没有代立的事情。"宋仁宗最后也只得听从谏言。康定元年（1040），范仲淹又做了枢密直学士和右谏议大夫，开始推行改革。

欧阳修也做过谏官。庆历三年（1043），他被任命为右正言，掌管官民奏章。当时，范仲淹、杜衍、富弼等人因为"庆历新政"遭到许多人的反对，欧阳修慨然上疏，极力支持新政，结果招致敌党的忌恨，被贬知滁州。

写《资治通鉴》的司马光也做过谏官。王安石进行"新法"改革，司马光极力反对。他当时任右谏议大夫，于是写信给王安石，列了"侵官、生事、征利、拒谏"等四条罪状。体现了谏官勇于进言议政的精神。

以上是历朝谏官制度的一番鸟瞰，虽然不能断定这种制度直接导源于汉代以《诗三百》为谏书的普遍共识，但可以说，这一普遍共识推动了谏官制度的建立。谏官大多是一些文人，如上文所举的魏徵、杜甫、岑参、元稹、白居易、范仲淹、欧阳修、司马光，此外如陈子昂曾任右拾遗，杜牧曾任左补阙。文人所受的经书教育最多，因而他们是《诗经》"美刺"精神的最好的传播者和实现者。

君主的美德

犯颜直谏是忠臣的美德，虚心纳谏就成了明君的标志。人们总是把能否纳谏作为区分明君与昏君的重要标准，因而历史上有所作为的君主总是广开言路，克己纳谏。如上面所说的唐太宗，即以勇于纳谏、勇于改过而名垂青史。再如武则天曾设置四个箱子于朝堂的四方,名曰"延恩匦""招谏匦""申冤匦""通玄匦",使臣民将欲说之言,投入匦中,直陈皇帝,使下情得以上达。在进谏为忠臣、纳谏为明君的观念影响下,历代皇帝常常鼓励臣下进行讽谏。汉文帝曾多次下诏,举贤良方正能直言极谏之士。就连以荒淫闻名的汉成帝也曾下诏:"指出我的过失,不要有所避讳。"不过,像汉成帝的招谏只是做做样子罢了。

从历史实际看,勇于纳谏的"明君"毕竟是少数,而拒谏的昏君则历代不乏其人。如商纣王荒淫无度,残暴恣虐。他的异母兄微子多次劝谏,说:我们的祖先汤王当年是何等仁爱,可你现在却这般昏暴,整天酗酒淫乐,弄得朝政如此腐朽污浊,长此以往,国家就要保不住了。可是纣王理也不理。微子害怕纣王加罪于己,就躲了起来。箕子是纣王的叔伯兄弟,也多次劝谏,他不但不听,反而把箕子囚禁了,还罚为奴隶。纣王的叔父比干见他多次不听进谏,就对他说:"你现在无休止地横征暴敛,随便杀人,人心失尽了,国家就要跟着灭亡了。"纣王听了,恼羞成怒,竟让手下把比干拉出去剖腹开膛,把他的心挖了出来。宫奴们见了都把脸捂起来,而纣王却大笑不止。纣王最后众叛亲离,自焚于鹿台,成了拒谏、杀谏臣的暴君的典型。

西周厉王也是一个拒谏的昏君。厉王执政后听信大臣荣夷公的唆使，实行山林薮泽的"专利"，结果造成天下纷纷反对，"所怨甚多"。不少大臣进谏，都遭到厉王的残杀。更有甚者，厉王为了堵塞人们的怨言，竟派特务监视人民的言行，虽然一时人们"道路以目"，不敢再讲话，但最终还是像洪水蓄积到一定程度后而一发不可收拾，人民把厉王流放了。

纵观中国历史，所谓"明君""英主"都有纳谏的美德，如秦王采纳李斯的《谏逐客书》、李世民以魏徵为镜等；而昏君历史上都有拒谏的记载，甚至杀戮谏官，断绝言路。白居易曾作《采诗官》一诗，讽刺统治者喜听阿谀之词而拒谏的做法：

采诗官，采诗听歌导人言。
言者无罪闻者诫，下流上通上下泰。
周灭秦兴至隋氏，十代采诗官不置。
郊庙登歌赞君美，乐府艳词悦君意。
若求兴谕规刺言，万句千章无一字。
不是章句无规刺，渐及朝廷绝讽议。
诤臣杜口为冗员，谏鼓高悬作虚器。
一人负扆常端默，百辟入门两自媚。
夕郎所贺皆德音，春官每奏唯祥瑞。
君之堂兮千里远，君之门兮九重闷。

美刺与君臣之义

> 君耳唯闻堂上言，君眼不见门前事。
> 贪吏害民无所忌，奸臣蔽君无所畏。
> 君不见厉王胡亥之末年，群臣有利君无利？
> 君兮君兮愿听此：
> 欲开壅塞达人情，先向歌诗求讽刺。

白居易的诗道出了历史上美刺君主的实情。统治者喜听顺耳之言，而讨厌逆耳之声。君主的做法又影响朝臣，诤臣不再进谏，佞臣逢迎拍马，长此以往，统治地位将不能自保。白居易站在统治阶级的根本利益的立场上，对君主提出广开言路、虚心纳谏的要求，即用儒家的"美刺"理论对君主提出要求。白居易曾作《采诗以补察时政》一文："圣王酌人之言，补己之过，所以立理本，导化源也。"圣明的君主应该善于采纳臣下的意见，以补自己的过失，这是君主的立身之本。白居易还结合《诗经》加以阐发：

> 国风之盛衰，由斯而见也；王政之得失，由斯而闻也；人情之哀乐，由斯而知也。然后君臣亲览而斟酌焉，政之废者修之，阙者补之，人之忧者乐之，劳者逸之。

从人民的言论中可以体察国运的盛衰，王政的得失，人情的哀乐。统治者可根据这些言论来改正自己的过失,达到美政。

谏,是向君王尽忠的一种方式。孔子说:"臣事君以忠。"这"忠"字,就包含对君王过失的劝谏,并不是绝对的唯命是从。有人问孔子,什么叫"一言而丧邦",孔子说:"君王最大的快乐就是他说话无人违抗,如果他说的话正确而无人违抗,那是好事;如果他说的不正确,也无人胆敢违抗,就可能因为没有一句违抗的谏言而丧失整个邦国。"所以,儒家常常以谏君为美德,所谓"板荡识忠臣",只要国君能实行仁义,臣子不惜斧钺加身,也要廷斥君过,竭死尽忠。孔子的思想,大多从《诗经》的研究中得来,《诗》"可以怨",怨刺上政,实质上也是忠谏。《诗经》中的怨刺诗被历代推崇,正反映了"美刺"君王对于治理国家的不可替代的重要性和必要性。

雅正与文人风范

前文说过,《诗经》分为风、雅、颂三部分,这三部分是以音乐的不同来划分的。雅是以周王朝所在地秦地的音调语言为基础的,与十五国风所代表的各地土风方言相比较具有如今所说的"官话""普通话"或"京腔京韵"的意味。应该说从原始意义上讲,雅只是语音上的特点。不过由于雅带有王畿之地的特点,所以雅音、雅言就具有"官方"、正统和尊贵的地位了。

《论语·述而》记:"子所雅言,《诗》、《书》、执礼,皆雅言也。"孔子在给学生讲解《诗》《书》及执礼典仪时,都要用"雅言"以示郑重。可见孔子对雅的严肃而尊重的态度。在孔子生活的时代,雅除了语言上的标准外,还融入了思想内容上的要求。这一点我们可以从孔子的言论中看出来。孔子说:"恶紫之夺朱也,恶郑声之乱雅乐也。"(《论语·阳货》)意思是说:孔子最憎恶的是紫色代替了大红色(春秋时朱色为诸侯衣服的正色),憎恶郑国的音乐破坏了"雅乐"的规范。这里,孔子把"郑声"作为"雅乐"的对立物,对郑声是持完全否定态度的。所以孔子说:"放郑声,远佞人;郑声淫,佞人殆。"(《论语·卫灵公》)

雅在义理方面的内容就是"正"。《论语·子罕》载孔子语:"吾自卫返鲁,然后乐正,《雅》《颂》各得其所。"所谓"乐正"既指形式又指义理。《史记·孔子世家》也说:"三百五篇,孔子皆弦歌之,以求合《韶》《武》《雅》《颂》之音。"《韶》是舜时的乐曲,《武》是周武王时的乐曲。孔子曾对《诗经》作过一番整理工作,以求使《诗经》的诗篇都达到他所推崇备至的古代圣王之乐及雅颂的标准。孔子对《诗经》有一个整体评价:"《诗三百》,一言以蔽之,曰:'思无邪'。"(《论语·为政》)"思无邪"即雅正。

在当时人们的观念中,《雅》《颂》与《韶》《武》等古乐一样都是古代圣明天子所制,是用来教化天下的。《礼记·乐记》说:先王制定礼乐,并不是为了让人享受耳、眼、口、腹等感官本能的满足和快乐,而是"教民平好恶而反人道之正也",即是用雅达到思想之正。《乐记》又说:听雅颂之音,思想得到教育,精神面貌端庄严肃,品德行为规矩有序。总之,雅乐使人心归于正途。这就是"雅正"。

孔子之后,儒家一直以正训雅。例如孔安国说:"雅言,正言也。"(《论语集解》引)班固说:"乐尚雅,何也?雅者,古正也,所以远郑声也。"(《白虎通义·礼乐》)郑玄说:"雅,正也,言今正者以为后世之法。"(《周礼注》)

方轨儒门

雅正既是思想品德、伦理观念、行为言语方面的准则,又是审美理想的要求。

无论是治国为政还是在日常言语行为中,雅正的要求都是遵从周礼的规范。孔子要求"非礼勿视,非礼勿听,非礼勿言,非礼勿动。"(《论语·颜渊》)守礼即正,非礼则邪。当季康子向孔子问"政"时,孔子答道:"政者,正也。子帅以正,孰敢不正?"(《论语·颜渊》)从大政方面讲,要守礼从正,反对僭越犯上。当季氏在庭院中用天子方能使用的规格奏乐舞蹈时,孔子就发出了"是可忍也,孰不可忍也"的斥责。孔子为政强调"正名",《论语·子路》记载:当子路问孔子治理国家首先准备干什么时,孔子答道:"必也正名乎!"接下来又有一通议论:"名不正则言不顺,言不顺则事不成，事不成则礼乐不兴，礼乐不兴则刑罚不中，刑罚不中则民无所措手足。"可见"正名"的重要性。孔子认为只有"正名"方能做到"君君，臣臣，父父，子子"，君臣父子各有自己的地位尊严、责任和义务，才能使封建宗法社会秩序井然。

在个人的言行中，雅正的要求就更具体了。孔子说："其身正，不令而行；其身不正，虽令不从。"（《论语·子路》）本身行为正，不发号施令事情也行得通；本身行为不正，即使三令五申别人也不会依从。雅正要从自身做起，就会产生较大的影响。孔子又说："苟正其身矣，于从政乎何有？不能正其身，如正人何？"（《论语·子路》）正人先要正己，自己的言行端正了，治理国政就不会有困难了。因而孔子时刻以雅正要求约束自己，"居处恭，执事敬，与人忠"（《论语·子路》）。平日容貌态度端正庄严，工作严肃认真，对别人真心诚意。孔子正是以这种严于律己、勤勉工作、诚以待人的光辉品德，赢得了他的学生及后世万代的景仰和尊敬。在日常生活中，雅正是孔子的行为准则。如居家，孔子"席不正，不坐"（《论语·乡党》）。古代没有椅和凳，都是在地面上铺席子，坐在席上。"席不正"是指布席不合乎礼制的方向，或席与席之间的距离不符合要求，讲"礼"的孔子当然不坐。吃饭的时候，"割不正，不食"（《论语·乡党》）。古人所说的"割"与"切"是不同的。"割"是将祭奠神明祖先后的牺牲猪、牛、羊等用一定的方法分解开。"割"在周朝的礼制中是一个非常重要的工作,据《周礼》记述,它有不少具体要求:"割"肉时要根据分肉者的地位不同,将牺牲分割成大小不同、部位不同的肉块,同时要在宗庙或一定的场所配合一定的音乐,使用一种带有鸾铃的刀,并使鸾铃的音响符合音乐的节奏。所以《左传》中记载,郑国子产告诫没有经验的年轻人掌管军国大政就像"未能操刀而使割也,其伤实多"(《襄公三十一年》)。可见"割"的重要。正因为"割"关乎礼制,所以割不正,孔子是不吃的。

孔子之后,雅正成为中国文人士大夫的思想品德标准。雅正具体化为儒家政治伦理的要求,儒生以遵从儒家经典教条为正,以效法古代圣贤为雅。汉代大儒扬雄说:"君子不言,言必有中也;不行,行必有称也。"即是说有德行的人不言语则罢,如果发言一定会合乎经典规范;不行动则罢,如果行动一定会符合圣人教训。在以儒家思想为统治思想的封建社会,知识分子非常重视修养、立身。孔子的弟子曾子"日三省吾身",每天多次反省自己,检查自己的言行思想是否合乎雅正的要求。孟子则强调"养气",并善于培养自己的"浩然之气"。孟子"浩然之气"的特点是:"其为气也,至大至刚,以直养而无害,则塞于天地之间。其为气也,配义与道；无是，馁也。是集义所生者，非义袭而取之也。行有不慊于心，则馁矣。"(《孟子·公孙丑上》)大意是：这种"浩然之气"，最伟大，最刚强，用正义去培养它，一点不加伤害，就会充满上下四方，无所不在。这种气，必须与义和道配合，缺乏它，就没有力量了。这一种气，是由正义的经常积累所产生的，不是偶然的正义行为所能取得的。只要做一件于心有愧的事，这种气就疲软了。孟子的这种"浩然之气"是雅正思想长期贯彻强化的结果。日积月累地修身养性，使得胸无杂念，中充外刚，具有无所畏惧的气概。古人非常重视人品与文品的一致性，强调人品的高下将会影响文品的高下，因而将人品的评价作为文品评价的基础，在评论文章之前总要先论道德。如柳宗元《送诗人廖有方序》中称赞廖生："刚健重厚，孝悌信让，以质乎中，而文乎外，为唐诗有大雅之道。"在思想上增加了刚健重厚、孝悌信让的儒家规范，就会使作品呈现"大雅"之道。

雅正是各种文艺创作的重要标准，唐代大书法家柳公权谈到书法的基本要求时云："心正则笔正。"诗歌创作也是这样，清代诗论家薛雪说：

> 心正则无不正，学诗者尤为吃紧。盖诗以道性情，感发所至，心若不正，岂可含毫觅句乎？昔有人问余曰：

> 颜云"歪诗"何谓也？余戏之曰：诗者，心之言，志之声也。心不正，则言不正，志不正，则声不正，心志不正，则诗亦不正，名之曰歪，不亦宜乎？（《一瓢诗话》）

"诗言志"，诗歌是人的思想感情的外现形式，是情志的寄托。只有高尚正直的思想情操和端正的创作态度才能写出情深意切、真挚感人的优秀诗篇。否则心存杂念，就只能写出"歪诗""俗诗"。

与雅正的诗歌相对的是"俗诗"，俗诗可分为"俗句""俗字"和"俗意"等方面。"俗句""俗字"多指与高雅的语言相对的语句和字词。《一瓢诗话》说："人知作诗避俗句、去俗字，不知去俗意尤为要紧。""俗意"的表现大略有三种，略述如下。

陶明濬《诗说杂记》说："俗意者何？善颂善祷，能谀能谐，毫无超逸之志是也。"有些文人把作品作为进身仕宦的敲门砖，在作品中极尽阿谀逢迎之能事，其格调之卑下，令人望而生厌。这类人、这类作品历代不乏其例，为正派作家所不齿。此为第一种。

叶燮《原诗》刻画了另一类文坛"俗人"的形象：

> 诗之亡也，亡于好名。没世无称，君子羞之，好名

宜亟亟矣。窃怪夫好名者，非好垂后之名，而好目前之名。目前之名，必先工邀誉之学，得居高而呼者倡誉之，而后从风者群和之，以为得风气。于是风雅笔墨，不求之古人，专求之今人，以为迎合。

诗之亡也，又亡于好利。夫诗之盛也，敦实学以崇虚名；其衰也，媒虚名以网厚实。于是以风雅坛坫为居奇，以交游朋盍为牙市，是非淆而品格滥，诗道杂而多端，而友朋切劘之义，因之而衰矣。昔人言："诗穷而后工。"然则诗岂救穷者乎！斯二者，好名实兼乎利，好利，遂至不惜其名。

本来写诗作文希望名垂青史的愿望无可厚非，早在春秋时期，人们已将"立言"与"立德""立功"合称为"三不朽"（见《左传·襄公二十四年》）。但有些文人为求"目前之名"，实为沽名钓誉。还有些人以诗求利，沦为商人习气。为求名利，这两种人奔走钻营，拉帮结派，呼朋唤友，你吹我捧，文坛风气为之败坏。存有追名逐利之心的人，其作品与"雅"是无缘的。清人潘德舆对此议论道：

夫所谓雅者，非第词之雅驯而已，其作此诗之由，必脱弃势利，而后谓之雅也。今种种斗靡骋妍之诗，皆

趋势弋利之心所流露也。词纵雅而心不雅矣,心不雅则词亦不能掩矣。(《养一斋诗话》)

作品的雅,不仅是语言的工致文雅,而首先是思想内容的雅,只有摒弃声名利禄的杂念,才能称得上雅。如果思想不雅,徒有文雅的语言形式,是不能掩盖内心之俗的。

一般而论,广义的文学功利性是客观存在的,作家总是通过作品表达对社会人生的看法,总希望自己的作品能产生一定的社会效果。但若视文学为贡奉之物,借文学求显贵或扬名获利,则堕入了下流泥潭。

俗意的第三种表现是在作品中放纵自己的情欲。文学是"人学",人有七情六欲,情结于胸发而为诗,此之谓"诗缘情"。可以说没有感情或感情不够充沛或伪饰其情的作品都不是好作品。正如清人方东树所说:"诗发乎性情,则精神自畅。《三百篇》所以动人者,此也。否则不乐而强笑,终不解颐;不哀而强悲,终不下涕矣。"(《昭昧詹言》卷二十一)然而文学创作毕竟还有其自身的规律,情感在作品中的表现也要遵循这一规律。表达情感要有一定"度"的限制,超越此度,作品的艺术性就要受破坏。正是基于这种认识,古人提出情的抒发要有一定节制,宋代张炎说:"词欲雅而正,志之所之,一为情所役,则失其雅正之音。"(《词源》)在宋代词人中因有违"雅正"之旨而受到"俗"的激烈批评的是柳永。

柳永青年时期到京师汴京应试,由于他精通音律,擅长填词,受到了歌妓、乐工和下层市民的喜爱,成为当时全国最著名的"通俗歌曲"作家。在权贵充斥的京都,柳永科举仕途并不得意,于是他便走上了放纵情欲、违背礼教的生活之路。宋人叶梦得《避暑录话》说柳永"为举子时,多游狭邪,善为歌辞,教坊乐工每得新腔,必求永为辞,始行于世,于是声传一时"。《艺苑雌黄》说他"喜作小词,然薄于操行……日与猥子纵游娼馆酒楼间,无复检约"。柳永在士大夫心目中是个"无行"之人,所谓"无行"即是他常与妓女厮混,沉溺花间樽前。在与妓女们的长期交往中,柳永与她们结下了深挚的感情,柳永的许多词即是描写他的"狎妓"生活的。正是由于这些作品,他背上了"邪俗"悖于雅正的名声。如柳永的《西江月》云:

师师生得艳冶,香香于我情多,安安那更久比和,四个打成一个。

幸自苍皇未款,新词写处多磨。几回扯了又重挼,姦字中心著我。

词中"师师""香香""安安"都是妓女的名字。下片"姦字"

用的是当时民间习用的拆白道字法,"姦"即三女,指"师师""香香""安安"三人。词中"四个打成一个","姦字中心著我"极尽狎亵之情态,斥之为"邪俗"并不为过。再如他的《菊花新》词:

> 欲掩香帏论缱绻。先敛双蛾愁夜短。催促少年郎,先去睡,鸳衾图暖。
>
> 须臾放了残针线。脱罗裳,恣情无限。留取帐前灯,时时待,看伊娇面。

这首词描写了床笫之欢,通篇露骨地表现肉欲,因而清代李调元评论云:"柳永淫词莫逾于《菊花新》一阕。"(《雨村词话》卷一)在评论家看来,这些词放纵情欲,是不符合雅正的要求的。

雅正对诗的体裁的要求,主要体现在要求保持体裁的传统性,以古为雅,以今为俗。例如六朝人对五言诗体的认识,由于《诗经》是以四言为主的,南北朝以前一直把四言体尊为雅体正宗,而把汉代起于民间的五言体视为俗体。挚虞的《文章流别志论》云:

> 古诗率以四言为体,五言者,于俳谐倡乐多用之。雅

音之韵，四言为正，其余虽备曲折之体，而非音之正也。

刘勰《文心雕龙·明诗》也说："四言正体，则雅润为本；五言流调，则清丽居宗。"挚虞对雅体四言以外的诗体都持排斥态度。刘勰虽然肯定了五言体的艺术价值，但以流调称之，可见刘氏之于四言、五言仍不免有雅俗之分。钟嵘《诗品》专论五言诗，他对五言诗的认识又进了一步：

> 五言居文词之要，是众作之有滋味者也，故云会于流俗，岂不以指事造形，穷情写物，最为详切者耶！

钟嵘充分肯定了五言体的表现能力和艺术功能，但还是承认其"会于流俗"的特点。从挚虞、刘勰、钟嵘三人对四言、五言诗的认识可以看到他们都不同程度地存有文体的雅正观念。四言产生早，为传统体裁，为正宗，为雅体；五言后起于民间，尚不为文人士大夫普遍接受，为变体，为俗体。随着时间的推移，五言逐渐取代四言，登上大雅之堂。后来又经唐代诗人的大力弘扬，五言诗的俗体色彩就一扫而光了。从唐至近代，五言诗已成为文人雅士的传统体裁，成为雅正之体。

纵观文学史上的各种体裁，几乎都有一个由俗变雅的过程，词从胡夷里巷的"燕乐"之辞发展为文人雅士的吟咏之声；小说则从"街谈巷语，道听途说"堂而皇之地来到作家的书案。近代国学大师王国维说过："凡一代有一代之文学。"就一定时代而言，某种文体会有盛衰，人们对不同文体会有不同认识，雅和俗的认识也包含其中。然而就整个文学史的发展来看，这种一定时期文体的雅俗又是相对的、阶段性的。正如王国维先生所说："雅俗古今之分，不过时代之差，其间固无界限也。"（《尔雅草木虫鱼鸟兽释例》）

封建正统思想提出了雅正的思想要求，强调文学创作要有端正的创作态度，要修养性情，入门须正，要有社会责任心，以教化天下为旨归，注重文学的社会效果，在一定程度上规范体裁和语言，这些都是有积极意义的，有益于文学创作。但我们也应该认识到"雅正"所具有的弊端和副作用。

首先，雅正观念是建立在儒家思想基础之上的。《文心雕龙·体性》对"典雅"的解释为："典雅者，熔式经诰，方轨儒门者也。"《定势》中亦说："模经为式者，自入典雅之懿。"说明"雅"的要求就是要以儒家的思想为规范，以儒家圣贤为榜样，以儒家著作为典范。这样一来，儒家思想理论中积极和消极两方面的作用都在"雅正"中得到体现。以其消极影响来说，儒家所设计的理想的处世标准为"达则兼善天下，穷则独善其身"。孔子主张"用行舍藏"，"道不行，乘桴浮于海","明哲保身",人生态度要中庸,不可激切极端。以此标准来衡量屈原自杀殉国的行为就与我们今天的认识完全相反。屈原生在战国末期的动荡时代,身为楚国"左徒"和"三闾大夫"这样的大臣,他为国为君为民"滋兰树蕙","上下求索",但君昏臣佞的楚国已不可救药,终于被秦国灭掉。屈原不忍看国家破亡,以生命之毁灭撞响警世之钟,在我们今天看来是伟大的爱国主义。但是汉代的班固、梁朝的刘勰却对屈原的做法提出了非议。班固说屈原"忿怼不容,沉江而死",是根本错了。刘勰说屈原"依彭咸之遗则,从子胥以自适,狷狭之志也"(商朝大夫彭咸谏君不听投水而死;春秋伍子胥被吴王夫差逼迫自杀后,尸体被装入革囊投入江内)。班固、刘勰二人都认为屈原的自杀行为不符合儒家明哲保身的中庸要求,是应该否定的。从班、刘的言论可看出儒家雅正中庸思想的陈腐和卑陋。儒家对女子的要求是"三从四德",只能深居闺中,不能走上社会,更不许表达爱情,否则就以"失妇道""无德"斥之,认为违背了"雅正"。例如宋代的女词人李清照写下了许多优美的词作,却受到封建卫道士们的猛烈批评。如宋代的王灼说她:

> 作长短句,能曲折尽人意,轻巧尖新,姿态百出。闾巷荒淫之语,肆意落笔。自古缙绅之家能文妇女,未

见如此无顾藉也。(《碧鸡漫志》卷二)

字里行间散发出封建伦理的陈腐气息。

其次,"雅正"观念对体裁语言的要求也有明显的偏颇之处。各类文艺体裁都有其自身的发展过程,文字语言也是随着时代而不断发展变化的。过分强调以传统为正,否定新变和发展是显然不符合文艺发展规律的。

不语怪力乱神

雅正与怪奇是相对的。重人生,轻鬼神;重实际,轻玄想,是坚持雅正思想所产生的结果。由此而产生了中华民族性格的某些特色。

刘勰认为雅正与俗奇是相对立的。《文心雕龙·史传》篇说:"俗皆爱奇。"在论及"近代辞人"追求诡奇之风时说:

> 文反正为乏,辞反正为奇。效奇之法,必颠倒文句,上字而抑下,中辞而出外,回互不常,则新色耳。夫通衢夷坦,而多行捷径者,趋近故也;正文明白,而常务反言者,适俗故也。(《文心雕龙·定势》)

追求怪奇风格表现在词语等方面，正如不走大路、偏走小道是为了抄近路，追求怪奇是为迎合世俗的需要。刘勰认为"正"与"奇"是相对立的。在《正纬》篇中说："经正纬奇，倍摘千里。""经"与"纬"相对，"正"与"奇"相对。在《知音》篇中有"六观"之说，其四为"观奇正"，仍是把奇与正相对而言。可见雅俗的对立与正奇的对立是一致的。

刘勰这种雅正与怪奇相对立的思想是对先秦儒家观念的继承。

孔子平时几乎不谈怪异鬼神的事。《论语·述而》云："子不语怪、力、乱、神。"神话是先民对自然界和人类社会某些现象不理解而产生的虚幻解释。孔子对鬼神问题采取回避和不迷信的态度在当时是非常不容易的。孔子对于他接触到的鬼神问题主要采取以下两种办法：

第一，将神话转化为历史，将鬼神转化为人事。例如传说"黄帝四面"，孔子却巧妙地解释为黄帝派遣四个人去治理四方。这样一来，长有四张脸的神黄帝就变成了行使权力的人了。再如，"夔"在《山海经》里本是一只脚的怪兽，在《尚书·舜典》中是舜帝的乐官。鲁哀公有点迷惑不解，问孔子：传说"夔一足"，果然只有一只脚吗？孔子回答说，"夔一足"的意思是说，像夔这样的人，有一个就够了。孔子把神话中指脚的"足"解释为"满足"之足，改变了神话的原始意义。《大戴礼记·五帝德》记有另一则神话传说"黄帝三百年",孔子的学生宰予问孔子:我听说黄帝活了三百岁,请问先生,黄帝是人还是神?是人怎能活三百岁呢?孔子回答道:"黄帝三百年"的意思是:黄帝死后人民得到他的利惠一百年,黄帝死后人民敬畏他的神圣一百年,以后人民又运用他的教化学说一百年。共是三百年。通过他的解释,黄帝、夔等神话人物都成了历史人物。

第二,孔子并非不信鬼神,而是既信天命又敬鬼神。孔子曾提出"畏天命"的思想,"君子有三畏:畏天命,畏大人,畏圣人之言"(《论语·季氏》)。在孔子的观念中,天是超自然的有意识的主宰,《论语》中不乏"信天""尊天"的言论。如:"知我者其天乎!"(《宪问》)"天生德于予,桓魋其如予何?"(《述而》)与相信天命的思想相联系,他还是承认鬼神的存在。不过孔子对鬼神的态度与当时其他人是很不相同的。孔子不迷信,不盲从,不热衷,采取"敬鬼神而远之"(《雍也》)的态度。孔子采取敬畏、回避的态度,目的是将注意力放在人事、社会上,不让迷信鬼神去妨害人事。所以当他的学生子路问事奉鬼神之事时,孔子说:"未能事人,焉能事鬼?"(《先进》)意思是活人的事还没做好,怎么能够去侍奉鬼神呢?明确地把人事放在鬼神之事的前面,重人事轻鬼神的思想在当时较墨家的重鬼神更具有理性主义色彩。

《左传》中曾记载孔子不迷信鬼神的故事。哀公十二年（前483）冬十二月，蝗虫为灾，季孙向孔子请教。按传统迷信的说法，冬十二月不应有虫害，蝗虫为灾是得罪了天命，是鬼神作祟。而孔子则说并非天降灾异，而是掌管历法的官员失误，没有计算闰月，所谓冬十二月，实是十月，蝗虫出现并非不可能。通过这件事可以看出，孔子不尚迷信，没有把自然现象随便归结于鬼神的缘故，而多从人事考虑。

孔子不语怪力乱神、敬鬼神而远之的做法是为了将人们的注意力转向人自身，转向对现实问题的关注。孔子的这种思想实际上已将鬼神的虚妄迷信排斥在政治生活的主体之外。

儒家学说以关注人生、关注现实为正，是将此作为首要问题对待的，而视鬼神怪异为奇，实际已受到黜斥。这种观念是与雅正可互相参证，互相发明，互为补充的。

在世界历史上几个古老文明发祥地的文化类型中，中国文化具有超越宗教的情感和功能，从周王朝代替商以后，神道主义始终不占主导地位，人本主义则成为中国文化的基本格调。王国维先生曾指出："中国政治与文化之变革，莫剧于殷周之际。"（《殷周制度论》）对于"天命"的认识是变革中最重要的内容之一。夏、商统治者都讲天命，周人灭商建国，也自称是秉承"天命"的。但对"天命"的理解和认识，商与周是有着根本不同的。商人迷信天命，认为上帝主宰人间的一切,"帝命不违","上帝是祗"(《商颂·长发》)。人只能被动地去接受天的安排。周人的天命观却有了深刻变化,把天命与人事相联系,天命不仅仅是上帝的一种主观意志,它同样还需要参验人事来进行决断,所谓"民之所欲,天必从之"。在周人看来,人的命运并不完全由天决定,在一定程度上也由人自己来决定。如《大雅·文王》中说:"殷之未丧师,克配上帝。"(殷商未失民心时,能够享受上帝的庇佑。)商朝统治者只有施政正确、合乎民心才能得到上帝的佑护,拥有天下。"侯服于周,天命靡常。"(殷商臣服于周朝,可见天命并无常数。)商朝失去了民心,也就失去上帝的福佑,失去了天下共主的地位,成为周朝的臣属。"永言配命,自求多福。"(永远顺应天命,靠自强谋求幸福。)把天命与自强努力的人事结合起来。从周人开始,敬天更要爱民,首先重人事,其次才是顺天命。

在中国文化中,人是宇宙万物的中心,人要"上揆之天","下察之地",更要"中考之人"。所以人的地位是最重要的。儒家学说对人的地位给予充分的重视,孔子说"仁者,人也"(《中庸》二十章)。孔子在回答他的学生樊迟问仁时答曰:"爱人。"孟子也说:"仁也者,人也。合而言之,道也。"(《孟子·尽心下》)儒学为"仁"学,而仁之根本就是人,可见,人的问题是儒家学说的核心问题。

中国文化与人本主义相联系，重视人生，重视人心，必然要面向现实，求是务实。在这一点上，中国文化与其他宗教文化的更关注未来形成了鲜明的对照，这是雅正思想的又一种体现。重实际，轻玄想，重现实，轻未来，与中国古代以农耕为业、脚踏实地的劳作紧密相连，构成了中国文化的基本精神。

以人为本，关心现实，务实求是成为民族传统的精神。汉代王充的重实事、疾虚妄，宋代陈亮、叶适的注重事功，都是对这种精神的突出和强调。

从孔子开始，中国古代重人事、重现实的思想得以发扬弘大，务实求是的理性主义精神居主导地位，并开始摆脱宗教神学的长期统治。范文澜曾就儒家鬼神不可知论的意义作了评价：

> 抵抗宗教的力量主要来自儒家学说，固然它本身也含有封建礼教的毒汁，两毒比较，宗教毒当然更重……汉族受宗教毒较轻，不能不归功于儒家学说的鬼神不可知论。（《中国通史》第一册）

坚持雅正、反对怪奇的思想在史学、文学领域也有重要影响。与重人事、重现实的精神相一致，中国史学有"实录"

的光荣传统。司马迁"不隐恶、不虚美"的精神成后世史学家的座右铭,坚持信史直录是中国求实文化精神的体现。唐代史学家刘知幾主张"善恶必书,使骄君贼臣知惧"(《新唐书·刘子玄传》)。历史上不畏权势、秉笔直书的正直史学家也确实不乏其人。

中国古代的文学一直是现实主义文学,即关注现实,如实描写现实,又作用于现实。文学史上,从汉乐府民歌"劳者歌其事",到杜甫"惟歌生民病,愿得天子知","穷年忧黎元,叹息肠内热";从白居易"为君、为民、为事"而作,到现实主义巨著《红楼梦》,现实主义成为贯穿始终的红线。

中国传统文化中,无论是政治观念,还是日常生活,乃至审美情趣,中华民族的性格心理,求是务实的精神也都打下了深深的烙印。中国人以性格朴实无华、脚踏实地为美德。但在求是务实的精神中,也包含着某些消极因素。例如注重现实却抑制人的想象力,关心人生而忽视对自己的改造,循序渐进使人缺乏变革的勇气和决心。即使在文学创作领域,浪漫主义文学也常常受到正统批评家的指责。如刘勰在《文心雕龙》中指出战国浪漫主义诗人屈原的作品与儒家经书相比有"四事同于风雅",又有"四事异乎经典"。相异的"四事"中有二"事"是指屈原的浪漫主义风格:

> 托云龙,说迂怪,丰隆求宓妃,鸩鸟媒娀女,诡异之辞也;康回倾地,夷羿弊日,木夫九首,土伯三目,谲怪之谈也。

屈原的作品中,风云雷电、神龙巨鸟都被调动起来为主人公壮声势,各种神话人物如丰隆、宓妃、娀女等都活跃在主人公周围。我们认为屈原的描写是精彩绝伦的浪漫主义佳作,但刘勰却认为这是不合雅正的"诡异之辞""谲怪之谈",是不符合"不语怪力乱神"的圣训的。由此可见,由不语怪力乱神而造成的对浪漫主义的否定是何等陈腐。

中和之美

雅正在审美领域还可以用中和之美来表示。唐太宗李世民曾说:"中则正,正者,冲和之谓也。"又说:"心正气和。"可见在古人的观念中,雅正与中和之美是相通的。

所谓"中和",中,即适中、平正、无过、无不及,不上不下,不前不后,适得事之宜;和,有匀称、平和、调和、和谐、融合的意思。《礼记·中庸》说:"喜怒哀乐之未发谓之中,发而皆中节谓之和。中也者,天下之大本也;和也者,天下之达道也。致中和,天地位焉,万物育焉。"把"中和"

提高到"天下之大本""天下之达道"的地位，可见儒家对"中和"的高度重视。中和这一范畴包含有浓厚的政治、道德的意味，也体现出审美的要求。

在政治生活中，中和是体现统治秩序的理想境界，又是统治者实施治理的原则。古人看到阴阳、金木水火土等自然现象相反相成，相克相生，和谐自然地构成大千世界，由此而得到启示。古人说："先王以土与金木水火杂，以成百物。是以和五味以调口，刚四支（肢）以卫体，和六律以聪耳，正七体以役心……夫如是，和之至也。于是乎先王聘后于异姓，求财于有方，择臣取谏工而讲以多物，务和同也。声一无听，物一无文，味一无果，物一不讲。"（《国语·郑语》）即认为，人类社会与自然界一样，单一独立是不能长期生存的，朝廷要有王姓也要有"异姓"，财货也要四方沟通，要广泛听取臣下百官的意见。"夫有和平之声，则有蕃殖之财。于是乎道之以中德，咏之以中音，德音不愆，以合神人，神是以宁，民是以听。"（《国语·周语》）达到了"中和"就会物产丰足，神祇保佑，人民安康。

在朝廷上，中和与"乐"相联系，担负协调统治阶级内部关系的任务。在周礼中，"乐"是与"礼"相互配合，相辅相成的。"礼"即朝廷的等级制度的规定和要求。朱熹说："礼，谓制度品节也。"（《论语集注·为政》）封建秩序中的君臣、父子、夫妻、高低、贵贱、尊卑都要有礼来区别定位。但是仅有"礼"是不够的,单纯强调"礼"可能造成距离和冷淡,"乐"的作用是与"礼"相配合,调和关系,和谐气氛,融合感情。这种调和、和谐和融合的作用就是"中和"。所以荀子说:"礼之敬文也,乐之中和也。"(《荀子·劝学》)《礼记·乐记》说得更明确:

> 乐者为同,礼者为异。同则相亲,异则相敬。
> 礼义立,则贵贱等矣;乐文同,则上下和矣。
> 大乐与天地同和,大礼与天地同节。和,故百物不失;节,故祀天祭地。
> 乐者,天地之和也;礼者,天地之序也。和,故百物皆化;序,故群物皆别。

"中和"是与"礼"相对举的"乐"所具有的特点。"中和"不仅具有政治方面的作用,在审美上也有其特色,区别于激切浓烈而显得温润和煦,平缓宜人。

"中和"之美也可以体现在人物的风貌上,风度温文尔雅,性格宽厚平和,从不锋芒毕露,咄咄逼人。所谓"诗如其人",指诗歌可体现诗人的性格。"中和"之美可以指人的性格也可指文学作品的风格。孔子评价《诗经·周南·关雎》

诗云："乐而不淫，哀而不伤。""淫"即过分。汉代的孔安国注云："乐而不至淫，哀而不至伤，言其和也。"（《论语集解》引）即已指出孔子对《关雎》的评价就具有中和之美。宋代的朱熹也说："淫者，乐之过而失其正者也；伤者，哀之过而害于和者也。"（《论语集注》）是说《关雎》诗既是雅正的，又是中和的。"中和"，成为后世评价作品的重要标准。如汉初的刘安论屈原的《离骚》就说："国风好色而不淫，小雅怨诽而不乱，若《离骚》者，兼之矣。"（《楚辞章句》引）我们姑且不论《离骚》的实际是否如刘安所评，刘安的评价标准与孔子论《关雎》如出一辙则是显而易见的。可以说刘安正是以中和的标准看待《离骚》的。

雅正与中和合而称为"和雅"，这是古人神往的艺术境界。"神恬气静，令人顿消其躁妄之气者，和雅也。"（清沈宗骞《芥舟学画编》卷三《山水·避俗》）神情愉悦，气韵和畅，恬静自然，非极高的艺术造诣和人格修养所不能。有人曾举陶渊明的诗来加以具体说明：

> 孟夏草木长，绕屋树扶疏。
> 众鸟欣有托，吾亦爱吾庐。
> 既耕亦已种，时还读我书。
> 穷巷隔深辙，颇回故人车。

> 欢然酌春酒，摘我园中蔬。
> 微雨从东来，好风与之俱。
> 泛览周王传，流观山海图。
> 俯仰终宇宙，不乐复何如？

此为《读山海经》十三首的第一首。清代王寿昌《小清华园诗谈》将此诗列为"和雅"的典范之作。诗中描绘了岑寂而又清新的田园生活："穷巷隔深辙，颇回故人车"，"微雨从东来，好风与之俱"，作者在这里既耕既读："欢然酌春酒，摘我园中蔬"，"泛览周王传，流观山海图"。这一份"俯仰终宇宙"的悠闲自在，是贯穿全诗的主要情调。这首诗，场景描写平凡而不平庸，情味疏淡而又幽深，本有"寄愤悲"的深厚感情积郁，但又以淡然、平易出之，这就是和雅的艺术境界。

作为一种审美理想，中和雅正并不仅仅体现于一种风格，更有意义的是它体现了艺术辩证法的某些原则，如：虚实、浓淡、深浅、常变、隐显、疏密、详略、阴阳、刚柔、动静、奇正、曲直、离合、巧拙、朴华等等。在这些对立的审美范畴关系中，中和雅正要求注意把握各种因素之间的关系，不可走入极端，而要相互协调，相反相成。如宋人吕祖谦《古文关键》谈到"为文之妙"：

> 笔健而不粗,意深而不晦,句新而不怪,语新而不
> 狂。常中有变,正中有奇。题常则意新,意常而语新。

古人强调适度,即掌握风格的"度"。在"健"与"粗"、"深"与"晦"、"新"与"怪"之间,"度"即含于其中。吕氏的观点与孔子"乐而不淫""哀而不伤"的中和之旨是一脉相承的。而常与变、正与奇则是辩证的统一,只有善于处理各种艺术因素的辩证关系,才可能达到较高的艺术境界。如明人胡应麟评论杜甫诗歌的成就影响时说:

> 盛唐一味秀丽雄浑。杜则精粗、巨细、巧拙、新陈、
> 险易、浅深、浓淡、肥瘦靡不毕具,参其格调,实与盛
> 唐大别。其能荟萃前人在此,滥觞后世亦在此。(《诗薮》
> 内篇卷四)

杜甫善于掌握各艺术因素间的相反相成的道理,成为"集大成"的一代伟大的诗人。

雅正是道德规范,是审美理想,是风度气质,是风格特色。这一由《诗经》发轫的范畴沟通了许多神经脉络,构成我们民族特质的许多深层的品格。

温柔敦厚与民族性格

中国人有一个显著的性格特征,那就是温柔敦厚。这种性格特征的形成,与《诗经》有着直接的渊源关系。《礼记·经解》引孔子的话说:"入其国,其教可知也。其为人也:温柔敦厚,《诗》教也;疏通知远,《书》教也;广博易良,《乐》教也;恭俭庄敬,《礼》教也;属辞比事,《春秋》教也。"意思是说,来到一个国家,就可以知道这个国家的教育情形。如果国民在"为人"方面显示出温柔敦厚,那就说明国君善于用《诗经》来教化百姓。

"为人"的温柔敦厚,怎么与《诗经》联系得这般紧密呢?

唐代孔颖达解释说:"温,谓颜色温润;柔,谓情性和柔。《诗》依违讽谏,不指切事情,故云'温柔敦厚',是《诗》教也。"可见,温柔敦厚原先所指的是《诗经》在"依违讽谏"方面表现出的显著特色。所谓"不指切事情",也就是《毛诗序》所说的"主文而谲谏"。汉代郑玄解释说:"主文,主与乐之宫商相应也。谲谏,咏歌依违不直谏。"孔颖达进一步说:"其作诗也,本心主意,使合于宫商相应之文,播之于乐。而依违谲谏,不直言君之过失,故言之者无罪,人君不怒其作者而戮之,闻之者足以自戒,人君自知其过而悔之。"(《毛诗正义》)所谓"依违",就是指"谐和不相乖离"(颜师古《汉书·礼乐志》注)。可见,作诗的温柔敦厚,是指诗人在以诗规谏统治者时,必须通过委婉曲折的文辞来表达,不能过于切直尖刻,以维护君主的尊严。用《诗》来教化百姓,温柔敦厚的作诗特色也就自然地转变为"为人"的合理要求了。

温柔敦厚并不是委曲求全、顺从妥协,《礼记·经解》中说:"温柔敦厚而不愚,则深于《诗》者也。"真正懂得《诗》教的国君,就应该使百姓变得温柔敦厚而不是愚昧地臣服。愚,就是愚昧,是善恶不辨、是非不明。如何让人民温柔敦厚而不愚呢?孔颖达分析说:"以《诗》化民,虽用敦厚,能以义节之,欲使民虽敦厚,不至于愚。"这意味着,义应当成为温柔敦厚的原则,有了义这份精髓,温柔敦厚才不至于变为愚昧不化。

大致说来，温柔敦厚的内涵包括两个方面：一是《诗经》诗篇在情感表达上所呈现的"温柔敦厚"的作品特色；一是国民受《诗经》教育，影响于为人处事而表现出的"温柔敦厚"的性格特征。

"温柔"与"激切"

《诗经》中的许多篇章情感内敛，行文有致，的确表现出了"温柔敦厚"的某些特点。如《齐风·南山》诗是揭露文姜、齐襄公兄妹私情的，文姜是鲁桓公的夫人，桓公十八年（前694），文姜与桓公一起到齐国去，桓公发现了文姜与齐襄公的暧昧关系便斥责她，文姜将此事告知齐襄公，襄公便派人害死了鲁桓公。《诗小序》说："《南山》，刺襄公也。鸟兽之行，淫乎其妹，大夫遇是恶，作诗而去之。"诗的内容与《诗小序》所指的本事是一致的，它是齐国人对齐襄、文姜丑恶行为的讽刺。诗云：

南山崔崔，	南山巍峨又高大，
雄狐绥绥。	雄狐皮毛鲜又亮。
鲁道有荡，	鲁国大道平坦坦，

齐子由归。	文姜由此去出嫁。
既曰归止,	既然已经嫁出去,
曷又怀止。	为何又要再回来。

诗中把齐襄公比作淫荡的雄狐,暗示私通之事。"既曰归止,曷又怀止",一宕一扬,将兄妹隐私婉转道出。此诗的讽刺婉而不直,含而不露,所以《诗义会通》评论说:"逆伦蔑理,人道已尽,而诗特和缓,若不欲深斥者,所谓微文刺讥,亦温柔敦厚之旨也。"

从作诗的角度去分析,"温柔敦厚"的创作手法自有其一定的合理因素,它不直接道破,而是留下空间以调动读者、听者的想象,是借读者、听者的艺术联想而巧妙地达到预期的创作目的。

再如《小雅·采薇》,其中的名句"昔我往矣,杨柳依依。今我来思,雨雪霏霏",东晋谢玄称它是《诗三百》中最佳的句子,其原因,一是此数句诗描写内容情景交融,深切感人。二是它所表现出的哀而不伤、怨而不怒的风格特色。诗中写道:

采薇采薇,	采薇菜呀采薇菜,
薇亦作止。	薇菜已经长起来。

曰归曰归，	说回去呀说回去，
岁亦莫止。	眼看一年到了头。
靡室靡家，	我们离乡又背井，
狁之故。	都是狁的侵入。
不遑启居，	我们不能得安居，
狁之故。	都是狁的侵入。

　　这首诗的主题是反映戍边士卒的生活苦况。一位久戍边疆的士兵，饭吃不饱，不得不靠采摘野菜来充饥。饥饿的煎熬，引发了他与家人团聚的渴望。听说战争即将结束，回家团聚的梦想看来就要实现。但是，一年过去了又来一年，还是不能回家。有家，也等于无家一样。王先谦引《鲁说》："古者师出不逾时者，为怨思也。天道一时生，一时养。人者天之贵物也，逾时则内有怨女，外有旷夫。《诗》曰，昔我往矣，杨柳依依。今我来思，雨雪霏霏。"（《诗三家义集疏》）这就是说，"昔我往矣"几句是征夫因为逾时不归而发出的嗟叹和怨恨。所谓"《采薇》之思"，指的就是这种情绪的流露。但这位征夫识得大体，把自己的这份怨恨嗟叹归罪于外族狁的入侵，而不直接指向当朝的天子和将帅，以免动摇军心。整首诗写得哀而不伤，怨而不怒，但统治者从中应该有所警戒，这当是作诗者的创作意图。

再举一例。卫宣公是春秋时代一个荒淫无耻的昏君，他劫夺儿媳的乱伦行为，事见《左传》桓公十六年。对于这件丑事，卫国人作《新台》诗进行了讽刺。《诗小序》说："新台，刺卫宣公也，纳伋（伋是宣公和庶母夷姜所生的儿子）之妻，作新台于河上而要之。国人恶之，而作是诗也。"整首诗分三章，内容彼此相近，第一章是这样的：

新台有泚，　　新台耀眼又明亮，
河水㳽㳽，　　河水绕台慢流淌。
燕婉之求，　　本想找个如意郎，
籧篨不鲜。　　不意碰上丑蛤蟆。

诗并不直切宣公乱伦的事情，而是用比喻的手法将事情隐约曲折地点出，确实显得"温柔敦厚"，也即《诗大序》所说的"主文而谲谏"。

应该说"温柔敦厚"仅是《诗经》部分作品的风格特点，并非全部或整体的特点。由于汉儒"诗教"主倡"温柔敦厚"和"主文谲谏"，使许多诗篇的诗意受到了曲解，如《郑风·狡童》：

彼狡童兮，　　那位漂亮的少年啊，

不与我言兮。	不和我一起交谈了。
维子之故，	就是因为你的缘故，
使我不能餐兮。	使我吃饭觉得不香。
彼狡童兮，	那位漂亮的少年啊，
不与我食兮。	不和我一起进餐了。
维子之故，	就是因为你的缘故，
使我不能息兮。	使我歇息也觉不安。

这首诗朗朗上口，明白如话，写的是一对青年男女的爱情矛盾，情调较为伤感。但《诗小序》以为："《狡童》，刺忽也。不能与贤人图事，权臣擅命也。"忽，就是郑昭公。按照这种解释，诗就成了是借一对情人的爱情矛盾来曲折地讥刺郑昭公不能与贤臣共商大事，结果让一班佞臣掌握了大权。言外之意就是希望郑昭公要明辨善恶、回心转意了。如果《狡童》诗确是讥刺昭公的远离贤臣，诗的风格固然就是"主文谲谏"，"温柔敦厚"了。显而易见，《诗小序》曲解了诗意。汉儒这类的解诗很多，但《诗》中内容的实际却并非汉儒所言的那样"温柔敦厚"。如《王风·采葛》：

彼采葛兮，	那位采葛的女子啊，

一日不见，	一天不见，
如三月兮。	犹如度过了三个月啊。

彼采萧兮，	那位采萧的女子啊，
一日不见，	一天不见，
如三秋兮。	犹如度过了三秋啊。

彼采艾兮，	那位采艾的女子啊，
一日不见，	一天不见，
如三岁兮。	犹如度过了三年啊。

这明显是一首恋歌，但在汉儒的眼中却成了"惧谗"的思君之作，就是说作者担忧有奸臣向君王进谗言，离间我们，所以就作此诗委婉地进行劝谏。这样解释显然与《诗》的原旨不相符合。

汉儒为了维护"温柔敦厚"的"诗教"，对许多无关君臣的诗进行曲解，自有其当时的社会背景。这种诗歌理论，实际上是适应汉代大一统的新形势而提出的，它是企图通过文学来维护封建统治的一种特殊的艺术手段，从而达到以诗教民，以诗化民，民同上情，上下谐和的统治局面。出于这种需要，他们要求诗歌塑造的是怨而不怒、温柔和顺的文学形象,反对激切直率的批评作品。汉儒的这种解诗方法在以后的历代都遭到不少作家、文论家的批驳和责难,也就不足为怪了。

平心而论,《诗经》中有不少"温柔敦厚"之作,但也有不少与此相反的激切之作,言辞绝不遮遮掩掩,情感也不吞吞吐吐,痛快而犀利,如《小雅·巷伯》对谗人的痛斥:

彼谮人者,	那个毁谤别人的家伙,
谁适与谋?	是谁在后面给他主谋?
……	……
取彼谮人,	要把那个谗害别人的家伙,
投畀豺虎!	喂给山里的豺狼老虎。
豺虎不食,	这种人可能豺虎都不屑吃,
投畀有北!	那就把他扔到北边的冰窟!
有北不受,	冰窟也可能因为肮脏不受,
投畀有昊!	那就把他交给苍天去处置!

显然,这首诗是不能用温柔敦厚、主文谲谏来解说的,此诗者最后还自报姓名,毫不畏惧当权者的加害:"寺人孟子,作为此诗。凡百君子,敬而听之。"《唐风·鸨羽》诗中对君王的批评也颇直截了当:

王事靡盬，	国王差事没个完，
不能蓺稷黍，	不能回家种庄稼，
父母何怙？	父母生活怎么办？
悠悠苍天，	悠悠苍天快开眼，
曷其有所！	何时让我回家乡。

诗中流露的对君王的怨愤和不满，是显而易见的，格调也显得激切慷慨。在《小雅·节南山》诗中，作者"家父"为国事"忧心如焚"，因而直刺执政大臣师尹：

尹氏大师，	姓尹的太师，
维周之氐。	是周朝的柱石。
秉国之均，	掌握国家政权，
四方是维。	四方靠他维系。
天子是毗，	天子需他辅佐，
俾民不迷。	百姓赖他不迷。
不吊昊天，	浩浩苍天啊，
不宜空我师。	不能让他断了我们生计。

诗人作此诗的目的在于"以究王讻"，追究周王朝过失的根源，也即尹氏是造成"丧乱弘多"的罪魁祸首。全诗流荡

着一种强烈的愤慨给人以震撼,是一首典型的激切之作。

后代有人为了维护《诗经》"温柔敦厚"的"诗教",把一些激切之作也归入"温柔敦厚"的范围,就难以让人接受和信服了。如黄宗羲在《万贞一诗序》中说:

> 疾恶思古,指事陈情,不异薰风之南来,履冰之中骨,怒则掣电流虹,哀则凄楚蕴结,激扬以抵和平,方可谓之温柔敦厚也。

显然,黄宗羲把汉儒"温柔敦厚"诗教的外延作了无限扩大。准确地说,"掣电流虹"的作品,它给人的感觉绝不是温柔敦厚的。

应当说,温柔和激切是两种不同的创作风格,称赞激切之作并不意味着对温柔之作的否定。或者可以说,温柔之作,在某一层次上更显得有艺术味。但是,如果我们像汉儒那样,给一切诗作套上"温柔敦厚"的枷锁,那么这种风格就可能不受人欢迎了。汉儒以后,宋明理学家也提倡温柔敦厚,明清之际的一些启蒙学者也未能免俗,如王夫之就以"温柔敦厚"的标准来批评庾信,讥刺元稹、白居易:"杜(甫)且不足学,奚况元白。"(《明诗选评》)乾隆时代的诗坛领袖沈德潜更是以提倡"温柔敦厚"的诗教而闻名,但他的保守做法受到了袁枚的严厉批评。这说明,诗歌的创作风格是不能强求一律的,如果以偏概全,片面地认为诗歌的艺术风格只能温柔敦厚,婉转含蓄,完全排斥慷慨激切之作,那就会形成新的创作教条,束缚诗歌艺术风格的百花齐放,从而对人的个性产生新的禁锢。

中庸之德

温柔敦厚的诗歌艺术风格受到后世的极大弘扬,其思想基础就是儒家的"中庸"思想。

"中庸"是孔子哲学的基本原则,是他评价事物的基本标准。孔子说:"中庸之为德也,其至矣乎!"(《论语·雍也》)中庸,也就是居于中位,不偏不倚,也就是"中行"。孔子说:"不得中行而与之,必也狂狷乎!狂者进取,狷者有所不为也。"(《论语·子路》)在孔子看来,那些不能做到"中行"的人,一定是狂者或是狷者,狂者激进,狷者畏缩,而这两种人的生活取向都是不可取的。一次,孔子的学生子贡问他:子张和子夏两人谁强一些?孔子说,子张有些过(头),子夏又有些不及。子贡又问:那么子张要强一些吗?孔子说:过和不及都同样不好。在方法论上,"中庸"就是既要看到事物的两端,更要抓住两端的中点。即要注意事物正反两方面的特点，不能偏执一端。孔子说："攻乎异端，斯害也已。"（《论语·为政》）过分强调事物的某一方面，对当政做人都是有害的。

孔子提出"中庸"这一标准，是有当时的历史背景的。在孔子所处的春秋时代，统治者与被统治者之间存在着尖锐的矛盾。如何缓和这种矛盾呢？那就应该使矛盾不能激化，让矛盾的双方既对立存在又能和谐地统一，也就是要得"中"。"中"就是使矛盾的双方相互依存，相互发展，没有"过"与"不及"的毛病。说到底，"中"就是一种对待社会矛盾的原则和态度。"中庸"的实现，也就是使社会生活中各种相互矛盾的事物和谐统一，同处于一个整体之中。

应当看到，孔子的"中庸"原则有不少合理的地方，他不是否定矛盾双方的斗争，也不是鼓励矛盾双方的斗争，"中庸"就是矛盾双方保持和谐统一的最佳状态。

孔子的"中庸"并不是一种抽象的原则，他自己常常运用这种原则去处理事物，他说："吾有知乎哉？无知也。有鄙夫问于我，空空如也，我叩其两端而竭焉。"（《论语·子罕》）意思是说：我有多少知识吗？我没有。有一村夫问我问题，我心中无底，不能立刻回答，只能竭尽全力从问题的正反两面去推断。

孔子把他的"中庸"原则运用到对诗歌艺术风格的要求，

同样反对情感的极端发泄,他说"乐而不淫,哀而不伤",这是"中庸"原则在诗歌理论批评上的运用。快乐但不放纵,哀怜但不伤痛,这才是一种真正美的、有益身心健康的情感。宋代郑樵说:"《关雎》之声和而平,乐者闻之而乐其乐,不至于淫;哀者闻之而哀其哀,不至于伤。此《关雎》所以为美也。"从本质上说,它是人类的有节制的理性的情感,而不是动物般的粗野的发泄,所以才显得"美"。

这种"乐而不淫,哀而不伤"的诗歌艺术原则,经常被看作是维护封建礼教的消极落后的东西,而受到批判,我们客观地分析,在这一艺术原则中包含了孔子对于人的尊严和生命的肯定。反对沉溺于享乐,反对过度的哀伤,这并没有什么错误。孔子一方面认为"临丧不哀"(《论语·八佾》)是不能容忍的,同时又主张"丧致乎哀而止"(《子张》),哀不能使生命有所伤害,十分明显地表现了孔子注重人类生命健康发展的理想精神,它与毁伤生命、违背理性、放纵情欲、悲观厌世等颓废思想是相对立的。

孔子的"中庸"原则,包含着深刻的辩证法因素,中华民族的几千年文明一直流传至今,未曾中断,与历代强调的"中庸"思想是不是很有关系呢?

《诗大序》中说"发乎情,止乎礼义",即是认为诗歌情感的抒发,一定要有理性的节制,要遵循礼义的规定进行适度的表现。如果说，孔子的"乐而不淫，哀而不伤"还没有具体的参照，那么"发乎情，止乎礼义"就是对"乐而不淫，哀而不伤"的最好注解。《诗大序》还提到"美刺"，其实所谓的"刺"，也是要"止乎礼义"的，不能直接进行责难和批评，要"主文而谲谏"，要维护统治者的尊严，要给他们一定的面子。扬雄是东汉的辞赋大家，他要求诗人作赋"丽以则"，既要有漂亮的藻饰，也要有一定的法度。这种法度，其实也就是"止乎礼义"。

在诗歌艺术创作中，诗歌要符合"中庸"原则，要"止乎礼义"，在社会生活中做人，同样也要符合"中庸"原则，要"止乎礼义"，作诗与做人，虽然是不同的两件事情，但其中所蕴含的道理都是相通的。从讲温柔敦厚这一点上说，我们不能简单地把适用彼或适用此分出个是非，但就做人来说，如果有一个健康的、顺心的最佳状态，该不是坏事吧？

诗教与忠孝之义

前面说到，"温柔敦厚"诗教的思想基础是孔子的"中庸"原则，而"中庸"原则之所以合理存在并广为接受，必有一定的社会基础，这就是由夫妇而来的血缘宗法所凝结的人我亲情。

《周易·序卦传》说:"有天地,然后有万物;有万物,然后有男女;有男女,然后有夫妇;有夫妇,然后有父子;有父子,然后有君臣;有君臣,然后有上下;有上下,然后礼义有所措。"《诗大序》所说的"止乎礼义",这种礼义存在的根源,便是人我之间的血缘亲情。人一生下来,最先接触的就是父母双亲,然后是兄弟姐妹,再扩大为整个宗族成员,最后才是君臣政治方面的交往。《小雅·蓼莪》篇有这么一段:

父兮生我,	父亲他生育了我,
母兮鞠我。	母亲她养育了我。
拊我畜我,	他们抱我爱我,
长我育我。	把我拉扯长大。
顾我复我,	他们照顾我关心我,
出入腹我。	使我出入感到温暖。
欲报之德,	我要报答哺育的恩德,
昊天罔极。	苍天啊你却不给我机会去赡养。

这一段写得无限哀痛,人类之间的亲情正是从父母而来。从这种父母给予的哺育恩典中,儒家引申出了子女对父母的各种各样的尽孝义务。例如《论语·为政》篇记载:"子游问孝。子曰:'今之孝者,是谓能养。至于犬马,皆能有养。不

敬，何以别乎？'"对于父母，不仅要赡养，更要敬重，这样才能与动物区别开来。《为政》篇还记载："子夏问孝。子曰：'色难。有事，弟子服其劳；有酒食，先生馔，曾是以为孝乎？'"这是说，要让父母笑颜常开是件不容易的事情。有事劳作年轻人做了；有酒菜，让年长人吃，仅此能称得上孝吗？《为政》还记载孟懿子问孝，孔子答曰"无违"。樊迟问"无违"何义，孔子说："生，事之以礼；死，葬之以礼，祭之以礼。"这也就是说，孝不仅表现在身前，也表现在身后，要始终如一地按照礼节来进行侍奉、安葬和祭祀。

作为人子，毕竟有与父母不同的思想和意志，父母与我之间，必然会有一些矛盾和冲突。有了矛盾和冲突，怎么办？《礼记·内则》说："父母有过，下气怡色，柔声以谏。谏若不入，起敬起孝。"这是说，父母有过错的时候，要柔声和气、委婉含蓄地劝谏。父母不听，也应当对父母敬孝如初，不能有丝毫的怨气流露在外。

由父母推展开去就是宗族，宗族之间又互相联姻，从而产生新的血缘亲情。以此类推，"四海之内皆兄弟也"。这一观念的产生，正是本于家族血缘亲情的延伸。整个社会即是一个大家庭，更当遵守礼义。在家庭中有尊卑上下，在宗族中也有尊卑上下，在社会结构中一样也有尊卑上下。家庭，就是一个小社会。所以对父母要孝，对君王就要忠。君臣上下的政治关系,是家庭关系的延伸。整个社会既然是一个大家庭,那么,要求这个大家庭中的每个人都"发乎情,止乎礼义",就是十分正当的了。孔子说:"君使臣以礼,臣事君以忠。""礼"和"忠",都是情感的相互交流,偏执一方,那么君臣关系就会处于危机之中。孔子常常要求"移孝作忠",就是从大家庭、大社会的角度来淡化君臣之间的统治关系,从而把这种关系演化为一种血缘的亲情关系,彻底消除人为的心理障碍。

应当说,儒家的这些说法在理论上并没有过错,只是在实践中,统治者自己往往不能节制自己的情感和行为,从而造成了不少的社会罪恶。

说到这里,我们是否可以觉察到:"温柔敦厚"的诗教,从本质上说,它是忠孝观念在艺术行为上的实现,因为"忠孝"的实际内涵也就是温柔敦厚。在诗歌艺术上提倡"温柔敦厚"的诗教,可以使忠孝行为在生活实践中得到更好的实现;反过来,生活实践中忠孝行为的推广,也可使"温柔敦厚"的诗教得到更好的发扬。

孔子常常说到"仁","仁"也就是人人,指的也就是由夫妇而来的人与人之间的各种关系。如果说,"温柔敦厚"是人的性格特征,那么这一性格的内核就是"仁"。"仁"就是爱人,就是人类互相爱护的共同情感。有了这一份情感,天下何尝不能大同？

含蓄婉转与诗歌风格

因为有了"温柔敦厚"的诗教，所以中国的艺术形式，特别是诗歌艺术，在情感的表现方面，绝大多数情况下都保持着一种以理制情的冷静，婉转曲折，既不显得冲动狂热，也不会堕入神秘虚无。

譬如被刘勰誉为"梗概而多气"的建安时代的诗篇，它继承了《诗经》的现实主义传统，反映和揭露社会生活的残暴剥削，但同样止乎君臣之义，不敢触犯封建统治者的尊严。陈琳《饮马长城窟行》，主题是揭露无休止的徭役。一位筑长城的士卒，在"水寒伤马骨"的严寒地带打夯，他宁可在沙场战死，也不愿无休止地筑这长城。长城绵绵三千里，这徭役是没有尽头了。于是他写信给妻子，要她不再等他，去忍受这种苦难的煎熬。妻子表白，如果丈夫做了长城鬼，自己亦当坚贞从死。这首诗与《小雅·采薇》一样，不敢将自己的怨恨嗟叹归罪于统治者，读者只有从作者自怨自艾的曲折表达中，才能领会其中若有若无的对君王的"怨诽"。

不单是揭露批判现实的诗作，要求温柔敦厚，得性情之正，即使是其他诸如送别、抒怀、凭吊、咏物等文字，也要做到平和蕴藉，避免剑拔弩张。唐代释皎然也将儒家温柔敦厚的中庸观点用于佛门论诗："气高而不怒"，"力劲而不露"，其根本的精神就是为了把艺术创作中的各种对立因素有机地统一起来，反对某一方面的极端突出。唐代大诗人杜甫，"以时事入诗"，也不失《诗经》的真实敦厚，成为集大成的一代楷模。《唐子西语录》说："六经之后，便有司马迁；三百五篇之后，便有杜子美（甫）。"这意味着，杜甫的诗是对《诗经》传统的继承和发扬。魏泰《临汉隐居诗话》也说杜甫诗的特色是"优柔感讽"，不逞豪放，显得亲切温厚。

宋代理学兴起，温柔敦厚的诗教得到进一步强调，对与温柔敦厚有悖的文学风格，皆持否定态度。如宋代的杨时对苏轼和王安石的诗文风格大为不满。他说："为文要有温柔敦厚之气，对人主语言及章疏文字，温柔敦厚尤不可无。"他以为苏轼的诗，只是讥诮朝廷，殊无恻怛爱君之意；王安石的政论文不为事君着想，只是为争一时之气。杨时认为：作为臣下，要"暴慢衰僻之气不设于身体"，方为人臣本色。（《杨龟山集》卷二）宋代的魏庆之也说："东坡诗只是讥诮朝廷，殊无温柔崇厚之气。"（《诗人玉屑》）杨时、魏庆之站在卫道的立场，以温柔敦厚为准绳，对苏、王横加批评，显得陈腐可笑。苏轼的讽刺诗和王安石的政论文以其思想深刻、目光敏锐、有的放矢、气盛言利而称誉于当时和后人，在文学史上产生了较大影响,其艺术价值自有公论,而杨、魏用儒家诗教否定文学风格的多样化,其论之卑陋是显而易见的。

元朝虽然是蒙古族统治,但儒家思想还是占主导地位。揭傒斯的看法是:作诗与政治是相通的,心要平,气要和,情要真,思要深,国家的纲纪要明确,法度要一致,所有的一切,都应当贯彻执行温柔敦厚的诗教。揭傒斯的看法并不完全代表整个文坛的真实情景,但从另一面看,汉人受蒙古族统治者的武力征服,其处境极其悲惨,他们心中愤世嫉俗却又不敢大声疾呼,更很少付诸反抗的行动。在这种意义上,提倡温柔敦厚,抚平他们的创伤,让他们回归传统,正是统治者有可能统治汉民的良策。

明代统治者为了进一步控制和笼络知识分子,大力提倡程朱理学。明成祖命令胡广、杨荣等编《四书》《五经》和《性理大全》,指定为国子监和天下各府州县学生员的必读之书,同时又以八股文作为科举取士的手段,让他们"代古人语气为之"。在这样的情形下,温柔敦厚更是必不可少的诗文风格。如明初以杨士奇、杨荣、杨溥"三杨"为代表的"台阁体",都是应制颂圣之作,优柔典雅,受到统治阶级的提倡和推崇,影响文坛几十年。明初王祎曾说:诗,并不仅仅是章句的拼凑而已,诗是为了理正人的情性的,所以才有圣人温柔敦厚的诗教。能止乎礼义,得情性之正,那就知道如何去写诗了。明初才子高启的诗文，写得清新俊逸，但在给皇帝的诗文中，略作讽刺，不能"止乎礼义"，被腰斩于市。明代文字狱大兴的情形，更使得许多诗人不敢正面抨击社会的黑暗。

作为中国历史上最后一个王朝，清代对知识分子的思想钳制比前代更为严厉。一方面广兴文字狱，缘于一字一句的触犯嫌疑和无端罪由，辗转株连，大肆屠戮；一方面又以博学鸿词科等笼络宿学遗老，以八股科举培养奴才，提倡封建教义和程朱理学。这给创作和批评带来了巨大影响，士人们只是局处偏隅于传统复古的狭窄圈子，以封建道德规范为准绳，进行各种形式的修修补补。乾隆时期的沈德潜就是其中的代表，他极力提倡"温柔敦厚"的诗教，要求诗歌具有社会内容和教化作用，其根本目的就是为了更有效地为封建统治服务，反映"盛世"的风貌。

"温柔敦厚"的诗教对中国文学的影响是深远的。从传统的主导风格看，重含蓄蕴藉，重沉郁顿挫，重回环往复，重情景交融，重意境深切。这些优良的传统，都可以与"温柔敦厚"的诗教寻出千丝万缕的联系。但我们也应该看到，一代又一代吸吮着儒家诗教的文人不敢越雷池一步，扭曲自己的个性，不仅诗文中充斥着无关痛痒的呻吟，还以温润和雅而自鸣得意。闻一多先生曾沉痛地发出感慨："我在'温柔敦厚诗之教也'这句古训里嗅到了数千年的血腥","诗的女神善良得太久了……她受尽了侮辱和欺骗,而自己却天天在抱着温柔敦厚的教条,做贤妻良母的梦"(《三盘鼓序》)。闻一多一针见血地指出了"温柔敦厚"的诗教给中国文化造成的灾难。

温良恭俭让

"温柔敦厚"的民族性格在行为上有哪些具体表现呢?孔子的学生子贡曾概括了孔子为人处世的特点是"温良恭俭让"。温是温和,良是善良,恭是肃敬,俭是节俭,让是谦逊。孔子身上所体现的这些特点,成了后世效法的楷模。许多中国人态度温和、居心善良、待人恭敬、生活节俭、言辞谦逊,正是孔子言传身教的遗风。

自古至今,"君子之风"一直是中华民族性格的主流。但"君子之风"的本质内涵,也就是温柔敦厚。孔子说:"文质彬彬,然后君子。"(《论语·雍也》)君子之风,不是徒有外表,它深藏着一颗热爱人类的心,无此颗热心,则无从称得上君子。孔子是当之无愧的君子,所谓"君子之风",大抵也是指他而言。

"君子之风"的形成,得益于《诗经》不少。孔子说:人如果不读《周南》《召南》，那就犹如一堵墙横在你面前，使你寸步难行。在孔子看来，《周南》《召南》是"乐而不淫，哀而不伤"的典型之作，应当反复学习，从中领悟做人的道理。可见，"诗教"对孔子的影响是多么巨大。

孔子说：君子有九种考虑，如"貌思恭""事思敬"等（《论语·季氏》）。与人交往，要求恭敬，恭是貌而敬是心，里外应当一致。自肆之人不知恭敬，为所欲为，必将造成人我之间的冲突；自弃之人不知恭敬，漠不关心，也将造成人际关系的不能谐调。只有内心存有对人的尊重，言语容貌才会有谦恭，人我之交才能和睦无争。《诗大序》中的"主文而谲谏"，与此思想正相一致。含蓄婉转，是出于尊重的前提；劝谏，则说明并非漠不关心，而是为了更好地和谐相处。

"诗教"使孔子在处世原则上往往先人后己，多为对方着想。孔子说："己所不欲，勿施于人。"（《论语·卫灵公》）其意思是劝人将心比心，以我之欲去推想他人的欲求和情感。自己所不愿意接受的东西，别人同样不愿意接受，更不能把它强加于人了。"己所不欲，勿施于人"，这并不是外在的教条，孔子是把它诉诸人的内在道德情感，使之成为众人自觉的情感要求。所以这一理论本身，就给人一种温和亲切的感觉，消除了后代许多禁锢教条给人的那种被动的畏惧。孔子说："君子求诸己，小人求诸人"（《论语·卫灵公》），"攻其恶，无攻人之恶"(《论语·颜渊》)。这是说，君子自重自立，凡事都从自己身上找原因，小人则相反，不检讨自我过失，对别人却求全责备。君子这种处处替他人、替对方着想的思想，在后代得到广泛弘扬。可以说，"先天下之忧而忧，后天下之乐而乐"，是替对方着想这一观念在最高人生境界中的升华，成为中华民族可贵的品德之一。《周南》《召南》中大多数是思念之作，或者说是替对方着想之作，由此我们是否可以觉察到这一"诗教"与孔子思想之间的某种因果关系呢？

"诗教"也培养了中华民族性格中那种惊人的忍耐力。孔子说"小不忍则乱大谋"(《论语·卫灵公》)，是说小事情如果不能忍耐，那就会乱了大事。《小雅·小旻》最后有这么几句：

不敢暴虎，	不敢徒手打虎，
不敢冯河。	不敢徒步渡河。
人知其一，	人们只知道好像（我）不勇敢，
莫知其他。	不知道（我）是为了谨慎小心。
战战兢兢，	（面对眼前的事情）我恐惧颤抖，
如临深渊，	如同面临万丈深渊，
如履薄冰。	如同踩在深水上的一块薄冰。

全诗的主题是指责王朝贵族，但诗人最后还是临阵退缩

了,其中所呈现的就是一个"忍"字。试想,如果此时不忍,可能会坏了大事。《诗经》中表达此类情绪的诗篇还很多,即以全篇喻体的《魏风·硕鼠》来说,前边虽多处呵骂"硕鼠"的贪得无厌,但诗中并不曾写如何将"硕鼠"赶走,最后忍无可忍,只好"逝(誓)将去女(汝)","适彼乐土",去寻找一个新的地方。孔子经常告诫弟子"非礼勿视,非礼勿听,非礼勿言,非礼勿动"。他不仅这样教导别人,自己也身体力行,这需要多大的耐力才能做到。孔子总是谦敬恭让,先人后己,无论在何种环境中,即使在荒村偏野,也从不凌驾于他人之上,这与他对《诗经》的不断研习是分不开的。

实际上,孔子的这种忍耐并不消极,它是与自强不息的民族精神紧密联系的。他"学而不厌,诲人不倦","发愤忘食,乐以忘忧,不知老之将至","知其不可而为之",这一切都需要忍受肉体和精神的痛苦,所以孔子的忍耐是生命的内在力量支持着他永不停歇地为人类文明建设而奋斗。

在后代,孔子这种高尚的忍耐精神受到了曲解。所谓"忍"字当头,是对一切事物不辨正确与否,一律消极地对待和忍受,并且还要装出一副"温柔敦厚"的姿态,让人觉得发自内心。应该说,这是孔子始初没有想到的结果。我们今天如何看待"温柔敦厚"的民族性格,如何理解温良恭俭让,当然就要历史地分析,汲取其精华,剔除其糟粕,建设新的精神文明。

每一个民族都是在自己长期的发展过程中形成了自己的传统，民族传统是民族历史发展的沉淀，它受民族的生产和生活方式的支配，也受所处的自然地理、经济条件和文化发展水平的制约，由此形成各民族不同的风俗习惯和特定的心理素质。共同的地域、共同的语言、共同的经济生活以及共同的历史文化传统使一个民族形成了独特的民族意识和民族性格。《诗经》既是一定时代民族意识和民族性格的反映和记录，又影响了后世的民族文化的发展，成为传统民族性格的重要内容。

对中华民族性格特点的认识，近代人作了不少探讨。如严复《论世变之亟》曾指出："中国追淳朴，而西人求欢虞"；"中国美谦屈，而西人多发舒"。李大钊也曾写了《东西文明根本之异点》一文探讨传统文化、民族性格的特征：

> 一为自然的，一为人为的；一为安息的，一为战争的；一为消极的，一为积极的；一为依赖的，一为独立的；一为苟安的，一为突进的；一为因袭的，一为创造的；一为保守的，一为进步的；一为直觉的，一为理智的；一为空想的，一为体验的；一为艺术的，一为科学的；一为精神的，一为物质的；一为灵的，一为肉的；

一为向天的，一为立地的；一为自然支配人间的，一为人间征服自然的。

虽然李大钊的分析，今天我们未必完全认同，但我们十分钦佩他的敏锐和深刻。我们仅就民族性格而言，中国人与西方人相比有较为明显的差异。相对来说：西方人激烈，中国人温和；西方人浪漫，中国人现实；西方人鲁莽，中国人畏缩；西方人激进，中国人保守；西方人多探索未来，中国人常缅怀过去；西方人富于探险精神，中国人善于总结经验。当然，这种差异并非是绝对和一成不变的。

温柔敦厚的诗教在封建宗法社会表现为事君事父，也表现在自身修养，成为一种人品或性格的理想境界。这种境界经统治者的大力弘扬，影响了两千年来中国人的生活原则，塑造了中国人"温柔敦厚"的性格，温良恭俭让即是"温柔敦厚"诗教原则在人的性格方面的体现。

温柔敦厚提出了理想的人格——君子之风。《论语·雍也》记孔子语云："质胜文则野，文胜质则史。文质彬彬，然后君子。"可见"君子"的标准是"文质彬彬"。所谓"文"，指文采或外在表现，"质"指内容或本性。孔子对此问题的态度是既重质又重文。孔子的学生子贡曾对文质的关系用比喻加以说明：如果只求质不讲文，就像把虎豹和犬羊两类的兽皮的毛都拔去，那么这两类皮革就很少有区别了。子贡这个比喻道出了"文"的重要性。在做人方面，只有文质并重，方能成为理想的君子。

文质彬彬的要求否定了文而不质或质而不文的两种极端的倾向。孔子之后，"温柔敦厚""文质彬彬"就成为中国知识分子理想人格的特征。既重视精神、思想、本质等内在品质，又重视外表、文采等外在修饰。正如屈原《离骚》所说："纷吾既有此内美兮，又重之以修能"，内美外修并重。受文质彬彬思想的影响，古代的评论者不仅对文人儒士有"温柔敦厚"的要求，即使评论武将也不放弃这种标准。

在文学作品中，最为人称道的英雄人物绝非仅是孔武有力的粗莽之汉，而是"儒将"——能文能武，文武双全。既勇冠三军，又文雅潇洒，如三国名将周瑜，苏东坡词中这样描绘他：

> 遥想公瑾当年，小乔初嫁了，雄姿英发，羽扇纶巾，谈笑间，樯橹灰飞烟灭。(《念奴娇·赤壁怀古》)

英雄美人相得益彰，"羽扇纶巾"，风度儒雅，潇洒的谈笑中，敌军百万葬身火海。这才是理想的武将形象，克敌制胜又优游从容。

由汉儒所阐发强调的《诗经》"温柔敦厚"抒情方式和艺术风格，历史地浸润于中国人的行为方式之中，并成为民族性格和文化心态中具有典型意义的内容。鲁迅先生在《摩罗诗力说》一文中曾尖锐地指出：《诗经》三百篇的宗旨，就是要人们不被邪说所蒙蔽。既然诗是言志的，是表达人的思想感情的，又为什么要用"无邪""温柔敦厚"加以约束？诗人们即使心灵和虫鸟相应，情感寄托在林泉之中，作起诗来，也多受到无形的禁锢，不能抒写自然界真正美好的东西。不必说诗人写激烈抨击世俗的文章，即使在吞吞吐吐的词句中偶尔流露出男女的情爱，儒家正统卫道者也会群起而攻之。因而在中国传统的诗歌中"不为顺世和乐之音"的作品始终不占主导地位，这正是我国传统文化所存在的痼疾。

鲁迅的分析是深刻透辟的。在中国的历史上，虽然不乏在困难当头、民族危亡的时刻敢于慷慨悲歌、挺身御敌的英雄；在政治黑暗、民不聊生之际，有志士仁人勇于为民请命拍案而起，但我们更为司空见惯的是温和、保守、折中、调和、妥协。士人们津津乐道"以退为进""以柔克刚"，其实柔和退很容易发展到极端，而刚和进则常常被淹没。我们既要看到"温柔敦厚"所带来的积极一面，也不可忽视其消极的一面。

教化与统治思想

唐代大诗人杜甫诗中写道:

> 自谓颇挺出,立登要路津。
> 致君尧舜上,再使风俗淳。
>
> （《奉赠韦左丞丈二十二韵》）

诗人表达自己的志向就是要报效朝廷,积极用世,使社会风气达到儒家理想的面貌。杜甫这种以教化天下为己任的思想在中国古代士大夫中是非常普遍的,如唐代另一位诗人韩愈诗云:

> 胡不上书自荐达，坐令四海如虞唐。
>
> （《赠唐生》）

"虞唐"是儒家所鼓吹的理想的远古社会，把社会改造成"虞唐"之世，可见诗人的抱负。

不仅正统的文人士大夫在"言志"的诗文中表现教化天下的思想，即使是以倡优自居的戏曲、小说家，作品中也不忘"教化"的职责。如元末著名南戏《琵琶记》的作者高明，在该戏第一出《水调歌头》曲中所表明的戏曲观：

> 秋灯明翠幕，夜案览芸编。今来古往，其间故事几多般。少甚佳人才子，也有神仙鬼怪，琐碎不堪观。正是：不关风化体，纵好也徒然。

作者通过戏中人物之口，表明了自己的戏曲见解：戏曲作品的思想内容必须是有关风俗教化的，即用儒家思想教育人民，至于那些仅仅表现"才子佳人，神仙鬼怪"一类平庸思想的作品是不足取的。

在古代正统观念中，戏曲为"小道"，是不登大雅之堂的。创作戏曲不是统治者的指派和授意，完全是个人的喜好，戏中所表达的思想观念应该说是比较真实的。也就是说，"风化"的戏曲思想是高明的真实表露。由此我们可以看出,教化天下的思想在我国知识分子的观念中是多么根深蒂固。

实用的诗教

教化思想源于"诗教"。如前所述,先秦时期曾把《诗》作为贵族子弟的教材。古人非常重视诗歌的教学,主要着眼于它对人的思想、道德、性情等方面会发生潜移默化的教育和陶冶作用。传说,舜帝命令一位名叫夔的人掌管诗乐,对他说:要用诗乐教育好子弟,使他们长大以后,变得"直而温,宽而栗,刚而无虐,简而无傲"。也就是说,要正直而温和,宽宏而庄严,刚毅而不蛮横,平易近人而不傲慢待物。如果通过诗乐的教化,使人具备了以上优良品质,那么人和自然的关系也就会协调好了。可见,古人对诗歌的教化作用,是早有认识的。这种认识到了后代,有了更进一步的继承和发展。譬如春秋时代,申叔时回答楚庄王关于太子教育的问题说:要教他诗,让他开阔眼界,光大前人的美德,用以激励他的志向。《周礼》记载:"大师教六诗,曰风,曰赋,曰比,曰兴,曰雅,曰颂。"到了春秋时代,学官下移,孔子开始用《诗》教育自己的学生,其中包括平民出身的弟子。《史记·孔子世家》说:"孔子以《诗》《书》《礼》《乐》教,弟子盖三千焉。"《论语》中有许多关于孔子以《诗》为教的记录，如孔子说："不学诗，无以言。""兴于诗，立于礼，成于乐。"孔子还教导他的学生："小子，何莫学夫诗，诗可以兴，可以观，可以群，可以怨。"孔子甚至把《诗》的教育当作考察一个国家国情的主要内容，并概括为"温柔敦厚，诗教也"。

《荀子·大略篇》记载了孔子用《诗》教导学生的事例。

孔子的学生子贡问孔子："我现在对学习产生了厌倦，想停止学习，回去侍奉君主。"孔子说："《诗》云：'温恭朝夕，执事有恪。'（《诗经·商颂·那》，意为：侍奉君主从早到晚都要温和恭敬，做事要认真谨慎。）侍奉君主是很不容易的，不学习你怎么能去侍奉君主呢！"

子贡又说："既然这样，那么我想停止学习回家去侍奉父母。"孔子说："《诗》云：'孝子不匮，永锡尔类。'（《大雅·既醉》，意为：孝子的孝行要永不停止，上天才会赐给你幸福。）侍奉父母也是不容易的，不学习你怎么能去侍奉父母呢！"

子贡又说："既然这样，我回家去和妻子孩子生活在一起算了。"孔子说："《诗》云：'刑于寡妻，至于兄弟，以御于家邦。'（《大雅·思齐》，意为：首先在妻子和兄弟那里立礼法，以身作则，然后才能去治理国家。）与妻子孩子生活在一起也是不容易的，不学习怎么能行呢！"

子贡又说："既然这样，我想回去和朋友们相处。"孔子说:"《诗》云:'朋友攸摄,摄以威仪。'(《大雅·既醉》,意为:朋友间互相帮助,这样才能仪表威严。)与朋友们相处也不容易,不学习怎么能行呢!"

子贡又说:"既然这样,我干脆回去种地算了。"孔子说:"《诗》云:'昼尔于茅,宵尔索绹,亟其乘屋,其始播百谷。'(《豳风·七月》,意为:白天要割茅草,晚上要打草绳,急急忙忙修补屋顶,来年一开始,又要播种庄稼。)种地并不容易,不学习去种地也不成!"

这段对话不一定完全真实可信,不排除后儒伪托的可能,但此与孔子对《诗经》的一贯态度相比较,还是相一致的。从这段对话中,我们看到孔子言必称《诗经》,把《诗经》当作教育弟子的思想理论典则。孔子的诗教观,不是仅限于人的内在精神的陶冶,更将这种精神付诸社会政治的行为之中。孔子曾对学生说:熟读了《诗经》三百篇,交给他一项政治任务,他却办不好;叫他出使外国,他又不能独自与外国进行谈判。纵使读得再多,又有什么用呢?

可见,孔子是一位非常注重《诗经》实践功能的哲人。《诗经》的道德教化,如果不体现于实际行动,那又有什么意义呢?

孔子还说:要熟读《诗经》,因为《诗经》可以"兴、观、群、怨"。也就是说,它可以兴发人的道德觉悟,观察政治得失，协调人际关系，怨刺君上的过失。如果说，这种政治功利性的表述还显得不够具体明确，那么孔子所说的"迩之事父，远之事君"，就是对"兴、观、群、怨"的明确概括和统摄。熟读《诗经》，近一点说，可以侍奉父母；远一点说，可以侍奉君主，这就是"诗教"的直接功用。

诗教以化天下

"事父""事君"的教化思想，由于圣人孔子的倡导，后世的注《诗》解《诗》者将它作了进一步的系统完善，使之成为封建统治者奴役百姓的精神工具。

前文说过，孔子认为《诗》体现了"思无邪"的思想原则和"温柔敦厚"的风格，诗教者就以此为基本内容教化天下。诗教者还认为《诗经》与社会的关系不是消极的、被动的，而是积极的、主动的。《诗大序》强调诗具有"正得失，动天地，感鬼神"的功能，可以用来辨别是非，得到天地鬼神的帮助，所以先王用《诗经》来规定夫妇之间、父子兄弟之间、朋友之间、社会其他人与人之间应有的地位和义务，《诗经》可以移风易俗，完善人类的品行，因而用《诗经》进行政治伦理道德教育是非常适宜的。

诗教者还认为，诗教与刑罚是相互区别又相互联系的，二者互为补充，相辅相成。诗教和刑罚都服务于巩固统治阶级的地位，保护统治阶级的利益，目标一致，目的相同，但二者在效果上又有显著的区别。用《诗》教化天下是平和的，潜移默化式的，有着酷刑严政所不具有的特殊功效。荀子论声乐："入人也深，其化人也速"，正是指这种特点而言。在《诗经》产生的时代，诗和乐是一体不可分的，即使是后世诗篇失去音乐而单独流传时，因其所具有的音节、节奏、韵律等特点及其形象感人的功能，较之单纯说教的政论文而言，在感染读者、沟通读者思想感情方面仍有明显的优势。诗乐的产生和人们对诗乐的需要，是人的审美本能的体现。人们思想感情的变化，可以通过诗乐表现出来，这种反映人们思想感情的诗乐，又能使读者产生不同的感受。这就是诗乐感化人"深"和"速"的原因，也是《诗大序》所言《诗》能"美教化""移风俗"的原因。

孔子的"兴、观、群、怨"和"事父""事君"的教化理论，还只是从学习和运用《诗经》的角度立言。而《诗大序》则明白地宣称统治者应当以诗教化人民，维护和巩固社会秩序。显然，其角度已与孔子不同，它是站在统治者的立场说话，鲜明地揭示了诗应当为政治服务的功利教化目的。《诗大序》还特别强调"上以风化下"，也就是要求统治者重视自上而下的诗歌教化作用，正与统治者的利益合拍。

《诗大序》的作者为什么这样旗帜鲜明地强调诗的教化作用呢？汉初大乱始定，生灵涂炭。为了休养生息，恢复国家元气，统治者崇尚黄老思想，实行"无为而治"，兼容诸子百家。这时的儒家，并未取得显著的社会地位。到了汉武帝时，社会秩序已经巩固，大一统的局面已经形成。为了适应新的形势需要，思想统一的要求也被正式提了出来。于是，以"好黄老之言，不说（悦）儒术"的窦太后去世为转机，汉武帝采纳了大儒董仲舒的建议，"罢黜百家，独尊儒术"，开了此后二千余年封建社会以儒家思想为正统的先声。所以,《诗大序》对于诗歌教化作用的论述并不是对孔子等前人理论的简单重复，而是结合当时统治阶级的文化要求所作的比较全面的理论总结，因而它对后代产生了极大的影响。董仲舒曾以"堤坝"来比喻"教化"，他说：百姓对私利的追逐，如同水流往低处，不用教化这堤坝挡住，是控制不了的。有了教化，邪恶自然消失，说明堤坝完好；没有教化，那么邪恶的事情就会出现，说明堤坝已经坏了。

在儒家的经典中,《诗》是最早被立为"经"的，也是最早被立于学官，汉文帝时就已有《诗经》博士。建元五年（前136），武帝立"五经博士",《诗经》也列在其中。博士，现在是学位的名称，但在古代是一个官名。武帝规定每经十人，所以全国博士弟子只有五十个名额。博士弟子不仅可以

"复其身"（免服徭役），而且考试通过，就可补文学掌故的缺，考得最好的还可以做郎中的官，所以士人都争着想成为博士弟子。当时有谚语这么说："留给子女满籝黄金，不如一部经书。"其后昭帝时博士弟子增加到一百人，宣帝时又增加到二百人。元帝好儒，特增到一千人。成帝时，有人说，孔子是一布衣，尚且养了三千弟子，现在国立太学的弟子反而比孔子少，实在说不过去。于是成帝听了他的话，增到三千人。元帝、成帝笃信儒学，任用儒生，特别重用精通《诗经》的儒生，如韦贤及其子玄成、匡衡、薛广德等，都是以治《诗》出名而居丞相权臣之位。朝廷公卿都以通经术为进仕途径，而元、成两帝又特重《诗》教，以《诗经》治国，所以这一时期的《诗》学大盛。

由于这种利禄的引诱，《诗经》的教化作用受到了特别强调，于是，有意识地从《诗经》中寻求和阐发治国安邦的经义，便成了一时浓厚的风气。到了东汉，《诗经》更蒙上了一层谶纬的神衣。所谓谶纬，简单地说，就是假托天神或圣贤之言，诡为隐语以示吉凶之兆的一种迷信手法。光武帝刘秀对这套讲迷信的谶纬也深信不疑。这样一来，通经致仕也被察举征辟所代替。

汉时，经有数家，家有数说，学者莫知所从，所以也才有灾异说《诗》和谶纬说《诗》。东汉末，经学大师郑玄笺

《诗》以毛诗为主,兼采鲁、齐、韩三家诗说,自成一家之言,使习《诗》者略知所归。于是,毛诗郑学成了此后《诗经》研究的正宗。《诗经》有了统一教材,教化百姓也就言之有据了。

《诗经》政治教化作用的真正实现,主要还是借助于隋唐以来形成的科举制度。

隋代废除了汉代选拔官吏的察举征辟制和魏晋的九品中正制,选拔官吏既不须州郡荐举,也不经中正评定,而是由朝廷用公开考试的方法甄别选用,这是科举制的真正开始。在考试科目里面,《诗经》是最重要的项目之一。

隋炀帝时,只设置了进士科,到了唐代,又增设了明经科目。进士科试诗赋,明经科试帖经、墨义。帖经,类似今天的填充题。墨义,类似今天的问答题,但是这种问答题只要求考生默写经书中有关的正文或注释,经书的大义并不在考试范围之内。这样一来,《诗经》作为考生的必修课程之一,受到了前所未有的重视。虽然这只是一种强制性的考试教育,但对《诗经》教义的传播起了巨大的推动作用。

唐代科举考试中,对《诗经》的要求,除了要求对经文的熟悉程度还有对经文的训诂义疏的了解。宋代儒学一反汉唐注疏传统,抛开传注,直接从经文中寻求义理。表现于宋代科举考试,进士科受到重视,背诵默写经文的明经科则被人瞧不起。适应这种转变，儒家经典都被赋予了理学的色彩，而成为科举考试的标准教材。在《诗经》方面，南宋朱熹的《诗集传》是最权威的一种，它在元、明、清几个朝代的科举考试中被列为法定教材。《诗经》的政治教化作用，也以朱熹的《诗集传》影响最为广大。

朱熹的《诗集传》，以三纲五常、君臣大义之类的所谓"义理"来解释《诗经》，主张"存天理，灭人欲"，以天理去克制人欲，恢复人固有的天命之性。理，人人不能违抗。遵守三纲五常，也就是将"理"发挥到了极致。所以，他从封建卫道者的立场出发，斥责《邶风·静女》《鄘风·桑中》《卫风·木瓜》《郑风·将仲子》《齐风·东方之日》等二十四篇为男女淫佚之诗。

理学的核心是三纲（君为臣纲、父为子纲、夫为妻纲）、五常（仁、义、礼、智、信）。三纲原出于《礼纬·含文嘉》，五常则出于《孟子》，但理学家们把"三纲""五常"哲理化了。朱熹不但把"理"看作是宇宙的本体，万物的根源，而且把"理"直接与封建伦理道德联系起来，以维护尊卑贵贱的封建等级制度，保持封建统治秩序的长久稳定。这一套理论很适应统治者的需要，因而受到历朝统治者的提倡和重视。

举个例子，他评《关雎》说：根据《关雎》的词句而把握其中的义理，就可以修养自己的性情，这也就是学诗的根本。他斥责《郑风》《卫风》中的诗，也是因为诗中男女关系不合这一个"理"字。他说：卫国地滨大河，土地薄，因而人气就显得轻浮；地势低平，因而人的气质显得柔弱；土壤肥沃，不需要费力耕耨，所以人心显得怠惰。人的情性是这样，唱出的歌也一定淫靡不堪。朱熹批评的意思，就是要用义理来节制人欲。

《诗经》反映的社会生活面十分广阔，朱熹则是从生活的每一个方面进行"三纲""五常"的说教，要求人人遵守君臣之道，父子之道，夫妇之道，不能违抗封建的伦理道德，这当然有利于统治者维护其等级制度和封建秩序。他的《诗集传》之所以为后世君主推崇，原因就在这里。元、明、清三代的科举考试，都以朱熹注为正宗，不敢妄加申解，否则就很难通过，说不定还会招来"狂悖"之罪而遭受杀戮，所以考生们都严守朱注，不敢随意发挥。

由于科举考试把《诗经》作为主要内容之一，《诗经》的教化作用得到普遍深入地推广，人们的日常生活，也必须遵循"三纲""五常"的封建伦理道德。《儒林外史》中的马二先生就是这样一个人，他读的《诗经》即是官定的朱熹注本，而且他还读朱熹的作品和语录。因此在他眼中便容不得"风花雪月"的字样，否则，便使后生们"坏了心术"。这很容易让我们联想到朱熹对《卫风》的批评：怕听到这种诗歌的人变得懈慢，生出邪僻之心来。所以马二先生游西湖，见到一处处美景，却唤不起半丝美感的涟漪，"断桥残雪""平湖秋月""六桥烟柳""南屏晚钟"等胜景，他是视而不见，听而不闻。他赶到净慈寺，横着身子冲过女客的队伍，什么也不敢看，生怕引起鄙俗猥琐的反应。

《诗经》的教化不仅在士大夫和科举士子之中，还充斥于"闺中之教"。明代戏曲家汤显祖在他的剧作《牡丹亭》中，便叙述了这样一件事情：

杜太守为了使自己的独生女像谢道韫、班昭等"女贤"一样有才有德，延请了一位年近六旬的老廪生陈最良为家庭教师。杜太守和陈最良设计的第一课，就是《诗经》的首篇《关雎》。在塾师陈最良的观念中，《诗经》是女子"妇德"最好的教材，他的一段唱词是这样的：

> 论《六经》，《诗经》最葩，闺门内许多风雅：有指证，姜嫄产哇；不嫉妒，后妃贤达。更有那咏鸡鸣，伤燕羽，泣江皋，思汉广，洗净铅华。有风有化，宜室宜家。《诗》三百，一言以蔽之，没多些，只"无邪"两字，付与儿家。

在他看来，《关雎》说的是"后妃之德"，四字顺口易记，是

教化与统治思想 | 209

杜丽娘最好的教材。后妃，是指周文王妃太姒。据说她为人"性行和谐，贞专化下，寤寐求贤，供奉职事"。赞美"后妃之德"，就是要求天下妇人须以后妃为立身立德的榜样。于是，陈最良就以"后妃之德"的传统注解向杜丽娘进行启蒙教育。但未受封建教条毒害的杜丽娘，却直觉地感到《关雎》是一首歌颂青年男女爱情的恋诗。她认为，关在笼子里的雎鸠，尚且还有飞翔洲渚的自由兴致，人却为什么不如一只鸟呢？

从汤显祖安排的这一戏剧情节，我们可以想象得到：在长达两千多年的封建社会里，封建统治者把《诗经》作为教化百姓的教材，它的影响是无时不有，无处不在的。杜丽娘的违抗传统《诗》教，只是在戏曲中出现。汤显祖有意安排她"曲解""关关雎鸠"，也只是塑造人物形象的一时需要。现实生活中类似杜丽娘这样的反传统人物，可以说是微乎其微。更多的人，则是全盘接受儒家的《诗》教思想，循规蹈矩地根据它的要求去做人，做事，从而成为封建统治者的服服帖帖的顺民。

统治者为了更有效地利用经典教化天下，还常常直接插手经学的整理研究，调解各派纷争，以统一思想。如唐王朝曾针对汉以来经学纷争的局面，由朝廷出面，组织力量，选择人员，对五经文字进行考订，选择最优的版本，进行校勘、注疏和解释，最后撰成《五经正义》颁行天下。孔颖达奉敕主编的《诗经正义》即《五经正义》之一。从此，《诗经正义》就成了钦定的经典版本。

历代统治者都对《诗经》的作用非常重视，有的皇帝甚至亲自研究《诗经》，并把研究成果编纂成书，颁行天下，这样无非是为了显示最高统治者对《诗经》的重视。如清代的康熙皇帝曾钦定《诗经传汇编》二十四卷，乾隆皇帝又御纂《诗义折中》二十卷。皇帝亲自参预《诗经》的研究，就更强化了用《诗经》教化天下的推展。

观风听政，移风易俗

前文曾经介绍了上古之世有献诗和采诗的做法。采诗献诗，在于让天子得以"观风"。"观风"的途径，可以介诸文字，介诸讽诵，也可介诸音乐。"观风"的内容，是从诗中观察出民俗之美恶，政令之得失，以改进当朝的政治。所以说"观风"和"教化"是一个事物的两个方面，"观风"是为了"教化"，它既是教化的出发点，又是考察教化效果的重要手段。因而，要想有效地进行教化就必须辅以"观风"的措施。

"观风"，这是汉代人的说法，春秋人的说法是"听政"。

《国语》所记的周天子要大臣献诗以听政,其内涵与"观风"相近。"听政"一词,意味着周天子是通过大臣的讽诵以听出政教的得失。

汉人的"观风"一词,很可能是从春秋人的"观乐"脱胎而来。《左传·襄公二十九年》:"吴公子札来聘……请观于周乐。"乐工给季札唱了《邶风》《鄘风》《卫风》三种民歌,他听了说:"音乐多美,多深啊。诗中有忧思但并不困顿。我听说卫康叔、武公的德行是这样,这是《卫风》吧?"乐工又给他唱了《王风》,他听了说:"音乐多美啊。诗中有忧思而不畏惧,这是周朝东都的民歌吧?"乐工接着唱《郑风》,他听后说:"音乐多美啊。诗已细致地表达出了老百姓不堪负担的怨恨,国家恐怕要先灭亡了。"乐工又唱了《唐风》,他听后说:"它表现了深沉的忧思,是陶唐氏时代人民的声音吧?不然的话,忧思怎么这样深远呢?没有这种传统的美德,谁又能有如此的深虑?"……

很明显,公子季札从"国风"中"观"出了民俗的美恶,政教的得失。汉人所说的"王者所以观风俗,知得失,自考正也",以及"王者不出牖户,尽知天下所苦,不下堂而知四方",大概就是从季札"观乐"的史实中引申出来的,因为先秦典籍中并没有汉人那样明确的表述。

不过,汉人的引申也不是没有道理的。季札"观乐",显示了听《诗》观乐在当时是一种普遍的社会现象，如同赋《诗》观志在当时是人所具备的外交技能一样。赋《诗》观志，是断章取义，各取所需；听《诗》观乐，则是就诗本身所显示的内容进行考察。所以我们说"观风"可能脱胎于听《诗》"观乐"，而不大可能是赋《诗》"观志"。"观乐"和"观志"一样，都是《诗经》广泛运用之后的语言产物，因而我们可由"季札观乐"推断：既然季札听《诗》能"观"出政教的得失，而"观"诗又是一项普及的训练，那么天子"观"诗听政也能看出民风的向背，更是顺理成章的事情。至于天子"观风"之后是否继续"自考正"，力图改进当朝政治的不足，"季札观乐"中并没有这种政治功用的明确表述，作为公子的季札恐怕也不好意思代天子立言，而先秦史籍也没有天子亲自"观风""自考正"的具体例证，所以"自考正"之类的话，当是汉儒在"季札观乐"事实这一基础上的推想发挥。

《国语·晋语》记述了这样一件事情：晋献公问掌卜大夫郭偃："攻打虢国该在几月份呢？"郭偃答道："有一首童谣唱道：'丙子那天的早晨，尾星隐伏不见的时辰，一色的军装威风凛凛，拔取了虢国城墙上飘扬的旗旌。鹑火星很美啊，天策星亮晶晶，兵士在战火中奋进，虢公仓皇逃奔。'照童谣所唱的历数推算，该是九、十月之间吧。"这一则事例，近乎

教化与统治思想 | 213

"观风"，因为童谣也是民歌一类。不过，"观风"的人不是天子，也不是国公，而是掌卜的大臣。即使如此，它从一个侧面反映了"观风"的普遍性。

"采诗观风"，是历史上曾经发生过的事情，由于战国至秦汉二百多年的连年争霸，世运潜移，这种诗教也随之埋葬于兵燹。汉儒把"采诗观风"美化为一种制度，虽然为推测，但它明显地带有"以古论今"的特别用意。可以说，汉武帝时"乐府"这一音乐机构的设立，与汉儒对周朝政治的不断美化颂扬，并以此对当朝政治施以影响是分不开的。

据《汉书·艺文志》记载："自孝武立乐府而采歌谣，于是有代、赵之讴，秦、楚之风，皆感于哀乐，缘事而发，亦可以观风俗，知薄厚云。"《艺文志》是班固整理刘歆《七略》而成。这段文字，是《诗赋略》的小序，当是《七略》中的原话。小序的意思是说，皇宫所收的歌辞，是武帝立乐府以后采集的，这就有了赵、代、秦、楚各地的歌谣。这些歌谣都是作者从亲身经历的事情中感受并创作出来的，因此也可以用来观察民情风俗的美恶厚薄。《汉书·礼乐志》也有类似的记载："至武帝……乃立乐府，采诗夜诵，有赵、代、秦、楚之讴。以李延年为协律都尉，多举司马相如等数十人造为诗赋。"乐府的最高长官就是协律都尉。李延年是当时著名的乐工。

汉代除乐府外，还有另外一个音乐机构——太（大）乐。太乐是继承秦代而来的音乐机构，是掌管宗庙礼仪的官署，长官是太乐令，归太常辖属，其职责是掌管传统的祭祀宗庙的邦乐。武帝即位，倾心于儒家的治国方针。《礼乐志》说，武帝时河间献王刘德有"雅材"，也认为治道非礼乐不成，于是献上他所搜集的"雅乐"给太乐官。但武帝不常去太乐肄习这些祭祀宗庙的雅乐，"常御及郊庙，皆非雅声"。郊庙祭祀，是新的音乐机构乐府的业务。乐府的职责是掌管太乐以外的非宗庙乐舞的宫廷礼仪和郊庙祭祀所需的乐歌舞蹈，包括采集歌谣、创作乐曲、排练演奏等。武帝的做法，遭到了敢于面折廷争的大臣汲黯的指责批评。《礼乐志》便说："今汉郊庙诗歌，未有祖宗之事。"《宋书·乐志》也说："汉武帝虽颇造新歌，然不以光扬祖考、崇述正德为先，但多咏祭祀见事及其祥瑞而已。"

汉武帝以自己的行动表明了他向传统的宗庙"雅乐"的挑战，使"感于哀乐，缘事而发"的民间歌舞也能进入宫廷郊庙，为帝王贵族享用并喜爱，对于促进民歌艺术的发展，推动正统雅乐的更新，具有深远的历史意义。

采集民间歌谣是乐府的主要业务，采集范围甚广，遍及全国，所以《汉书》举"秦、楚、赵、代"之地来概括四方。采集民间歌谣的主要目的，是供武帝郊庙祭祀之用，但同时

教化与统治思想

也可以"观风俗,知薄厚",这样就与《诗经》采诗观风的文化传统连接了起来。

汉武帝所创立的乐府,经昭、宣、元、成四帝,在汉哀帝手中被撤销,史料记其原因是"郑声尤甚",俗乐占据了乐坛的主导地位;而皇亲国戚又"淫佚过度,至与人主争女乐",所以乐府被哀帝所罢。这种史料记载,当然是对民歌俗乐的强加之罪。民歌俗乐,天生真率质朴,进入宫廷,乐工必须让它适应统治者的口味。改造的结果,可想而知,其内在思想被抽除不在话下,其外在面目的改造也全非原来的模样,统治者的淫佚过度又怎能怪罪于这种变了模样的"民歌俗乐"?

由《诗经》而来的采诗观风的文化传统,经汉代儒生的渲染鼓吹,作为一种新的文明政治而被历代统治者所接受和付诸实施。南朝宋颜延年《应诏观北湖田收》诗中说:"观风久有作,陈诗愧未妍。"可见,南朝帝王还有依"观风"传统治国的。颜延年跟从帝王观土风,也陈诗表达对田收的看法,愧叹诗不妍美。在汉以前,"采诗观风"是专指民歌而言,此后范围扩大,文人也有意陈诗让天子观风,颜延年是其一例。到唐代则成为一种普遍的共识,促进了诗歌与现实的密切联系,如白居易在《寄唐生》一诗中就明确地表达了作诗的目的是:"惟歌生民病,愿得天子知。"这使我们联想起《诗经·小雅·四月》"君子作歌,维以告哀"之类的诗句来。由于南朝统治者对"采诗观风"传统的继承,使得大量的民歌得以保存。唐代贞观年中,太宗还设观风俗使,清雍正中设观风整俗使,这些都是对《诗经》"观风"传统文化的发扬和光大。

生活表现与审美特征

《诗经》三百余篇,集中、全面地显示了古代中国人特有的认识万事万物的审美意识。我们只要细细品味那些金石琅琅的诗章,就可以清新、生动地领略到先人感知天地、体察人生的种种特点和习惯。这些特点和习惯,共同构成了中华民族童年时代的审美方式。它们虽然诞生于童年,但"天生丽质",精纯深邃,依然影响着现代中国人的审美眼光和审美取向。从更广的范围来说,它的特殊魅力,也正逐渐影响西方,或深或浅地改变着欧美人传统的审美趣味——这是建立在比较意义上的评价,并不意味着我们传统文化的完美无瑕。在世界大同的社会,各国传统文化相互激荡,相互吸取,求得共同发展,是必然的趋势。

《诗经》中作为描写对象而存在的种类很多,我们将选取几种有代表性的加以剖析,看看《诗经》时代的祖先们有着一双怎样的审美眼睛,又是如何把接触到的事物纳入审美领域的。

自然

只要一涉及美,自然与人类之间的关系就是首先被注意和观察的课题。《诗经》中对自然的审美意识,并不是清一色的某种固定不变的思维形式,而是展现了一段审美的心灵历程。《诗经》中的自然,首先是与劳动过程相联系的自然。这也是自然美产生的一般规律。不过,中国人似乎天生就具有较为发达的审美头脑,他们在劳动过程中敏锐地感受到了自然界包括草木鸟兽虫鱼等等在内活泼跳跃、繁衍不息的生命形态,从而把人的生命形态也当作自然的一个有机组成部分。这样,秋去冬来、日兴月替、花吐叶落、鸟飞虫鸣的自然现象,都能在先民的审美过程中引起"物色相召,人谁获安"(《文心雕龙·物色》)的生命共感,在这个新的认识层面上又展开对自然的审视、理解和交谈,这便是《诗经》篇章所显示的对自然的始初审美。也就是说,它注重的是内在生命意兴的表达,而不是外在形状的忠实模拟。从哲学的意义上说,正是先民那种普遍存在的生命意识，才使对于自然的审美成为可能。当然，这种早期的审美意识还显得不够完备和成熟，自然山水还没有独立的审美价值，还没有成为诗的主题，与生产劳动还有着直接的联系。

《诗经》对自然审美特点的总的概括是这样，但其具体的审美又有几种不同情形，由重功利到逐渐偏离功利，显示了自然美意识的一段发展轨迹。如《召南·采蘩》：

> 于以采蘩？于沼于沚。于以用之？公侯之事。
> 于以采蘩？于涧之中。于以用之？公侯之宫。
> 被之僮僮，夙夜在公。被之祁祁，薄言还归。

在这首诗中，蘩只是作为劳动对象而存在，诗人还没有在审美意义上去描写采蘩，而是从实用的角度去看待这一自然现象。原始歌谣："沧浪之水清兮，可以濯我缨；沧浪之水浊兮，可以濯我足。"歌中所传达的功利心态，是极为显著的，与《采蘩》正相一致。两者还谈不上对自然景物的描写或审美，只是对功利实用的直接叙述：采蘩是为了用于什么，清浊之水可以用于什么。《诗经》中更多的篇章不同于《采蘩》，自然景物是作为人物活动的背景而存在的，实用功利的色彩已经消退。如《郑风·风雨》：

风雨凄凄，鸡鸣喈喈。既见君子，云胡不夷！
风雨潇潇，鸡鸣胶胶。既见君子，云胡不瘳！
风雨如晦，鸡鸣不已。既见君子，云胡不喜！

前二句描绘的是一幅风雨交加、鸡鸣不已的凄寒景象。"风雨"是所见，"鸡鸣"是所闻，诗从视觉和听觉两个方面为女主人公的出场设置了背景。或者说，正是在这样一个天气恶劣的环境中，女主人公见到了她心慕已久的"君子"。此诗对自然景物的处理，已经超越原始歌谣那种低级的实用功利的唯一联系，逐渐以一种非功利的眼光去看待自然。

《风雨》对于自然景物的描写，还欠生动形象。《周南·葛覃》就不同了：

葛之覃兮，施于中谷，维叶萋萋。黄鸟于飞，集于灌木，其鸣喈喈。

葛之覃兮，施于中谷，维叶莫莫。是刈是濩，为絺为绤，服之无斁。

言告师氏，言告言归。薄污我私，薄澣我衣。害澣害否，归宁父母。

这首诗写女子归家向父母问安，却有一半篇幅是描写自然景物,其关注的程度和笔墨之多也是《诗经》中很少见到的。长长的葛藤啊,它爬满了山谷,叶子发出翠绿的光芒。正是这种对植物生命的敏锐而又强烈的感受,才使得葛藤的描写如此生动形象。一个"施"字,淋漓尽致地展现了葛藤生命的力量。诗写了葛藤的茂盛,还写了黄鸟的飞鸣,动静结合,共同组成了一幅大自然的生动画面。这幅画面是否也是作为劳动过程的一部分、作为人物活动的环境背景来处理的呢?如果自然景物是作为劳动过程的一部分,是作为人物活动的环境背景,诗中必有一些叙事交代的句子间杂在它的前后,这是此一类诗的共同特征。如《郑风·风雨》诗,先写景,后叙事,显得"事"就发生在"景"中。《魏风·伐檀》诗,先叙事,后写景,"景"即是"事"发生的地点。《陈风·泽陂》:"彼泽之陂,有蒲与荷。有美一人,伤如之何。"前二句也是作为美人出现的背景来处理的。而《葛覃》首章全写自然景物,在形式上作了突破,显示了视角关注的重点有了转变。诗还极力刻画自然生命的动态变化,表明了诗人对自然的审美触角已开始隆起和壮大。为什么这样说呢?其标志在于:自然景物已逐渐从劳动过程中分离出来,成为诗中单独的审美对象。第二章既写葛藤,又写刈濩,可见葛藤还没有与劳动过程相分离。按照《诗经》其他同类诗的结构,《葛覃》只要有二、三两章即可成篇。所以此诗首章对于自然景

生活表现与审美特征 | 223

物的单独安排和集中描绘，也就表明了它的特殊意义，诗人看待自然，已开始由功利逐渐走向审美。审美的关键，就在于主客体生命的共感。这种审美认识，也由不自觉走向自觉。

由于审美的生命共感作用，自然生命的某种特征往往能引起主体生命对于人生的联想和思考，自然也就成了人生的某种象征。这在《诗经》中被称作"比兴"。《诗经》中这类篇章最多。例如《周南·桃夭》：

> 桃之夭夭，灼灼其华。之子于归，宜其室家。
> 桃之夭夭，有蕡其实。之子于归，宜其家室。
> 桃之夭夭，其叶蓁蓁。之子于归，宜其家人。

诗人看到桃花盛开、果实累累，由此联想到那位桃花般貌美的女子莫要错过时机，该当结婚出嫁和子女满堂了。这里的桃树并不一定就是年轻的女子的活动背景，它是诗人眼中之景，而不是女子眼中所见，它是作为诗人主体生命的感发物而存在的。

《桃夭》诗中的生命感发，显示的是与两种生命特征相适应的正面意义。但自然的感发不只是引出正面的意义，它也能引起主体生命负面的联想。如《王风·黍离》：

> 彼黍离离，彼稷之苗。行迈靡靡，中心摇摇。知我者，谓我心忧，不知我者，谓我何求。悠悠苍天，此何人哉！

这里引述的只是该诗的首章。作者是东周的大夫，他经过故都镐京，见到宗庙宫室都长满了禾黍，悯周室之颠覆，就作了这首诗。禾苗的嫩绿，黍穗的累累，并没有引起诗人对自然界勃勃生机的共鸣，却勾起了他世事盛衰、沧海桑田的感慨。这是自然景物对审美主体的负面感发的一例。

从《诗经》对自然的审美情形来看，其表现的自然美意识还是初步的。因为诗歌的主题还是写人，虽然诗中也有不少对自然的审美描写，但它主要还是作为审美主体的感发物、作为人物思想的衬托而存在，并没有成为诗歌的主题，成为单独的审美对象。但后代自然审美意识的发展，不能脱离《诗经》这样一个基础。《诗经》中生命共感的审美方式，在魏晋后得到突进的发扬和光大。《诗经》中的自然，往往通过"我"的眼睛而成为人生的象征，到了魏晋山水诗的出现，自然审美意识已发展为不仅要抹去诗中"人生"的痕迹，更要在自然的描写中做到"忘我""忘情"，以便在诗中客观地把自然美再现出来。唐代王维的诗歌，是这方面的杰出之作，如《鸟鸣涧》：

人闲桂花落,夜静春山空。
月出惊山鸟,时鸣春涧中。

王维在诗中仅写了静谧的春山之夜,仿佛听得到桂花落地的声音,和断断续续的数声鸟鸣。作者写声音还是为了衬托山中之静,通过环境的幽静表现自己宁静和平的心境。我们注意到,王维这首诗已突破前人或重客观景物描写,或重主观情感表现的模式,而达到了物我交融、主客一体的境界。王维的作品既有对《诗经》描写自然的继承,又有超越。从其自然审美意识的基础来看,不能不溯源到《诗经》的生命共感的自然审美方式上去。

历史

《诗经》中有意识地记述"历史"的篇章,《大雅》的《生民》《公刘》《绵》《皇矣》《大明》是时代较早的作品。诗从后稷、公刘、古公亶父一直写到文王、武王,生动地再现了周朝的开国历史。关于这些"史诗"的创作动机,刘大杰说:儿孙们在人间做了帝王,得了无上尊贵的权力与地位,对于祖先的纪念,除了带着虔诚的宗教情绪举行庄严的祭祀以外,到这时候,渐渐就有进一步的表现了。把祖先们创造国家的功业和种种奋斗的历史,交织着神话传说的材料,有意识地记述下来,一面作为统治者的楷模,一面为不忘祖先的功德而传给后代子孙们以祖先的影子。

这种创作动机,在五首诗中并没有直接表露,例如《绵》叙述古公亶父迁都岐下,开拓基业的事迹:

> 绵绵瓜瓞,民之初生,自土沮漆。古公亶父,陶复陶穴,未有家室。
>
> 古公亶父,来朝走马。率西水浒,至于岐下。爰及姜女,聿来胥宇。
>
> 周原膴膴,堇荼如饴。爰始爰谋,爰契我龟。曰止曰时,筑室于兹。
>
> 乃慰乃止,乃左乃右,乃疆乃理,乃宣乃亩。自西徂东,周爰执事。
>
> 乃召司空,乃召司徒,俾立室家。其绳则直,缩版以载,作庙翼翼。
>
> 捄之陾陾,度之薨薨。筑之登登,削屡冯冯。百堵皆兴,鼛鼓弗胜。
>
> 乃立皋门,皋门有伉。乃立应门,应门将将。乃立冢土,戎丑攸行。
>
> 肆不殄厥愠,亦不陨厥问。柞棫拔矣,行道兑矣。

混夷駾矣,维其喙矣。

虞芮质厥成,文王蹶厥生。予曰有疏附,予曰有先后,予曰有奔奏,予曰有御侮。

其他四首诗同样也没有对创作目的直接说明,语言简朴直率,还看不到多少文学审美的表现技巧,只是历史事迹和传说材料的罗列组合。虽然如此,但它从一个侧面显示了我们祖先对于"历史"的重视,或者说是一种强烈的"历史"感。

《绵》等五首作品,是从正面来记述"历史",把"历史"的"真实"告诉读者,所以它常被文学史家们称为"史诗"或"英雄史诗"。但是这类"史诗"在后代并没有得到发扬光大,我们在二千多年的诗歌长河中也见不到"史诗"巨轮的诞生和出航,这又是为什么呢?其原因就在于它不太符合中国古代诗人对于"历史"的审美习惯。"历史"应该揭示真实,应该实事求是,这是科学的态度,而中国古代诗人对"历史"往往采用一种实用美学的态度,给真实披上一层面纱,既向读者揭示真实,又要隐瞒或虚构某些部分以牵引读者去想象真实。

这种对"历史"的审美认知方式,在中国文化的传统里可以找到不少例证。先撇开诗歌不说,那些"正史"也有不少虚构成分。我们常说的"历史真实",其标准是正史上有记载的，或者是公认可靠的笔记、随笔上有记载的所谓"信史"。但"信史"未必全是事实，如《左传》《国语》《战国策》中也有一些不经之谈。韩愈说《左传》"浮夸"，就是指文辞对于事实的掩饰。正史中更有不少"为尊者讳"的虚假成分，所以有的史书，改朝换代后就要重修。史学家们有时以随笔或笔记上的材料来订正"信史"的记载，也从一个侧面反映了古代史家对于"历史"的取舍和掩饰。史家们对待"历史"尚且如此，小说家们写历史演义，更是真假参半。章学诚给《三国演义》的断语是"七分实事，三分虚构"。余嘉锡则给《杨家府演义》作了"仅有三分实事，七分纯出于虚构"的估计。

史家对于"历史"的掩饰，可以说是出于政治的目的，小说家对待"历史"，则带有一些审美的意义了。诗人对"历史"的审美，更带有自己的特点。小说家反映"历史"，与史家一样是全景式地反映，而诗人则把"历史"变成一个个碎片，再披以美丽的轻纱，诱惑着读者去探索轻纱掩盖着的真实。在诗人看来，"历史"显示的是表面的真实，这种全景式的表面显示，可能会导致人的错误理解，而"历史"本质的真实或许就在对"历史"某一吉光片羽的深刻领悟上。所以诗歌往往显示的是"历史"的某一点，从而以小见大。这一点也是碎片。中国人常说"历史是现实的一面镜子",镜子的反映是不分主次的,而碎片有时可能折射出人生的本质。

《绵》等五篇"史诗"记述周朝的开国历史,其中也有不少神话传说。诗人的目的,或许在于通过这些神话传说以显示周朝开国先君的不凡,因为作者所处时代必在五位先君之后,而那时"神"的观念已较为淡薄,《诗经》中同时代的"颂诗"很少这样的描写就是一个证明。所以诗人运用神话传说以入诗,是创作的需要,而这恰恰不自觉地显示了诗人"历史"审美意识的萌芽。

在《黍离》诗中,诗人对"历史"的审美,可以说是发展成较为自觉的行为了。诗本身几乎没有交代与它相关的事件和人物,但《毛传》及后人都看出诗中的"怀古"来,不是没有理由的。箕子朝周,过故都殷墟,感宫室毁坏而生禾黍,曾作过一首与此极为相似的《麦秀歌》。在这一前提下,诗人以审美的方式来对待"历史",他把"历史"的面貌全部隐去,连吉光片羽都不留,让读者透过禾黍的青葱去想象周朝衰落的"历史",从而琢磨出诗人的现实感慨。

《黍离》诗没有以"历史"作为现实感慨的逗引,退一步说,它可以列为非写"历史"之作。但《毛诗》的解释,却进一步使它导引了后代诗人在诗歌创作中如何审美地看待"历史","黍离"也因此成了"亡国之思"的代名词。所以说

《黍离》诗在"历史"审美意识发展过程中的地位是极为重要、不可抹杀的,左思、杜牧等后代诗人所写的无数咏史怀古诗,都没有脱离这种借"历史"以抒发感慨的审美轨道。

抒发感慨,是抒发作者"我"之感慨,所以诗人看待"历史",是为"我"所用,是一种实用美学,与历史著作那种"镜子"般地全景呈现完全不同。如何用?就是把"历史"变成碎片,选择有独特价值的一片或几片,用它来折射出"历史"的真实。同时要为之披上掩饰的美丽轻纱,刺激读者对真实的想象和思考,使之既能发现"历史"的真实,又能体察出诗人心中的"真实"。碎片之所以美,道理就在这里。它不仅有可能折射出"历史"的本质,更重要的地方还在于它能留出许多"历史"的空间,让读者无所羁绊地进行想象和思考,并倒映出诗人心中的真实。杜牧的《赤壁》,典型地体现了古代诗人对待"历史"的审美态度。诗曰:

折戟沉沙铁未销,自将磨洗认前朝。
东风不与周郎便,铜雀春深锁二乔。

赤壁之战的"历史",可写的史事很多。诗人不作全景式的记述,却选择"东风"此一"历史"碎片去折射三国"历史"的结局,并附以"不与"这一轻纱去导引读者对"历史"真实的想象和思考,从而倒映出诗人心中自负知兵、抑郁不平的"真实"。如果不是东风给予周瑜火烧赤壁的方便,那大乔小乔就可能被曹操关在铜雀台占为己有了。"历史"在诗中可以假设,因为它必须服从于诗人对"历史"的审美处理,而在"正史"中,这种假设,无论如何是不可能存在的。

中国古典诗歌中大量咏史怀古诗的产生,与《诗经》诸篇的始发鸿蒙是分不开的;它们所呈现出来的对待"历史"的审美选择习惯和特点,也令人联想到《黍离》的启迪之功。

爱情

《诗经》三百零五篇,其中有为数不少悦耳动听的爱情乐章,虽然描写的内容互有不同,或写良辰思恋,或写幽会密约,或写邂逅定情,总体上却反映了我们祖先对爱情这一人类最美好情感的审美认识。我们祖先对爱情的理解与西方人不一样,既不一味地颂扬爱情而把它变成脱离社会生活之外的、不受礼义约束的绝对的浪漫,也不把它纯粹看作某种精神理念的外在标记;既不是理智性的认知愉悦,也不是神秘性的情感迷狂。中国人对爱情的态度是实在而又深沉的。例如《郑风·将仲子》:

将仲子兮，无踰我里，无折我树杞。岂敢爱之？畏我父母。仲可怀也，父母之言，亦可畏也。

　　将仲子兮，无踰我墙，无折我树桑。岂敢爱之？畏我诸兄。仲可怀也，诸兄之言，亦可畏也。

　　将仲子兮，无踰我园，无折我树檀。岂敢爱之？畏人之多言。仲可怀也，人之多言，亦可畏也。

这是一位女子坦率的心灵表白：求求你仲哥儿，不要翻越我家的院墙而攀断了树枝。并不是爱惜一根树枝，怕的是我爹妈呀。仲哥儿我真想你啊，爹妈的责骂也可怕呀。这首诗反映了当时的社会风俗，男女结合，必须通过父母之命、媒妁之言，才能正式结婚。如果青年男女"不待父母之命，媒妁之言，钻穴隙相窥，逾墙相从，则父母国人皆贱之"（《孟子·滕文公下》）。这首诗表面的意思似乎是女子拒绝仲子的求爱，实际上，女子是为仲子多方设想，减少爱情道路上的障碍，以便顺利地达到目的。诗的言外之意，或不仅仅限于此种委婉的暗示。此诗的好处，也正在于它能启发读者多方面的联想。

　　从《将仲子》中女子对礼教的顾忌，可以看出古代诗人对爱情理解之一端，即从不把爱情描写成"伊甸园"般的绝对浪漫。我们再看《郑风》中另外一首诗《狡童》：

> 彼狡童兮，不与我言兮。维子之故，使我不能餐兮。
>
> 彼狡童兮，不与我食兮。维子之故，使我不能息兮。

这首诗是失恋少女的内心独白：那漂亮的小伙子啊，他不再搭理我了。都是因为你啊，使我食不甘味。少女从少年态度的微妙变化，感觉到爱情出现危机，并为此焦虑不安。但她依然爱他，眼中还是旧日姣好的身影，所以没有绝望。少女以为他会回心转意，于是向他倾诉心中炽热的埋怨："维子之故，使我不能餐兮。"炽热的埋怨中更荡漾着这样一种弦外之音：今天我如此遭罪，难道你一点也不将我痛惜？

这首诗写少女与狡童发生爱情矛盾所引起的反应，让人联想到莎士比亚名剧《哈姆莱特》中主人公因为人生矛盾引起的思索："生存还是毁灭？"是"应该亲手向他复仇雪恨"，还是交托给"一种冥冥中的力量"？两相比较可以发现，哈姆莱特引起的反应是对抽象理念的思考，中国少女则完全不同，她不对失恋做抽象的引申，而是用具体行为来显示内心的变化。这是中国古代诗人理解与描写爱情之另一端。

美学理论中有一个很著名的观点："美是生活。"将以上二例《将仲子》和《狡童》与西方爱情观比较分析，昭示了中国古代诗人对爱情的审美原则：注重实际的生活，不做极端的思索。借用车尔尼雪夫斯基"美是生活"的套语，美的爱情存在于生活之中。这一审美习惯，在此后二千多年的诗文创作和理论中得到了继承和发挥。那些优美的爱情篇章，无不是通过生活中的具体行为来表现动人的爱情故事，绝不做纯抽象的、理性的颂扬而求得西方人那种认知的愉快。

《诗经》中的爱情篇章，还表现了先人另一审美趣味，那就是对朦胧美的追求。这是大多数爱情诗的共同特征。例如《秦风·蒹葭》：

> 蒹葭苍苍，白露为霜。所谓伊人，在水一方。溯洄从之，道阻且长。溯游从之，宛在水中央。
> 蒹葭萋萋，白露未晞。所谓伊人，在水之湄。溯洄从之，道阻且跻。溯游从之，宛在水中坻。
> 蒹葭采采，白露未已。所谓伊人，在水之涘。溯洄从之，道阻且右。溯游从之，宛在水中沚。

这是一首企慕恋人的情歌。秋天的清晨，河面上弥漫着一层淡淡的轻雾，远处芦苇荡漾着绿叶与霜交映而成的那种闪烁不定的迷茫的光芒。我心中的她啊，就站在那边迷雾蒙蒙的河岸上。我沿着水流追寻前行，可是路既难于举步又很漫长。等我好不容易来到她刚才驻足的地方，她似乎又在水中央向我张望。整首诗的境界摇曳缥缈，若隐若现，朦朦胧胧，可望而不可即。人物情感更是曲折迷离，忽明忽暗，难以捉摸，令人遐想不尽。这样的诗，再稍举几例如下：

> 月出皎兮，佼人僚兮，舒窈纠兮，劳心悄兮。
> 月出皓兮，佼人懰兮，舒忧受兮，劳心慅兮。
> 月出照兮，佼人燎兮，舒夭绍兮，劳心惨兮。
>
> （《陈风·月出》）

> 南有乔木，不可休息。汉有游女，不可求思。汉之广矣，不可泳思。江之永矣，不可方思。
>
> 翘翘错薪，言刈其楚。之子于归，言秣其马。汉之广矣，不可泳思。江之永矣，不可方思。
>
> 翘翘错薪，言刈其蒌。之子于归，言秣其驹。汉之广矣，不可泳思。江之永矣，不可方思。
>
> （《周南·汉广》）

郑振铎说："《陈风》里，情诗虽不多，却都是很好的。像《月出》与《东门之杨》，其情调的幽隽可爱，大似在朦胧的黄昏光中，听凡瑛令（小提琴）的独奏，又如在月光皎白的夏夜，听长笛的曼奏。"把这几句评语用来形容《汉广》也是十分恰当的。《月出》将心中的恋人置于明月皎洁的背景之上,《汉广》则是将她放在浩渺的水边加以表现,异曲同工地描绘出了一个迷离缥缈的朦胧境界,表达了对爱人可望而不可即的企慕之情。清人陈启源说:"夫说(悦)之必求之,然惟可见而不可求,则慕悦益至。"(《毛诗稽古编·附录》)正深刻揭示了朦胧境界之所以美的心理依据。这虽然是后人对诗句内容的见解,但同样也是对我们祖先爱情心理的一种剖析。

我们的祖先在诗中描写爱情,崇尚这种朦胧美,本质上是社会伦理在审美对象上的折射。周朝是重视"礼"教的时代,虽然它比夏商二代要文明进步得多——即孔子所说的"郁郁乎文哉,吾从周",但对男女爱情的约束禁限还是很多的。如前文所述的父母之命和媒妁之言,对爱情自由来说就是难以越过的藩篱。《仪礼·士昏礼》中不少具体细致的规定,也可反映出当时的社会情形。尽管《诗经》中有些爱情篇章,表面上显得自由浪漫,无所顾忌,但都是暗地悄悄进行的。如《召南·野有死麕》中写怕狗叫引起别人的注意,《邶风·静女》所写地点是在偏僻的城角,其透现的防范心理是不言而喻的。《周礼》上记载,仲春之月,男女会合不禁。但此外的漫长时间都是有明确禁令的。郑国民风比较开放,但也不是如人们所想象的那么浪漫无羁,前文《将仲子》例证中的畏父母之言、畏诸兄之言、畏人之多言,就恰恰出自郑国。"礼"教的种种约束和限制,使青年男女很少有单独谈情说爱的机会，他们只好寄托于无止境的企慕和遐想之中，以求得心理的满足。《诗经》爱情篇章中所写的山水阻隔和苦苦思恋，从侧面昭示了"礼"教对人身自由的禁锢。禁锢所引起的企慕和遐想，其特征也是恍恍惚惚、跌宕不定的，诗人把这种情思写进诗中，就很自然地构成了一个迷离朦胧的境界。

先人对朦胧美的肯定和追求，是因为其中蕴涵着许多欲说不尽的情感内容，可以引起读者无限的联想和思考，从而得到美的享受。即以这类爱情诗来说，它们常常以河水和月光作为诗歌朦胧境界的主要景物，其意义不仅仅在粼粼波光和月光如水本身显示的朦胧特征与企慕和遥想的特征正相适应，它还有更多的言外之意。河水清澈见底，让人联想起姑娘纯洁的心灵。"淇水汤汤"，它又是诗人情思荡漾的象征。伊人"在水一方"，容貌姣好，却又是可望而不可即。明月高悬夜空，让人联想起千里同照，距离变小。"月出皎兮"，意味着佼人不仅有如花似月的美貌，而且还有明月般皎洁的心灵。皎月是那么高不可攀，佼人同样是可望而不可触的。如此等等，促人再生联想的地方还有很多。这些爱情诗妙就妙在不是刻意造境，而是随物宛转，即景生情。河流是人们常去的地方，明月又是人们常见的景物，到了诗人笔底，它们都显得既熟悉又动人心魄。

《诗经》里这种对爱情朦胧美的认识和追求,在后代得到了继承和发扬。清代方玉润《诗经原始》中评论《月出》说:"且从男意虚想,活现出一月下美人。并非实有所遇,盖巫山、洛水之滥觞也。"这是说,楚国宋玉所作的《神女赋》和三国曹植写的《洛神赋》,与《月出》具有一定的渊源关系。不过,曹植写洛神在洛河上出没,"翩若惊鸿,婉若游龙",倒更接近于《蒹葭》中的伊人,忽若水一方,忽若水中央。唐代李商隐爱情诗中的朦胧美,则更是曲折深婉,余味无穷,开辟了崭新的境界。如李商隐《无题》诗:

> 相见时难别亦难,东风无力百花残。
> 春蚕到死丝方尽,蜡炬成灰泪始干。
> 晓镜但愁云鬓改,夜吟应觉月光寒。
> 蓬山此去无多路,青鸟殷勤为探看。

这首爱情诗因其感情真挚缠绵、感人至深而传诵千古。诗中情思朦胧,意境朦胧,把诗人细微幽隐的感情表达得淋漓尽致。

就具体的审美经验而言,《诗经》对后代影响也同样很大。明代焦竑《焦氏笔乘》说:"《月出》见月怀人,能道意中事。太白《送祝八》'若见天涯思故人,浣纱石上窥明月',子美《梦李白》'落月满屋梁,犹疑照颜色',常建《宿王昌龄隐居》'松际露微月，清光犹为君'，王昌龄《赠冯六元二》'山月出华阴，开此河渚雾。清光比故人，豁达展心晤'，此类甚多，大抵出自《陈风》也。"焦竑把后代见月怀人、望月思亲的审美经验都归结于《陈风·月出》，这种评价是很高的，也是很符合实际的。

中国人对爱情这一存在物的审美认识，还表现在以男女喻君臣、喻朋友的审美创作上。《诗经》中的爱情诗篇虽然没有这种自觉鲜明的创作意识，但朦胧虚幻的境界、男女莫辨的形象，直接诱发了后人以男女喻君臣、喻朋友、言在此而意在彼的审美思考，所以我们还是应该把这种审美的文化传统的发生，归功于《诗经》的启蒙。下面以《郑风·野有蔓草》为例进行说明：

野有蔓草，零露漙兮。有美一人，清扬婉兮。邂逅相遇，适我愿兮。

野有蔓草，零露瀼瀼。有美一人，婉如清扬。邂逅相遇，与子偕臧。

这是一首优美的爱情诗，但后人却用它来比喻非男女之间而又近乎男女之间的亲密悦慕的情感。《左传·昭公十六年》记载郑国子𪐐等六卿在城郊设饯宴请晋国韩宣子，宣子要六卿赋诗言志，子齹就赋了这首《野有蔓草》，宣子很高兴。子齹赋诗的用意，是称赞郑晋两国的"邂逅相遇"，友好往来，表达郑国强烈希望获得晋国支持，"与子偕臧"，共同富强的"爱"和"愿"。

这种联想比拟之为大众所接受，确实是因为二者在情感特征上有很多共同点。但这是不是一种偶然的联想比拟呢？子齹以外，还有三位卿大夫也是以爱情诗来表达与子齹同样的愿望。其他赋诗外交场合，还有不少的例证。这说明了它并不是偶然的联想比附，而是一种普遍的审美意识。那么，这种普遍的审美意识又是如何萌发，如何为大众所熟悉所接受的呢？它不可能凭空产生。可以寻找得到的理由之一是《诗经》这类诗篇的作者在描写爱情时就可能隐含了君臣比附的创作意图。在当时诗歌创作中的这种创作意识是普遍的，既为作者所熟悉，也为大众所接受，所以到了春秋时期的赋诗引用，出现这种君臣比附就是顺当自然的发展过程。

这是一种猜测，因为原诗本身的描写就很含糊迷离。君臣比附用意的直接挑明，是在汉儒对《诗经》的解释之中。例如《王风·采葛》：

> 彼采葛兮，一日不见，如三月兮。
> 彼采萧兮，一日不见，如三秋兮。

生活表现与审美特征

彼采艾兮，一日不见，如三岁兮。

《毛传》解释道："一日不见于君，忧惧于谗矣。"一天没有见到君王，就担心佞人向君王进谗言。这种比附也符合诗歌文字的表面意思，但是否为原诗的本意，就不得而知了。现代《诗经》研究者对汉儒的这种解释，多持否定的态度，径以爱情诗来笼统概括。

不过，春秋时期赋诗比附的《诗经》运用，给诗人的构思创作以不少的启迪。屈原曾任楚怀王左徒，多次出使齐国，对外交聘问中的赋诗言志方式，当是非常熟悉的。他创作的长诗《离骚》，将男女君臣之喻的审美趣味表现得充分而热烈，达到了这类诗的巅峰境界。屈原在《离骚》诗中以女子自喻，以女子的姣美的容貌和美丽的衣饰比喻自己"内美"和"外修"——美好的品德和知识才华：

纷吾既有此内美兮，又重之以修能。

（我的内部既有了这样的美质，我的外部又加以美好的装扮。）

扈江离与辟芷兮，纫秋兰以为佩。

（我把蘼芜和白芷都折取了来，和秋兰扭结着做成了个花环。）

把众女妒美比作群小嫉贤:

> 众女嫉余之蛾眉兮,谣诼谓余以善淫。
> (周围的女人都嫉妒我的美貌,造谣说我本来就淫荡。)

以男女关系比君臣关系:

> 惟草木之零落兮,恐美人之迟暮。
> (想到草木都要凋零,怕的是理想的佳人也要衰老。)

以婚约比君臣遇合,以悔婚他娶比失去君王信任:

> 曰黄昏以为期兮,羌中道而改路。
> (本约好黄昏为迎娶之时,你却中途变了卦。)
> 初既与余成言兮,后悔遁而有他。
> (当初你已与我定情,后来你又反悔改求他人。)

屈原在诗中以女子自喻进而展开了一系列意象,构成了全诗斑驳陆离、异彩纷呈的象征世界,把诗人曲折的经历和复杂的思想感情表现得淋漓尽致。

屈原之后,宋玉继之而起,更使之成为一代风气。

生活表现与审美特征

尽管汉儒对爱情诗的比附阐释违背了现代研究者的审美意愿，但在当时以及对后代的影响是巨大深远、不容低估的。他们有意识地借用这种创作手法来表达君臣之间的遭际和朋友之间的情意，使诗歌的表达效果更显得委婉曲折，唱叹有情。例如曹植的《美女篇》和《七哀诗》，就是通过爱情的描写来暗喻君臣之间的关系。唐代许多抒发朋友之间深沉友谊的诗篇，也是以描写爱情的方式来传达的。李商隐是这方面的高手，在他笔下，这种技巧更显得细致而成熟了，既有写君臣遭际的，又有写朋友情谊的，篇篇耐人寻味。著名的《夜雨寄北》：

> 君问归期未有期，
> 巴山夜雨涨秋池。
> 何当共剪西窗烛，
> 却话巴山夜雨时。

许多人从中读出的是隽永的爱情，殊不知有人考证出它是赠长安友人的诗作。这种写法，至今还为不少人所喜爱和运用。

以上约举三端——自然、历史和爱情，它们在《诗经》所显示的审美趣味中只占很小的一个部分。由此我们可以管窥到《诗经》有非常丰厚的审美因子，它对后代以及将来的审美趣味和方式的影响是广泛而深远的。

诗歌与音乐

诗乐一体

《墨子》中曾有"弦诗三百,歌诗三百"的记载,可见《诗经》在春秋时期是可以配乐歌唱的。《诗经》与音乐的这种密切关系,对中国民族音乐的发展起了不可低估的典范作用。

古代诗、乐、舞三位一体,有诗必有乐,有乐必有舞。《诗经》三百首,当时必有乐谱口耳相传,由于无法记载而失传,它呈现在今人面前的只是一本歌辞而已。但诵其辞,大略可以想见当时那种盛大的歌舞场面。如《周颂·有瞽》一诗,写周王在宗庙庭院把各种乐器会合在一起演奏给祭奠的祖先听,其中有编钟、编磬等大型演奏乐器,还有应、田、鼓、鞉、柷、圉等打击乐器以及箫、管等吹奏乐器,场面之壮观,也是令人惊叹的。

诗随乐转、乐传诗情的传统,经《诗》三百篇大开生面之后,在春秋战国间更有普及。如齐人冯驩(也作冯谖)客食孟尝君门下,没有被待为上客,于是弹剑而歌:"长铗归来乎!食无鱼。""长铗归来乎!出无车。""长铗归来乎!无以为家。"剑在这里就成了伴唱的乐器。再如荆轲刺秦王,燕太子丹为之壮行,至易水之上,高渐离击筑,荆轲和而唱道:"风萧萧兮易水寒,壮士一去兮不复还。"项羽被困于垓下,闻四面楚歌,起饮帐中,舞剑而悲歌:"力拔山兮气盖世!时不利兮骓不逝。骓不逝兮可奈何,虞兮虞兮奈若何!"刘邦平定天下之后,置酒沛宫,把父老子弟召来饮酒。酒酣耳热时,刘邦击筑自歌:"大风起兮云飞扬,威加海内兮归故乡,安得猛士兮守四方。"

这些歌诗,当时也是兴之所至,歌谱也未能留传下来。到了汉武帝,才开始设置乐府这一官方机构,搜集全国各地的民歌民谣,并由官府制作乐谱,在宫廷中广为演奏。当时有李延年为协律都尉,他擅长制作新声歌谱,汉武帝便命司马相如等作诗称颂,李延年就承皇帝之意为颂诗配乐,以祭祀天地山川。汉人评说《诗经》中的某些篇章:"治世之音安以乐，其政和。"汉武帝设乐府，是否想借此以比周天子的声威，虽不得而知，但这种采诗的做法，明显是学习《诗经》的。汉人说，以前周天子每隔五年要巡守全国一次，并命令太师要陈诗以观民风的厚薄，同时还要不断地派采诗之官到民间搜集歌谣献于朝廷，这样就有了《诗》三百篇。可以说，正是由于儒士们这种鼓吹，乐府这一机构才得以成立。

汉乐府中的歌谣，均有曲谱配唱，但后来也只传其辞而不传其谱。虽然乐谱不传，但诗乐的传统仍旧延续不断。如魏晋时代，兴唱古乐府，曹操等作《蒿里行》《短歌行》，亦应有谱可依。它大体承袭古代，尽管唱谱可能跟古谱不一样，但定有起伏波折的曲调以达诗情的。《短歌行》开句就说"对酒当歌"，可见就不是单就诗吟诵而已。况且诗中又几处引用《诗经》，并有"鼓瑟吹笙"相伴随，更证明《诗经》的诗乐传统没有改变。曹操等人以旧题抒新声，但也未有曲谱传下。

唐诗有律诗有绝句，歌女得其辞即能唱，诗乐舞合一的传统得到进一步的发展。唐人小说中记录了这样一个故事：一天，王之涣、王昌龄和高适同在旗亭上游春饮酒，边上有几位歌妓在侍候贵人，唱歌劝酒。于是三人约定，听这些歌妓所唱三人中谁的诗最多，便以谁的诗在当时最为出名。第一位歌妓唱了"寒雨连江夜入吴"这首诗，王昌龄听后很是高兴。在墙壁上划一道，表示自己已得一分。第二位歌妓唱

诗歌与音乐

了高适的"开箧泪沾臆",高适也同样很高兴。第三位歌妓唱"奉帚平明金殿开",又是王昌龄的诗。这时王之涣指着那位最美的歌妓说:"如果这位姑娘唱的不是我的诗,那我一辈子就不再作诗了。"轮到那位歌妓唱时,果不其然,她唱的是王之涣的"黄河远上白云间"。接着她又唱了两首歌,都是王之涣的诗。这就是著名的"旗亭画壁"的故事。这个故事的真伪,我们姑且不辨,但歌妓们即诗即唱,正说明当时有谱可依,其诗乐之间的联系也比以前几个朝代更为密切。再如李白的"云想衣裳花想容"等二章,可以说是依当时谱调而作的。天宝年间,沉香亭中牡丹盛开,玄宗说:"赏名花,对妃子,焉用旧乐词为?"于是宣召李白进宫献《清平调》,李白带着醉意一气呵成。

唐诗大多能唱,但其乐谱于今不传。词出现以后,更注重唱腔的婉转变化,因而其格律较严,胜过唐诗。词本称"曲子词",是配合燕乐歌唱的歌词,它的产生与音乐更加密切。柳永精通音律,又善于铺叙,他的词作也就流传很广,当时就有"凡有井水饮处,即能歌柳词"的美誉。这种现象既说明了写词之不易,又显示了词更适宜于演唱的艺术特点。写词须依格律,词谱也就顺其自然地出现了。词谱的出现,是音乐艺术的一大进步,它将由《诗经》而来的诗乐合一的传统大大推进了。每一词必有谱,每一谱必有其特定的格调,其间关系不容乱填。前人谓须关西大汉执铜将军、铁绰板唱苏轼的"大江东去",只有十七八岁的女孩儿执红牙拍板才能唱柳永的"杨柳岸,晓风残月",就是这个道理。随着词体的衰落,词的曲谱也失而不传。南宋词人姜夔的《白石道人歌曲》中有十七首词附有工尺曲谱,留传至今,这是宋词可歌的唯一实证,但今人却视若天书,不得其解。如今所见到的《词谱》一类书,只列平仄格律,并非真正意义上的那种让人捧之可唱的乐谱。

宋词以后,代之而起的是元明清戏曲。它依然是承续诗乐舞合一的旧传统,但音乐歌唱方面的发展更为旺盛,不仅戏曲中的诗句要配以宫调进行演唱,就是其中某些对白也要配乐唱出,音乐演唱的范围有了较大的拓展。到了晚清的昆曲和京剧,唱腔设计更是千锤百炼,即如京剧的道句吐字,也要讲究声情并茂。这种音乐形式既高度提炼又丰富具体,既有一定程式又不失个性,它把诗、乐、舞不分的优良传统发展到了一个新的顶峰。昆曲与京剧以及某些地方剧,由于时代较近,其演唱的乐谱尚能流传至今,而元明清初的杂剧散曲等乐谱,已是湮没无闻了。

从这一过程的展现,不难看出《诗经》本身所具有的音乐传统在后代是如何得到继承和发展的。同时它也表明,中国的音乐艺术很难脱离诗歌而独立存在,有诗在其中,故重于表现感情，不以技巧取悦于人。如冯驩之歌诗，乃自歌其心中之志，非以弹剑而取悦他人。再如王昭君出塞，有马上琵琶传世；蔡文姬归汉，悲唱胡笳十八拍。听者所重，在唱词中表现的情味，歌声乐器及技巧更在其次。这是中国音乐的特色，诗以言志，所以音乐也重在感发人心；为感发人心，所以音乐重在人的歌唱，不重乐器技巧的表现。

《诗经》中所涉及的乐器不下几十种，其中以打击乐器为最多，其次是吹奏乐器和弦乐器。编钟和编磬是演奏雅乐时最常见的打击乐器，它们由小到大成系列地并排悬挂在木架上，颇为壮观。它们演奏的声音，决定着整个雅乐的调性和旋律。其演奏的繁丰多变，也远远高出一般简单的乐器。所以，它们的运用就有着严格的等级区别，是区别贵族等级高低的一个标志。《小雅·白华》说："鼓钟于宫，声闻于外"。其声音之宏大，可以想象得出。《大雅·灵台》："虡业维枞，贲鼓维镛。"虡是悬挂编钟编磬的木架，业是悬鼓的木架，枞是悬挂大钟编磬的木架，贲鼓是一种大鼓，镛是一种大钟，这些摆设所显示的音乐演奏的场面，当是非常隆重的。《周颂·有瞽》："应田县鼓，鞉磬柷圉。"应、田都是鼓名，县（悬）鼓指悬挂起来的鼓，鞉是一种摇鼓，磬是玉或石制的打击乐器，柷和圉是两种木制的打击乐器。周人常常击柷以引乐，击圉以止乐。缶和埙，是《诗经》中记录的两种陶制乐器，缶为打击乐器，埙为吹奏乐器。钲，也是《诗经》中记录的青铜打击乐器。

《诗经》中提到的鼓类打击乐器，除运用于音乐演奏外，还用于战争或劳动以鼓励士气。如《小雅·采芑》："方叔率止，钲人伐鼓。"这是写周宣王大臣方叔领兵过来，士兵们击钲伐鼓以壮声威。《大雅·绵》："百堵皆兴，薨鼓弗胜。"很多堵城墙同时兴工，于是击打大鼓以激励众人干劲，但薨鼓的声音胜不过劳动的号子声。

《诗经》中记述的吹奏乐器也很多，如箫、管、笙、簧、籥、壎（埙）、篪等等。《小雅·宾之初筵》："籥舞笙鼓，乐既和奏。"籥，形状如笛，类似后世的排箫。籥在古代乐舞中还是一种重要的舞具，籥舞就是执籥而舞。《邶风·简兮》也描述到"左手执籥，右手秉翟"。翟，是野鸡那种多彩亮泽的尾羽。《周颂·有瞽》："既备乃奏，箫管备举。"箫与管是较为常见的吹奏乐器。《周颂·执竞》："钟鼓喤喤，磬筦将将。"筦即管，它与其他几种打击乐器同时并奏。《小雅·鹿鸣》："吹笙鼓簧，承筐是将。"是写在乐器声中，将筐中礼品献给嘉宾。《小雅·何人斯》："伯氏吹壎，仲氏吹篪。"壎同埙，是陶制的吹奏乐器，大如鹅卵，上锐底平，音孔一至五不等。篪是竹制的管乐器，单管横吹，类似今日之笛。壎篪声能相和，所以用壎篪比喻兄弟和睦。

《诗经》中提到的弦乐器不是很多，主要有琴、瑟等。《小雅·鹿鸣》："我有嘉宾，鼓瑟鼓琴。"古瑟，弦数没有后代之多。古琴作五弦，周初增为七弦。琴瑟既可用于《鹿鸣》那种宴集的较庄重的大场面，也可用于夫妇的独处小景。如《郑风·女曰鸡鸣》："琴瑟在御，莫不静好。"御是用的意思。言夫妇弹琴鼓瑟，生活闲静美好。《秦风·车邻》："既见君子，并坐鼓瑟。今者不乐，逝者其耋。"是写见到丈夫以后，一起鼓瑟弹唱，并感叹如今不去享乐，将来人就要变老。

以上所列举的种种乐器，构成了两千多年前中国音乐的民族特色。其中有不少乐器，如琴、瑟、箫、管、笙等，至今还是我国民乐队（有民族特点的丝竹乐队）中的主要演奏乐器，它使中国音乐的民族特色延续发展了几千年，并在世界音乐史中占有不可替代的光辉地位，受到世人的瞩目。

乐为心声，尽善尽美

中国音乐向来有一种说法："丝不如竹，竹不如肉。"丝竹是乐器声，肉是指人的心声。心声是主，器声是辅。从《诗经》中也可看出这一特色，《诗》三百篇是表达情志的唱辞，它必和于其他乐器声才有曲调，唱词是主，故能流传至今；器乐是辅，故不久就失传。从楚辞、汉乐府、唐诗、宋词、元曲直至明清戏曲等，无不以人声为主，器声为辅。各种器声，固然可以联奏成一首完整的曲子，但如果没有带有歌辞的人声，最终不会流传很广。譬如伯牙之鼓琴，嵇康之广陵散，在当时也很有盛名，然而终究无法留传下来。伯牙鼓琴，犹似今天的无标题曲，或志在高山，或志在流水，唯有钟子期能够体会得出。钟子期死，伯牙终身不复鼓琴。伯牙鼓琴，貌似单取技巧，其实乃在抒发心志。诗言志，诗乐不分，这是中国音乐的传统，所以钟子期也是从这一途径去体会伯牙心中之"志"，并非仅仅欣赏伯牙的鼓琴技巧。庄周妻死，他鼓盆而歌。庄周是情不能禁，以鼓盆来舒泄心中之悲，其意也绝不在让人注意他如何鼓盆，而中国人也会越过鼓盆之事去体会他心中之志，技巧固在其次。虽无歌辞，但听者可用弹者的身世去填写，去体会。

从孔子向师襄学习鼓琴的故事，可以更清楚地了解中国音乐的精髓。孔子在师襄处学习鼓琴，十天之后还不进去向老师请教。师襄问他，孔子说："我已会弹曲子，但未懂得其数（技巧）。"孔子在技巧上有进步之后，师襄又问他，孔子说："我还没有懂得曲中之志。"孔子领会了曲中之志后，师襄又问他，孔子说："我还没有真正认识曲中之人。""志"是曲中所表现的精神，"人"是呈现这一精神的人格主体。孔子学习音乐，是要从技巧之中去领会乐曲体现的精神，更进而去把握此一精神的人格主体，并与之交融合一。因而弹曲的最高境界，也就是要把自我的人格与音乐有机地交融在一起。作为听者，最高的目的也在于通过音乐能领会弹唱者的人格。孔子在卫国击磬，一个挑着草筐子的人从门前经过，说道："这个敲磬人啊，正有一片苦心。"孔子叹为知音。反过来说，孔子在击磬时，正贯注了他那忧国忧民的人格。

中国音乐重在表达情志，体现人格，所以乐器不必精致，陶土、木片、石块、竹管皆可成一单独乐器，不像西方钢琴一类要多种组合，精工细作。中国乐器因其简单，故技巧并不高深复杂。由此，技巧作用的轻重也一览眼底。陶渊明案头常置一无弦琴，器既简陋，更无需技巧，而陶渊明又常常会意而弹，美不自禁。这种无声之乐，在西方人看来是不可想象的，而它恰恰表现了中国音乐重情志重人格不重乐器技巧的民族特色。昆曲以一笛为主，京剧以一京胡为主，锣鼓等器物也同样简单，其作用并不在显示乐器技巧，而在通过其声音来表现人格。

何以如此？显然它来自《诗经》那种重人声不重器声的音乐传统。《郑风·女曰鸡鸣》和《秦风·车邻》中夫妇的弹琴鼓瑟，并非是为了一试琴瑟技巧的高低，而是在于通过琴瑟之声来交流双方心中的情意。

由于中国音乐以人为中心，音乐对人的政治教化功能也就受到特别重视。《史记》说:《诗》三百五篇,孔子篇篇都弦歌弹唱过,是为了让它们都符合《韶》、《武》、雅、颂那种尽善尽美的格调,从此以后也就有了礼乐。按照宋代朱熹"尽善尽美"的解释,美是指音乐的艺术形式,善是指诗歌的思想内容。唐代孔颖达的比喻也是这个意思:"诗是乐之心,乐为诗之声,故诗乐同其功也。"可以看出,礼乐的界定并不全是依据美的节奏形式,而主要是依据"乐之心"是否善。荀子说:音乐(包括诗文和曲调)可以善化民心,所以先王就用礼乐来引导,使百姓和睦相处。

善的基本内涵是仁。孔子说:"人而不仁,如乐何?"(《论语·八佾》)人如果不行仁义,"乐"也就没有什么意义了。仁是什么?孔子说,仁者"爱人"。既爱自己的亲人宗族,也爱其他的人。如果音乐中涵有仁德的诗教,则必然感人肺腑,起到移风易俗的教化作用。

音乐的美是通过它的旋律以及歌舞形式采展现的。虽然音乐的美自有它存在的客观依据,但孔子对这种美还是制定了一个标准,要像《关雎》一样"乐而不淫,哀而不伤"。《关雎》的标准也就是"中和"。故乐者,"中和之纪也"。音乐应该是中和的表现。孔子说:音乐在宗庙之中演奏,上下同听则莫不和敬;在乡里之中演奏,长幼同听则莫不和顺;在闺门之内演奏,父子兄弟同听则莫不和亲。所以音乐以"和"为贵,这是先王立乐的根本。由此可见,"和"并不是和稀泥似的不分青红皂白,它是包括敬、顺、亲等礼节在内的有序的和谐。而"中和"则指音乐的和谐状态要持中,不能过于快乐,也不能过于哀伤。音乐本身会激发人的某种渴望和情绪,或快乐,或哀伤。但美的音乐不应当单方面地鼓荡快乐而使人走上淫邪之路,也不能单方面地刺激哀伤而使人堕入绝望之海。《礼记》说,先王制定礼乐,并不是一味满足人的口腹耳目的欲望需求,而是为了教化百姓知道好恶,使人回到正常。中和之乐也就是对先王礼乐的美的诠释。

由孔子所揭示的"尽善尽美"的音乐思想,是构成中国音乐民族特色的主要内容之一,它在当时以及后代都得到了提倡和发扬。最著名的反面例子要数南朝陈后主陈叔宝了,他继位以后,不求改革政治,增强国力,反而更加荒淫奢侈,躲进后宫,不理朝政,大奏《玉树后庭花》等靡靡之音,结果导致亡国。唐代杜牧作诗道:"商女不知亡国恨,隔江犹唱后庭花。"从此,《玉树后庭花》作为亡国之音的象征,常常被人引用和批判。一首乐曲竟有如此之大的历史作用,音乐在中国政治生活中的地位由此可以想见。杜牧虽然是用诗的笔调对这一历史现象进行嘲讽,但嘲讽所显示的正面意义,不恰是对"尽善尽美"教化传统的肯定和维护吗?音乐不单应给人以耳目的娱乐,更应该导人以性情,给人以教化,这种民族音乐思想在明清戏曲以及现代戏剧中都有不少发扬。如昆曲《十五贯》，通过况钟的平反冤狱，教人要弃恶从善。京剧《四郎探母》所写的母子情、母女情、夫妇情、兄弟情等，也极为深厚，处处给人以熏陶。京剧四大名旦梅兰芳、荀慧生、程砚秋、尚小云所演的各种剧目，无不给人以性情的培养和思想的教育。

一唱三叹，讲究余韵

中国民族音乐特别注重旋律的回复往返，从而达到一唱三叹的艺术效果。戏剧是这样，民间小调更是这样。此种特色，我们同样可以追溯到《诗经》的音乐传统。《诗经》曲调虽然失传，但每篇的歌辞排列形式可以反映当初演唱的曲调是何种风格。

《诗经》最显著的语言特色是重复回沓，而这一语言特色正是音乐曲调重复回沓所遗留下来的痕迹。虽然我们不能把它视为全部的理由，但诗乐合一的传统是对语言与音乐这两种关系的最好说明。因而，与其把重复回沓作为《诗经》的语言特色来看待，不如把它作为《诗经》的音乐特色来看待更为合适。语言的重复回沓，其规律本来就是按照语言的内在韵律进行安排的。单就语言的角度来分析重复回沓，它只作用于局部的语言形象是否鲜明突出。如果把它作为音乐曲调的重复回沓来分析，其作用就是整体的，它在旋律、节奏、重音、力度等各方面形成一种和谐的对应关系，从而获得一唱三叹、余音缭绕的音乐艺术效果。

《诗经》中这种重复回沓的曲调形式不是一成不变的，重复中见出变化，回沓中映出不同，给后代音乐创作以无限的启迪。现在，让我们来举例分析，并给诗篇分章以便于论述。如《周南·芣苢》：

采采芣苢，薄言采之。采采芣苢，薄言有之。
采采芣苢，薄言掇之。采采芣苢，薄言捋之。
采采芣苢，薄言袺之。采采芣苢，薄言襭之。

这首诗的三章内容几乎完全一样，三个乐段的重复回沓没有侧重，没有对比，只是为了增强这一旋律的朗朗上口，突出音乐形象的鲜明可爱。这种简单的曲调复沓，正与劳动的节奏相合拍，也与劳动人民纯朴健康的气质相适宜，是两者有机的统一。清代方玉润在《诗经原始》中评论此诗说："今世南方妇女登山采茶，结伴讴歌，犹有此遗风云。"可见后代许多民间的歌调都承续了《诗经》曲调复沓的音乐传统。《芣苢》一类的复沓形式在《诗经》中有很多，如《周南·桃夭》三章,《周南·樛木》三章,《召南·鹊巢》三章,《召南·甘棠》三章,《召南·殷其雷》三章,《邶风·式微》三章,《卫风·木瓜》三章,《郑风·褰裳》二章,《齐风·东方之日》二章,《魏风·硕鼠》三章,例子不一而足。《诗经》这类简单的复沓在"风"中出现最多,反映了它正是劳动人民在社会生活中喜闻乐见、最欢迎的一种艺术形式,简洁而不失生动,单纯而又见敦厚,给人以质朴的美感。它们大多分为三章,但只有一个主题旋律,也即同一主题旋律要作三次重复,才能取得上述的艺术效果。同一主题旋律如果过多地重复出现,那么就会造成刻板单调的音乐效果,失去唱叹有情的感人力量。所谓"增之一分则太长,减之一分则太短",用来形容民歌曲调复沓的气韵天成,是非常恰当的。

《诗经》中另一类重复,从章节上可以明显看出它由两个大的音乐段落组成,是两个主题旋律的复沓。如《唐风·葛生》:

> 葛生蒙楚,蔹蔓于野。予美亡此,谁与独处?
> 葛生蒙棘,蔹蔓于域。予美亡此,谁与独息?
> 角枕粲兮,锦衾烂兮。予美亡此,谁与独旦?
> 夏之日,冬之夜。百岁之后,归于其居。
> 冬之夜,夏之日。百岁之后,归于其室。

这是一首悼亡诗。前两章是同一主题旋律的两次重复，构成一个大的音乐段落。节奏平缓，表达了一种深沉的哀思。后两章是另一主题旋律的两次重复，构成另外一个音乐段落。区别的标志是后面节奏安排上略有顿挫，刻画了音乐主人公内心的不安和躁动。第三章是前后两个音乐段落的过渡。"角枕粲兮，锦衾烂兮"两句，音节虽然与前面相同，但强弱安排已是同中有异，其重音正落在"角枕粲"和"锦衾烂"上，预示了后面节奏的起伏。

前后两个主题旋律，也有不用过渡乐句而直接导入下一个音乐段落的。如《小雅·鱼丽》：

> 鱼丽于罶，鲿鲨。君子有酒，旨且多。
> 鱼丽于罶，鲂鳢。君子有酒，多且旨。
> 鱼丽于罶，鰋鲤。君子有酒，旨且有。
> 物其多矣，维其嘉矣。
> 物其旨矣，维其偕矣。
> 物其有矣，维其时矣。

这种变化主题旋律的重复，节奏感更为强劲，前后两段的旋律对比更为鲜明，音乐思想也就更为突出，给人的记忆印象也就更为深刻。我们这么评论它，并不意味着有过渡乐句的艺术效果要次于没有过渡乐句的艺术效果。判别它们高低的标准,还是应当看它是否适合音乐结构中表情达意的需要。《葛生》抒发的是哀伤的情感,睹物思人,心境由静而动,悲痛也随之加深。它的发生、发展和高潮正是逐渐递增的一个过程。有那么一个过渡乐句,正好完美地传达了音乐主人公形象内心的细腻情感,不至于让人感到主人公情绪变化太快、太突然。

上举例子的曲调复沓,其特色容易一目了然,技巧比较简单。我们再看下面这首《小雅·小明》:

> 明明上天,照临下土。我征徂西,至于艽野。二月初吉,载离寒暑。心之忧矣,其毒大苦。念彼共人,涕零如雨。岂不怀归?畏此罪罟。
>
> 昔我往矣,日月方除。曷云其还?岁聿云莫。念我独兮,我事孔庶。心之忧矣,惮我不暇。念彼共人,睠睠怀顾。岂不怀归?畏此谴怒。
>
> 昔我往矣,日月方奥。曷云其还?政事愈蹙。岁聿云莫,采萧获菽。心之忧矣,自诒伊戚。念彼共人,兴言出宿。岂不怀归?畏此反复。
>
> 嗟尔君子,无恒安处。靖共尔位,正直是与。神之听之,式穀以女。

嗟尔君子，无恒安息，靖共尔位，好是正直。神之听之，介尔景福。

这首诗从大的音乐段落上划分，它只有前后两个部分。前三章为一个大的音乐段落，后二章为一个大的音乐段落。前一段落的主题旋律由十二个乐句组成，共重复三次；后一段落的主题旋律由六个乐句组成，共重复二次。这种变换主题旋律的重复特色与《葛生》《鱼丽》相同，其艺术效果也大致相同。如果主题旋律不变，把第一主题旋律重复五遍，其音乐感受就会变得板滞而缺少变化，沉闷而不见情致。《小明》的特别之处是：同一主题旋律的重复中也求变化。前三章的重复，在音乐安排、强弱设置、高低调配等方面貌似完全相同，实际上不一样。二、三章的重复可以说是同步的，但第一章虽同是十二个乐句，其中还有一小段序曲作为主题旋律的音乐副部，即"明明上天"等六个乐句。这六个乐句与第二章中的前六个乐句，其高低强弱的旋律起伏是有所不同的。第二章前六个乐句中，都有"矣""云""兮"等拖腔，它们在第三章中又连续出现，显示曲调已经进入抒情的音乐主题。而"明明上天"等六乐句，节奏缓缓而起，悠悠而来，正是主题旋律的序曲特征。至"心之忧矣"，乐曲才开始进入主题旋律的反复奏鸣。可见，这类复沓比起《芣苢》那种复沓来，音乐形象所反映的广度、深度都要进一个层次，表达技巧也显得丰富一些。

以上所举几例的复沓形式，我们考察的根本标准是：既有段落安排的连续重复，又有歌辞内容的基本相同。段落安排的连续重复，意味着曲调有可能相同并不断出现；歌辞内容基本相同，则意味着由它决定的主题旋律也是相同的，因而在这一条件下的段落重复，其曲调必定是相同的。如果段落安排连续重复，而前后段落歌辞内容互不相同，则不能保证由歌辞内容决定所形成的主题旋律，在前后段落中的复沓出现。

单就段落安排的重复这一角度考察，《诗经》中类似《葛生》《鱼丽》《小明》的篇章还有不少，如《小雅·雨无正》，前两章是十个乐句的音节安排，三四章是八个乐句的音节安排，五六七章则是六个乐句的音乐安排。《大雅·召旻》中前五章是五个乐句的重复出现，后两章是七个乐句的重复出现。《大雅·卷阿》中前六章，每章五个乐句，后四章每章六个乐句。

《诗经》中的段落安排还有间隔重复的，如《小雅·斯干》，第一章是七个乐句，二三四五每章五个乐句，第六章又是七个乐句，第七章又是五个乐句，八九章又出现七个乐句。再如《小雅·蓼莪》，一二章是四个乐句，三四章是八个乐句,五六章又出现四个乐句。

段落安排的重复,其变化的形式也比较多,它们大部分出现在《诗经》中的《小雅》《大雅》中。这种变化,是适应宫廷雅乐演奏的需要而产生的,所以它更多地带有文人创作的特征,曲调既有民歌的韵味,又有雅乐的典重,带有脱胎于民歌的鲜明印记。

《诗经》中这种复沓的音乐形式,在后代的音乐创作中不断得到继承和光大。如唐宋间的江南民歌《采莲曲》:"江南可采莲,莲叶何田田。鱼戏莲叶东,鱼戏莲叶西,鱼戏莲叶南,鱼戏莲叶北。"明清戏曲中的唱腔,经常也是某一曲调的复沓出现。现代音乐创作中,为了抒情的需要,也多采用复沓的艺术形式,以取得一唱三叹、余音缭绕的感人效果。

风雅比兴与艺术精神

文学之源

《诗经》是我国古代第一部诗歌总集,是中国文学的光辉源头。历史上的各个时代,都产生了许多著名的文学家,如屈原、司马迁、曹植、陶渊明、李白、杜甫、苏轼、辛弃疾、关汉卿、曹雪芹乃至鲁迅、郭沫若等等,他们虽然在风格和艺术形式上各不相同,但都是从《诗经》中汲取了丰富的营养。国学大师王国维曾说过:一代有一代之文学,楚辞、汉赋、唐诗、宋词、元曲、明清小说,都代表那个时代的最高文学成就。的确,在我国文学的发展史中,各种文学体裁都取得了光辉的成就,产生许多伟大的作品,而各种体裁如寻其源，则都可上溯至《诗经》。古人曾说"文章原出于五经"，并进一步说"歌咏赋颂，生于《诗》者也"（《颜氏家训·文章篇》），如果我们抛开经学的绝对化观念来看，这种说法还是颇有道理的。闻一多先生曾就《诗经》对后世文艺的影响进行了深刻的分析：

> （《诗经》的产生）便预告了它以后数千年间文学发展的路线。……我们的文化大体上是从这一刚开端的时期就定型了。文化定型了，文学也定型了，从此以后二千多年间，诗——抒情诗，始终是我国文学的正统的类型，甚至除散文外，它是唯一的类型。赋、词、曲是诗的支流，一部分散文，如赠序、碑志等，是诗的副产品，而小说和戏剧又往往以各自不同的方式夹杂着诗。诗，不但支配了整个文学领域，还影响了造型艺术，它同化了绘画，又装饰了建筑（如楹联、春帖等）和许多工艺美术品。（《文学的历史动向》）

与西方文学的发展相比，我国古代文学中的叙事文学成熟较晚。可以说，在中国文学史上，抒情文学形式一直占据着主导地位，这是中国古典文学的基本特色之一。因而，中国被称为"诗国"。在各个不同的历史时期，诗歌不一定都取得那个时代的最高成就，但一直占据着文学殿堂的中心位置，而被视为文学的正统。所以说，中国是个有诗歌传统的国家，而这种诗歌传统正肇源于《诗经》。

唐代的元稹说："诗之为体，二十四名：赋、颂、铭、赞、文、诔、箴、诗、行、咏、吟、题、怨、叹、篇、章、操、引、谣、讴、歌、曲、辞、调，皆诗人六义之余。"（许顗《彦周诗话》引）的确，我国古代各种韵文的源头都可追溯到《诗经》。《诗经》以四言为主，汉以后五言、七言诗体逐渐成熟，但我们如果对五、七言诗的形成发展作一考察，莫不是由《诗经》的四言演变发展而来。即使是与诗歌颇有区别的词和曲，前人论起缘起，也往往追溯到《诗经》。如词曲是长短句的形式，清代的汪森说："自有《诗》而长短句即寓焉。《南风》之操，《五子之歌》是已。周之《颂》三十一篇，长短句居十八。"（《词综序》）说明《诗经》与词都有长短句的形式。清代丁澎更进一步从词的句式、叠句、换韵、换头等艺术形式上一一对应出词与《诗经》的相似之处：

> 词者，诗之余也。然则词果有合于《诗》乎？曰，按其调而知之也。《殷其靁》之诗曰："殷其靁，在南山之阳。"此三五言调也。《鱼丽》之诗曰："鱼丽于罶，鲿鲨。"此二四言调也。《还》之诗曰："遭我乎峱之间兮，

并驱从两肩兮。"此六七言调也。《江汜》之诗曰:"不我以,不我以。"此迭句调也。《东山》之诗曰:"我来自东,零雨其濛,鹳鸣于垤,妇叹于室。"此换韵调也。《行露》之诗曰:"厌浥行露。"其二章曰:"谁谓雀无角。"此换头调也。凡此烦促相宣,短长互用,以启后人协律之原,岂非三百篇实祖祢哉。(《药园闲话》,徐釚《词苑丛谈》卷一引)

丁澎的对比照应虽不免有些牵强,但从影响的角度来说,《诗经》的确对后世的文学语言产生了深远的影响。

不仅诗歌的体裁受到《诗经》的影响,后世诗人的风格也可从《诗经》找到源头。宋代姜夔指出:"诗有出于《风》者,出于《雅》者,出于《颂》者。屈、宋之文,《风》出也;韩、柳之诗,《雅》出也;杜子美独能兼之。"(《白石道人诗说》)屈原、宋玉诗歌的风格近于《国风》,韩愈、柳宗元的诗风近于二《雅》,而杜甫的诗风则集《风》《雅》之大成。后世诗人的创作出于不同的政治目的,可从《诗经》中汲取不同的借鉴。"诗喻物情之微者,近《风》;明人治之大者,近《雅》;通天地鬼神之奥者,近《颂》。"(刘熙载《诗概》)总而言之,《诗经》不仅奠定了后世文学的基调和发展方向,而且如春风化雨,润物无声,其影响浸润于各种体裁的创作中。

诗言志

《诗经》中所体现的最为本质的文学观念是"诗言志"。朱自清先生认为这是中国历代诗论的"开山的纲领"。"诗言志"的说法，首见于《尚书·舜典》舜帝对乐师夔的指示："诗言志，歌永（咏）言，声依永，律和声。"舜帝是上古时代的传说人物，这段指示自然不可能是上古时代的原始文献。范文澜在《中国通史简编》中认为《舜典》等篇"大概是周朝史官掇拾传闻，组成有系统的记录"。这种推论，是可以成立的。其实在春秋时期，"言志"的说法就已作为成语来引用了，例如《左传·襄公二十七年》记赵文子对叔向说："诗以言志。"可见，"诗言志"说是应有其较早的渊源。

《诗经》中虽然没有明确提出"诗言志"的说法，但《诗经》中不少诗篇作者自述其创作旨趣，实际上已接触到这一特征。今举数例：

> 维是褊心，是以为刺。（《魏风·葛屦》）
> 心之忧矣，我歌且谣。（《魏风·园有桃》）
> 岂不怀归，是用作歌，将母来念。（《小雅·四牡》）
> 家父作诵，以究王讻。式讹尔心，以畜万邦。（《小

雅·节南山》)

> 君子作歌,维以告哀。(《小雅·四月》)
>
> 王欲玉女,是用大谏。(《大雅·民劳》)

可以看出,这些歌辞所表达的创作愿望,与"诗言志"的主题要求,显然是一致不二的。《诗经》三百零五篇的总体特色,更是"诗言志"的鲜明强烈的写照。

那么,"诗言志"的"志"是指什么呢?

杨树达先生从古文字学原理上认为,古代"诗""志"二字同用,所以许慎《说文解字》说:"诗,志也;志发于言,从言,寺声。"《毛诗序》中说:"诗者,志之所之也,在心为志,发言为诗。"直接以"志"释"诗"。闻一多先生说,"志"有三个意义:记忆、记录和怀抱。"志"与"诗"原来是一个字,但到了"诗言志"和"诗以言志"这两句话的时代,"志"已经是指怀抱了。这种志、这种怀抱是与"礼"分不开的,也就是与政治、教化分不开的。朱自清先生说,"诗言志"是一句古话,"诗"这个字就是"言""志"两个字合成的。但古代的"言志"和现在所谓"抒情"并不一样,那"志"总是关联着政治或教化的。春秋时通行的赋诗外交,各国使臣往往点一首诗或几首诗叫乐工唱,不同处是所点的诗句必加上政治的意味。

综合上述看法，当时所谓"诗"，是与后世那种抒发个人情感的纯文学作品有所不同的。它的作者也并非后世所说的那种"诗人"，而有的是巫祝之官，有的"诗"也是宗教性的、政治性的祭祀仪式中祷告上天、颂扬祖先的产物。"诗"本来是一种氏族、部落、国家的历史性、政治性、宗教性的文献，而并非个人的抒情作品。这种特征在《诗经》的《颂》和《大雅》中还有不少遗迹，正如《毛诗序》所指出的，《颂》是"以其成功告于神明"的祭祀之辞，《大雅》则是"言王政之所由废兴"的记事之辞。所以向神明昭告功德和记录政治教化的兴替，是"诗言志"最初的实际含义。直到《国风》中的"诗"大量产生以后，"诗"才开始带有个人抒情的意味，接近于后世的文学作品。从春秋时期诸侯国的赋《诗》外交、断章取义来看，《诗》也只是用作历史文献来印证自己的观点，并不是一种纯粹的文学作品。从孔孟开始，《诗》才在真正文学意义上被宣传和接受，"诗言志"的内涵也扩大到一般的抒情和审美，而不仅仅限于原始的政治和教化。"诗言志"的理论要求诗人在创作中要有感而发，反对无病呻吟。清人庞垲说："《书》云：诗言志。卜子曰：发乎性情。性情之发为志，而形之于言为诗，风人之义也。后人不明此义，但粉饰字句以为诗，乌得有诗哉？"（《诗义固说》下）在中国古代的诗歌传统中，写志抒怀，表情达意，甚至

风雅比兴与艺术精神 | 271

不平则鸣的创作主张和实践一直居于主导地位，而单纯粉饰字句、游戏文字的倾向常常受到激烈的批评。古人所言之"志"，内涵较为丰富，既有忠君报国建功立业的大志，也有游子思乡、恋人相思的私情。总而言之，诗歌应有充实的内容，真实的情感。清人朱庭珍说："诗所以言志，又道性情之具也。性寂于中，有触则动，有感遂迁，而情生矣，情生则意立。意者，志之所寄，而情流行其中，因托于声以见于词，声与词意相经纬以成诗，故可以章志贞教、怡性达情也。是以诗贵真意。真意者，本于志以树骨，本于情以生文，乃诗家之源，即诗家之先天。"（《筱园诗话》卷四）可见"言志"乃诗之生命。

"诗言志"那种原始而朴素的纪实思想，对中国诗歌以"写实"为旨归的创作取向起了很重要的导引作用。《诗经》就是"诗言志"这一文化源头的必然结晶，它呈现的"写实"特色，成了后代无数诗文创作的光辉榜样。

现实主义

现实主义创作方法表现在对现实社会的关注精神，真实描写社会生活，并表明自己的态度。《诗经》的作者大都是佚名的下层人民，"饥者歌其食，劳者歌其事"，他们唱出的正是自己生活劳动中的切身感受。《诗经》中的作品真实地反映当时社会的各个方面：劳动、战争、婚姻、祭祀活动等等，可以说是社会的一面镜子。更为可贵的是，《诗经》中的许多作品并非只是简单记述生活，而是表现出积极干预生活、改变现实的态度。"君子作歌，维以告哀"，"心之忧矣，我歌且谣"，这些诗句即表达了他们的生活态度。这种批判现实的作品不仅包括贵族的政治批评诗和训诫诗，劳动人民的民歌中也充满了这种精神。

《豳风·七月》好像一首"四季歌"，叙述农夫一年四季的生活；又好像一幅"风俗画"，展现现实的各个方面。整首诗传达的情绪似乎很安乐和平，实际上却蕴涵着深沉的痛苦哀伤。他们一年四季不停地为"公"与"公子"耕田、织布、打猎、盖房、藏冰、造酒，而自己到了冬天却是"无衣无褐"地忍受寒冷刺骨的生活。田里耕种出来的是五谷，而自己却是"采荼薪樗"，以野菜充饥，勉强糊口。这首诗细致地描写了劳动人民生活的艰辛和内心的苦痛，其正视现实、直面人生的"写实"特点是显而易见的。

如果说《七月》对社会不平等的揭露是寓于农事生活的平实叙述之中，那么这种揭露在《魏风·伐檀》《魏风·硕鼠》《鄘风·相鼠》诸篇，就转为直接的控诉和谴责了：

风雅比兴与艺术精神

坎坎伐檀兮，置之河之干兮，河水清且涟猗。不稼不穑，胡取禾三百廛兮？不狩不猎，胡瞻尔庭有县貆兮？彼君子兮，不素餐兮！(《伐檀》)

硕鼠硕鼠，无食我黍。三岁贯女，莫我肯顾。逝将去女，适彼乐土。乐土乐土，爰得我所。(《硕鼠》)

相鼠有皮，人而无仪。人而无仪，不死何为！(《相鼠》)

诗的主题都非常明确，那些剥削别人劳动的"君子"（统治者），正如粮仓里食黍的大老鼠一样，他们"不稼不穑"，仓库里却堆满了粮食；"不狩不猎"，屋梁上却挂满了兽皮。老百姓没有吃的，没有穿的，只好逃亡去寻找安身的乐土，谁知又落入了"无皮"的巨兽之口。"人而无仪，不死何为！"这是劳动人民被逼上绝路之后对渴望生存的呼喊和对统治者残酷剥削的控诉。

《王风·君子于役》《豳风·东山》是反映征人劳役的诗篇，这里有"不知其期"的等待，有"妇叹于室"的挂念，还有"零雨其濛"的厌倦。诗篇对沉重的劳役和征人的情绪作了细致真切的反映，并没有在虚幻的精神王国作不切实际的超脱，显得非常实在和单纯。《诗经》中的爱情诗篇，其"纪实"的色彩虽不如上述诗例那样浓烈，但它们也并非纯粹的抒情，如《郑风·褰裳》《鄘风·柏舟》《邶风·简兮》等等，都是以具体活动带出爱情的发展，真实地"记录"了当时爱情生活的风俗画面，充满了浓厚的生活气息。

大小《雅》中主要是记史诗、政治诗和赞颂诗。《生民》《公刘》《绵》《皇矣》《大明》五篇是周民族的史诗，记录了从后稷出生到武王灭商周民族发展壮大的历程。《抑》诗斥责了执政者倒行逆施，百事俱废，耽于饮酒作乐，不顾百姓艰危，并警告上天会给予惩罚。《桑柔》揭露了社会动乱中人民死丧离散的悲惨处境，讥刺了周王暴行虐政的祸国殃民。《文王》《思齐》歌颂周文王的美德，《崧高》《烝民》《韩奕》等赞颂诗以及《凫鹥》等祭祀诗，也都有较强的写实特点。

《大雅》中《板》《荡》二篇，讽刺掌权者荒淫昏聩、邪僻骄妄，使百姓遭受苦难：

上帝板板，下民卒瘅。(《板》)
荡荡上帝，下民之辟。(《荡》)

上帝喻指周王。由于周王任意恣肆，不守法度，破坏国政，人民遭受了不少苦难和厄运。后代因此就以"板荡"指代政局的变乱或社会动荡不安。二诗有极强的现实针对性。

《颂》是朝廷用于祭祀或其他重大典礼的乐歌，中心内容是赞美在位的周王、鲁侯、宋公或其祖先神灵的功德。如《小毖》祈求鬼神的保佑,《丰年》叙述农业的丰收和祭祀。其中《商颂》五篇在古代颇受重视,因为它比较真实地写出了当时人祭祀的某些情景以及他们对祖先功业的敬仰。如著名的《玄鸟》:

> 天命玄鸟,降而生商,宅殷土芒芒。古帝命武汤,正域彼四方。

简狄吞了燕卵才生下了商族的祖先契,这是神圣不凡的,所以商朝开国君主汤才受上帝之命征服四方。诗写得气势雄壮,显示了对祖先的崇仰膜拜之情。据《新序·节士》篇的记载,孔子的弟子原宪"曳杖拖履,行歌《商颂》而反,声满天地,如出金石"。后代的评论也多称《商颂》为"黄钟大吕之音"。这是说,《商颂》有声情之美,其实,"三颂"写祭祀的场面及祖先的事迹,也是关注现实的一种表现。

通过以上对风、雅、颂三部分的具体分析,可以看到,以"诗言志"为主体特征的"写实"风格在《诗经》中有鲜明的体现。它表明,中华民族一开始就具有"直面人生"的务实性格,敢于揭露社会黑暗,批判腐朽政治,真实地再现人类的苦难和感受。《诗经》的这一传统,对后代产生了巨大的影响。屈原作品中所表现的忧国忧民、反对黑暗政治的精神，就是对《诗经》现实主义精神的继承。《荀子·赋篇》作《佹诗》曰："天下不治，请陈佹诗。"说明诗是为现实政治而发。汉乐府诗与《诗经》一样，也大都是由民间搜集起来的民歌。其"感于哀乐，缘事而发"的精神正是对《诗经》的继承和发展。唐代诗人杜甫是现实主义的最高峰。他的现实主义的诗歌创作，真实地反映了唐王朝由盛而衰这一历史阶段中的种种现象，因而被后人称为"诗史"。杜甫是自觉地继承《诗经》的现实主义精神的，他说自己的作品是"词场继《国风》"，"别裁伪体亲风雅"，正是最好的说明。杜甫创作大量的乐府诗，正如中唐诗人元稹所评价的："凡所歌行，率皆即事名篇，无复依傍。"用新题乐府诗来反映现实是杜甫的创举。杜甫之后，白居易、元稹等人更掀起了新乐府运动，这是一场现实主义的诗歌运动。白居易多次提到要学习《诗经》的美刺精神，把诗歌作为武器抨击时政，要"唯歌生民病，愿得天子知"，直歌其事，真实地反映社会现实，以表现国家的盛衰，王政的得失，人情的哀乐，从而达到"救济人病""裨补时阙"的作用。白居易的诗歌实践了他的理论主张，体现了《诗经》现实主义的优良传统。

《诗经》所开创的现实主义传统，并不仅仅表现在诗歌领域，在戏曲、小说的创作中同样得以发扬光大。元代关汉卿的杂剧多方面揭露了封建社会的黑暗和残酷。《窦娥冤》通过窦娥的悲剧，反映了"为善的，受贫穷更命短；造恶的，享富贵又寿延"的是非颠倒、善恶错置的社会现实。伟大的现实主义巨著《红楼梦》，代表我国古典文学的最高成就。小说通过贾宝玉的爱情婚姻悲剧，及围绕这个悲剧所展示的由众多人物构成的广阔社会生活场景，深刻地反映了当时渐趋崩溃的社会状况和复杂矛盾的现实，预示着封建社会大厦将倾的历史必然。有人说《红楼梦》的成功是现实主义的伟大胜利，这话是很有道理的。曹雪芹对现实社会的细致观察和研究，对人生现象和本质的深刻认识，以及他善于典型化刻画的艺术手法，使他终于登上了艺术的巅峰。

赋比兴

以"诗言志"为主体特征的《诗经》"写实"传统，不单单是指作品内容的反映现实，针砭时政，同时还包括恰当表现这些内容的赋、比、兴艺术原则的巧妙运用。元代诗人杨载称赋、比、兴是"诗学之正源，法度之准则"。他也是把赋、比、兴作为源远流长的《诗经》传统来看待的。

赋比兴的说法在先秦时代就已出现，《周礼》记大（太）师"教六诗：曰风，曰赋，曰比，曰兴，曰雅，曰颂"。到汉代《诗大序》,"六诗"才明确改为"六义"。一般的分法,是把风、雅、颂作为《诗》的种类,把赋、比、兴当作《诗》的创作方法。宋朱熹说风、雅、颂是"三经",是"作诗的骨子";赋、比、兴"却是里面横穿的"东西,是"三纬"。"三经三纬"的说法至今还为许多人所接受。

汉儒对赋比兴的解释,是认识赋比兴内涵的最初开拓。虽然各家说法互有不同或不尽正确,但对后代诗歌创作及理论都发生了持久而长远的影响,特别是对赋比兴这一传统理论体系的形成,起了至关重要的作用。从历代研究赋比兴的情况来看,赋比兴的内涵都有发展变化,其基本的倾向就是由简单的表现技巧渐进为把技巧与内容结合起来进行阐释。

赋,关于它的争论比较少,郑玄注《周礼·春官·大师》说:"赋之言铺,直铺陈今之政教善恶。"东汉刘熙《释名》:"敷布其义谓之赋。"刘勰、钟嵘以至于朱熹都一致认为"直书其事""体物写志"是赋的基本特征。孔颖达补充说:"直陈其事不譬喻者,皆赋辞也。"可见,赋是一种不用比喻的直接描写或叙述的方法。《诗经》里第一首注明"赋"的诗是《周南·葛覃》:"葛之覃兮,施于中谷,维叶萋萋。黄鸟于飞,集于灌木,其鸣喈喈。"《毛传》:"赋也。"诗写葛藤蔓延,伸展到山谷里。叶子长得很茂盛,黄鸟上下飞鸣,又穿行于灌木丛中。这是描写景物,不用譬喻,所以是赋。赋既可写景，也可叙事。《邶风·静女》："静女其姝，俟我于城隅。爱而不见，搔首踟蹰。"这是直书其事，也不用譬喻，所以也是赋。《豳风·七月》叙述农事，更是大量用了赋的手法。此外，赋还可以述志、抒情，其特点是直陈其事而不曲隐，正如宋人李仲蒙所说："叙物以言情，谓之赋，情尽物者也。""情尽物者也"，指的就是直叙无遗。《邶风·北门》："王事适我，政事一埤益我。我入自外，室人交遍谪我。已焉哉，天实为之，谓之何哉。"这是直抒胸臆，一吐而尽，所以是赋。《魏风·伐檀》也是这类作品。

随着赋表现范围的扩大，渐渐突破诗体的局限，这就有了赋的文体。如汉人司马相如的《子虚赋》《上林赋》即是。作为一种文体的赋，是包括比兴在内的，与《诗经》写作技巧之一的赋又不同了。赋在汉代发展成为文学体裁的一种，汉赋被王国维称为代表"一代之文学"，是可与唐诗、宋词相比肩的文学形式。赋体的产生有多种原因，而《诗经》的赋的手法正是产生赋体的主要原因之一。汉赋风靡两汉达四百年之久，作家作品如群星灿烂，枚乘、司马相如、扬雄、班固、张衡、赵壹等赋家以其作品的光辉成就而名垂文学史册。汉代之后，赋体并未衰竭，由汉大赋而变为抒情小赋，又为律赋、为文赋，余脉绵长。宋代欧阳修的《秋声赋》、苏轼的前后《赤壁赋》都是古典文学中的奇葩。从赋体发展来看，其语言风格、体制篇幅都可以推陈出新，千变万化，但赋体的铺陈张扬的精神却一脉相传，成为赋体的基本特色，也正是它的生命活力之所在，赋作为亦韵亦散、铺张直叙为特点的体裁而成为最具民族特色的文体之一。

赋由技巧到文体的扩展，也导致后人对赋的技巧理论的扩展。从创作过程分析，赋比兴之间的界限并不是截然峭壁，譬如一段叙事，从大范围说是赋，但叙事之中也用了比兴，不能因为局部有了比兴就否定整段叙事是赋。所以，清人刘熙载就说："赋兼比兴，则以言内之实事，写言外之重旨。"还说："赋之为道，重象尤宜重兴。"吴乔以杜甫《秋兴八首》之一为例："蓬莱宫阙对南山，承露金茎霄汉间。西望瑶池降王母，东来紫气满函关。云移雉尾开宫扇，日绕龙鳞识圣颜。一卧沧江惊岁晚，几回青琐点朝班。"他说："此诗全篇皆赋，前六句追述昔日之繁华，末二句悲叹今日之流落耳。"（《答万季野诗问》）如果具体分析，二、三句用汉武帝求长生典故，四句用道教始祖老子典故，都是比方唐朝皇帝笃信神仙道教，是比。

比，简单地说就是譬喻。在古代，诗歌的"譬喻"不仅只是一种语言修辞手段，而且与文学的想象相关联，涉及创作思维的一些特征。《礼记·学记》中说："不学博依，不能安诗。"郑玄注："博依，广譬喻也。"不学譬喻，就不能理解诗歌，更不能创作诗歌。东汉王符解释说："夫譬喻也者，生于直告之不明，故假物之然否以彰之。"这是说，由于直接叙写不一定让人明晰，所以就用各种事物譬喻来抒情言志，使之更加清楚易懂。

比，郑玄注《周礼·春官·大师》说："比，见今之失，不敢斥言，取比类以言之。"郑众也说："比者，比方于物也。"郑玄单以"失"来说明比的范围，显然是不够全面的。晋挚虞在《文章流别论》中说："比者，喻类之言也。"宋朱熹《诗集传》说："比者，以彼物比此物也。"这些说法，揭示的只是比的浅近的意义。这类手法，在《诗经》中可以举出很多，如《魏风·硕鼠》以大老鼠比喻剥削者，《卫风·伯兮》中的"首如飞蓬"之比，还有《小雅·鹤鸣》：

鹤鸣于九皋，声闻于野。鱼潜在渊，或在于渚。乐彼之园，爰有树檀，其下维萚。它山之石，可以为错。

鹤鸣于九皋，声闻于天。鱼在于渚，或潜在渊。乐彼之园，爰有树檀，其下维榖。它山之石，可以攻玉。

王夫之说："《小雅·鹤鸣》之诗，全用比体，不道破一句，三百篇中创调也。"（《薑斋诗话》）全诗是用比喻来劝说国王要任用在野的贤人。《豳风·鸱鸮》和《小雅·黄鸟》等，也是全诗用的比体。《诗经》中这类比体，对后代影响很大。《楚辞》的"善鸟香草以配忠贞，恶禽臭物以比谗佞，灵修美人以媲于君，宓妃佚女以譬贤臣，虬龙鸾凤以托君子，飘风云霓以为小人"，以及韩愈、苏轼的博喻之作，都是从《诗经》的比体发展而来的。

比，不单单是一种技巧，它还与思想内容相联系。宋以后，诗论家更将它与情的表现结合起来进行考察。从作品的实际来看，比与兴浑融莫辨，难以绝对区分，所以古代诗论常常比兴并称，也常常将两者比较起来进行阐释。为方便起见，我们对"比"的进一步分析，也放在"兴"的部分一同论述。

在《毛传》中，对《诗经》章句的分析，毛亨特别注明"兴"所写物象的情理特征。如《周南·卷耳》："采采卷耳，不盈顷筐。"《毛传》："忧者之兴也。采采，事采之也。卷耳，苓耳也。顷筐，畚属，易盈之器也。"再如《邶风·谷风》："习习谷风，以阴以雨。"《毛传》："兴也。习习，和舒貌。东风谓之谷风。阴阳和而谷风至，夫妇和则室家成，室家成而继嗣生。"孔颖达说："《毛传》特言兴也，为其理隐故也。"这也就是说，"兴"体中寓有事理，只是它的寓意比较隐蔽，要从"兴"体的物象中去联想思考，才能领会其中的意义。上引《谷风》，毛亨就注明其是东风，东风是万物生长之风，它带来润物之雨,使万物和畅,以隐喻夫妇本应和谐。毛亨这种认识,是汉儒论"兴"的思想基础。

郑玄注《周礼》:"兴,见今之美,嫌于媚谀,取善事以喻劝之。"又引郑众说:"兴者,托事于物。"郑玄释"兴"专是颂"美",不免狭隘。但他指出"兴"是"喻劝",这就与"比"接近了。郑众说"比者,比方于物",又说"兴者,托事于物",说明比、兴的作用都离不开物。朱熹说:"兴者,先言他物以引所咏之辞也。"这种说法影响最广,也注意到了兴与物之间的关系。上引《邶风·谷风》,按照朱熹的解释,就是先言谷风的物象特征,是为了引起下句"黾勉同心,不宜有怒"的咏唱,这种表达方式就是"兴"。

刘勰对比兴作了专门研究,以为"比显而兴隐",比是明比,兴是暗比。如《邶风·柏舟》:"我心匪石,不可转也。我心匪席,不可卷也。"石、席的比喻是很明显的。像《关雎》的比拟就比较隐微了。"关关雎鸠,在河之洲。窈窕淑女,君子好逑。"相传雎鸠鸟有固定的配偶,用它起兴,暗比淑女具有贞洁的品德。刘勰说:"比者,附也;兴者,起也。附理者切类以指事,起情者依微以拟议。起情故兴体以立,附理故比例以生。比则畜愤以斥言,兴则环譬以记(托)讽。"(《文心雕龙·比兴》)黄侃《文心雕龙札记》说,刘勰"辨比、兴之分,最为明晰"。按照刘勰的说法,"比者,附也",其位置附属在后;"兴者,起也",其位置在前,故《诗经》中的兴,在诗的开头;"比"突出的是"理","兴"突出的是"情"。"兴则环譬以记讽","环譬"是围绕"情"用几个暗比来引起讽颂,像屈原的《离骚》即是。刘勰又以为《离骚》"讽兼比兴",这种"兴"就不同于放在篇首的"兴"了。刘勰进一步说:"兴之托谕,婉而成章。"托谕隐微,所以显得婉转。初看时不易剔隐发微,领会其中蕴涵。但一有心得,回味无穷,所以刘勰说它"称名也小,取类也大"。

在刘勰看来,"比显而兴隐",比和兴的区别是清楚的。他与汉人解释不同之处在于:汉人仅仅把"兴"作为一种技巧,他却用情感思想充实这种技巧。发展到唐代,陈子昂便用"兴寄都绝"来批评齐梁间诗,这里的"兴寄"几等于思想内容了。孔颖达《毛诗正义》更将"见意"的文辞都当作"兴":"诗文诸举草木鸟兽以见意者,皆兴辞也。"像《离骚》中引了许多草木鸟兽以比喻,都说是兴。这样,比兴就容易混淆了。不过,《离骚》里有些鸟兽草木的诗句,确实是比兴两可的。如"惟草木之零落兮,恐美人之迟暮"。草木比美人,美人比贤臣,这是明显的比。孔颖达说,草木零落是为了引起美人迟暮,是兴。这也不无道理。皎然极欲厘清比兴的界限,认为"取象曰比,取义曰兴"(《诗式》)。其实,比有取象也有取义的,兴同样也难以离开物象的引发。

风雅比兴与艺术精神

唐人这种混淆和错误，显示了比兴研究中注重情感、事理、含义等思想内容的新趋向。因为"兴"更关乎"情"，唐以后就更加重视"兴"的研究，或单举"兴"字，或以"兴"兼代"比兴"。其原因与诗歌创作思想的改变是分不开的。唐人一反齐梁诗的轻浮空洞、矫揉造作，要求诗歌创作具有汉魏风骨，要有思想内容，并与社会现实结合起来。这是研究趋向改变的根本原因。刘勰重"兴"的原因也是由于汉以后曾有过"日用乎比，月忘乎兴"的追求形式的创作情形，而将《诗经》的美刺传统丧失殆尽，所以他说："炎汉虽盛，而辞人夸毗，诗刺道丧，故兴义销亡。"刘勰的批评也是针对当时绮靡浮艳的齐梁诗坛而发的。

宋人在唐人诗论的基础上，更进一步从情与物的关系上来分析赋比兴的创作特点。胡寅说："赋比兴，古今论者多矣，惟河南李仲蒙之说最善。"李仲蒙说："叙物以言情，谓之赋，情尽物者也；索物以托情，谓之比，情附物者也；触物以起情，谓之兴，物动情者也。"李仲蒙的说法与刘勰基本相近，刘也说比是附理，兴是起情，但李说的价值是把赋比兴归结到情与物的关系处理这一诗歌创作的根本问题上进行考察，寻找出了其中的基本规律。"索物以托情"的创作思想是：先有情然后索物以托，情附于物中，这是比。寡情或者无情，是无"比"可写的。有情但无物以托，其情必无着落。

有物但无处可托，"比"也不得以成。强附以托，"比"则不能圆融。"触物以起情"的创作思想是：先有物然后引发情来，情感于物而动，这是兴。无物，则情无从引来。有物，并不一定就有情来。物引起情动，情不能还映于物，也不是兴。物情之间，来往唱和，无碍无滞，这才是兴。"触物"与"索物"不同，"索物"是有意识地搜索物情之间的共同点，带有"人工"的痕迹；"触物"是物情之间无意识地两相映发，显出"自然"的无形。前者可谓是画龙点睛，惟妙惟肖；后者却是羚羊挂角，无迹可求。就"触物以起情"来说，"触物"并不是简单的与事物接触，它需要长期的审美经验的积累，才能使"起情"进入较高的化境。到了这个境界，"但有一端之相似，即可取以为兴，虽鸟兽之名无嫌也"（范文澜《文心雕龙注》）。

明人多将比兴并列论述，虽然不加区别，实际还是侧重在"兴"。李东阳说："诗有三义，赋止居其一，而比兴居其二。所谓比与兴者，皆托物寓情而为之者也。盖正言直述，则易于穷尽，而难于感发。惟有所寓托，形容摹写，反复讽咏，以俟人之自得，言有尽而意无穷，则神爽飞动，手舞足蹈而不自觉。"（《怀麓堂诗话》）"自得"和"不自觉"，正显示了"兴"的特点。"托物寓情"用来说明"比"，尚还可以；若用以说明"兴"，则不如李仲蒙"触物以起情"所说的准确。重视比兴,是明人共同的主张。王叔武说:"诗有六义,比兴要焉。"他还将当时诗坛的文人之作与民歌进行比较:"夫文人学子,比兴寡而直率多,何也? 出于情寡而工于词多也。"而民歌"此唱而彼和,无不有比焉兴焉,无非其情焉"。(李梦阳《诗集自序》引)

李东阳和李梦阳是以有否托物寓情作为比兴衡量的标准,清人陈廷焯则提出了更高的要求。有人问他比与兴的区别,他说:"宋德祐太学生《百字令》《祝英台近》两篇,字字譬喻,然不得谓之比也。"是譬喻,为什么不得谓之比呢? 我们从上文知道,唐宋以后诗论家多结合情、意来论述比兴,明清人也不例外。单是譬喻,只显出了技巧,并不见得有情寓在其中,所以陈廷焯说不得谓之比,并说明原因:"此词太浅露,未合风人之旨。""如王碧山《咏萤》《咏蝉》诸篇,低回深婉,托讽于有意无意之间,可谓精于比义。"这是他对"比"的最高要求,而这种"比"实际上与"兴"融合在一起了。"若兴则难言之矣。托喻不深,树义不厚,不足以言兴,深矣厚矣,而喻可专指,义可强附,亦不足以言兴。所谓兴者,意在笔先,神余言外,极虚极活,极沉极郁,若远若近,可喻可不喻,反复缠绵,都归忠厚。"(《白雨斋词话》)可见"兴"较"比"的要求更高,它的喻义不可专指,不可强附,也是不可凑泊的。陈廷焯对比兴的解释,比前人更丰富也更完整，是古代比兴理论研究的最高发展。

从以上《诗经》赋比兴创作方法的历史研究，我们既可以看清赋比兴在《诗经》中的本来面目，以及它的含义在后代的延伸和发展，还可以看到《诗经》赋比兴创作原则对后代的诗歌理论和诗歌创作发生的深远影响。无数的诗人，不断探索这种创作原则，总结经验，写出了辉灿诗史的诗篇。很多的诗论家，在创作研究的基础上，不断赋予这种原则以新的精神和思想，把诗坛创作引向了前进，引向了更高的目标。

在抒情诗中运用比兴的手法，目的都是为了加强作品的形象性，由《诗经》开始，比兴就成为中国诗歌史上最重要的艺术传统了。伟大的爱国主义诗人屈原发展了《诗经》的比兴手法，把用以起兴和比喻的事物与所要表现的内容合而为一，具有象征的性质。《离骚》中诗人自比为女子，以美貌美饰喻自己的高洁品行；以男女关系比君臣关系；以众女妒美比群小嫉贤；以求媒求女比沟通与楚王关系的人；以婚约比君臣遇合。通过一系列具有象征意味的比兴，把复杂的思想感情表现得淋漓尽致。后世的许多优秀诗篇，也往往与比兴有着不解之缘。如"孔雀东南飞，五里一徘徊"，表现焦仲卿郁闷矛盾的心境；"君不见，黄河之水天上来，奔流到海不复回"，与李白奔放不羁的感情性格恰成比照；"感时花溅泪，恨别鸟惊心"，物中有我，物我浑融……比兴传统的运用，使

风雅比兴与艺术精神 | 289

这些诗篇具有永恒的艺术魅力。

然而古人谈论比兴,又不仅仅指比喻和起兴两种单纯的修辞手法,而是把比兴与寄托联系起来,说明诗人运用比兴的目的是为了表达思想,寄托讽喻。唐代诗人白居易曾说:《诗经》中许多篇章描写风雪花草之物,都是有深刻的喻义的,如"北风其凉"是刺统治者的威虐;"雨雪霏霏"是同情服役之人。虽然比兴只是一种诗歌表现手法,但由于《诗经》中常常用它来表现现实的斗争,反映人民的要求,再加上后代进步诗人的继承和发扬,便成了一种优良传统。如陈廷焯就指出:"托喻不深,树义不厚,不足以言兴。"因而在中国文学的发展史上,常常是"风雅比兴"或"比兴寄托"并提,或简单称为"兴寄",都是要求诗歌采用比兴手法,反映现实,针砭时弊,寄托劝谕的。

结 语

《诗经》作为中国古代一部特殊的文化典籍,它的作用和影响远比其他文化典籍要大,这主要表现在两个方面:(一)《诗经》内容之丰厚深广,几可囊括政治、经济、宗教、伦理、思维、天文、地理、外交、风俗等一切方面,是人生的百科全书。其他文化典籍或侧重于哲理的探讨,或侧重于史事的叙述,或侧重于典章的汇集,《诗经》则面面俱到,虽然它对某些问题的咏唱显得不够深入,但却饶有趣味,能引人入胜。(二)《诗经》不仅有如此丰厚深广的内容,而且它最贴近人生,有很强的实用价值。正如孔子所说:"《诗》可以兴,可以观,可以群,可以怨。迩之事父,远之事君。多识于鸟兽草木之名"(《论语·阳货》)。"不学《诗》,无以言。"

(《论语·季氏》)人如果不学《诗》,与人交往则拙于言辞。孔子读《易经》,将连接竹简的牛皮带子都翻断了三次,可他挂在嘴边的却常常是《诗经》,他对《诗经》实用价值的称赞,可以说是到了无以复加的地步。

《诗经》对中国文化特别是中国人的深远广泛影响,如同它丰厚深广的内容,也是多方面的。中国人的教化思想、美刺观念、观风政治、中庸之道、音乐特色、赋诗外交、审美思维、雅正风范、诗文创作等等方面,无一不能从《诗经》上找到其发展的文化根源。

当然,《诗经》之所以有这样深远广泛的影响,与被之管弦的诗的体裁是不可分的。我们惊叹,中国诗歌的发端和创新在中国文明史上的意义又是多么巨大,诗歌如同中国人的宗教,塑造了中国人的心灵,创造了中国人的历史。"诗歌教会了中国人一种生活观念,通过谚语和诗卷深切地渗入社会,给予他们一种悲天悯人的意识,使他们对大自然寄予无限同情,并用一种艺术的眼光来看待人生。诗歌通过对大自然的感情,医治了人们心灵的创痛;诗歌通过享受简朴生活的教育,为中国文明保持了圣洁的理想。它时而诉诸浪漫主义,使人们超然于这个辛勤劳作和单调无聊的世界之上,获得一种感情的升华;时而又诉诸人们悲伤、屈从、克制等感情,通过悲愁的艺术反照来净化人们的心灵。它教会他们静听雨打芭蕉的声音,欣赏村舍炊烟缕缕升起并与依恋于山腰的晚霞融为一体的景色。它教人们对乡间小径上的朵朵雪白的百合要亲切、要温柔,它使人们在杜鹃的啼唱中体会到游子思乡之情。它教会人们用一种怜爱之心对待采茶女和采桑女,被幽禁被遗弃的恋人,那些儿子远在天涯海角服役的母亲,以及那些饱受战火创伤的黎民百姓。最重要的是,它教会了人们用泛神论的精神和自然融为一体,春则觉醒而欢悦,夏则在小憩中聆听蝉的欢鸣,感受时光的有形流逝,秋则悲悼落叶,冬则雪中寻诗。在这个意义上,应该把诗歌称作中国人的宗教。我几乎认为,假如没有诗歌——生活习惯的诗和可见于文字的诗——中国人就无法生存至今。"林语堂在《吾土吾民》一书中这番对"诗"的颂扬,不仅仅是对诗体裁反映生活的广阔性的写意说明,更是把诗作为一种文化象征来进行观照。这种文化象征的内蕴,深深植根于《诗经》的咏唱之中。

主要参考书目

《毛诗正义》［唐］孔颖达 《十三经注疏》本。
《诗集传》［宋］朱熹 中华书局1958年版。
《诗经通论》［清］姚际恒 中华书局1958年版。
《诗经原始》［清］方玉润 中华书局1986年版。
《诗三家义集疏》［清］王先谦 中华书局1987年版。
《韩诗外传集释》 许维遹 中华书局1980年版。
《诗经新义》《诗经通义》 闻一多 （收入《古典新义》）古籍出版社1956年版。
《诗经直解》 陈子展 复旦大学出版社1983年版。
《诗经选》 余冠英 人民文学出版社1979年版。
《诗经今注》 高亨 上海古籍出版社1980年版。

《国风今译》 金启华 江苏人民出版社 1963 年版。
《诗经学纂要》 徐澄宇 中华书局 1936 年版。
《诗经学》 胡朴安 商务印书馆 1933 年版。
《南宋三家诗经学》 黄忠慎 台湾商务印书馆 1988 年版。
《诗经》 金开诚 中华书局 1963 年版。
《〈诗经〉漫话》 程俊英 上海文艺出版社 1983 年版。
《诗经研究史概要》 夏传才 中州书画社 1982 年版。
《诗经与周代社会研究》 孙作云 中华书局 1966 年版。